KB253573

不良武士
불량무사
장자몽 新무협 판타지 소설
FANTASTIC ORIENTAL HEROES

불량무사 4

장자몽 新무협 판타지 소설

초판 1쇄 찍은 날 § 2008년 8월 21일
초판 1쇄 펴낸 날 § 2008년 8월 30일

지은이 § 장자몽
펴낸이 § 서경석

편집장 § 문혜영
편집 § 정서진 · 유경화 · 최하나

펴낸곳 § 도서출판 청어람
등록번호 § 제1081-1-89호
등록일자 § 1999. 5. 31
어람번호 § 제2-1563호

주소 § 경기도 부천시 원미구 심곡1동 350-1 남성B/D 3F (우) 420-011
전화 § 032-656-4452 팩스 § 032-656-4453
http://www.chungeoram.com
E-mail § eoram99@chollian.net

ⓒ 장자몽, 2008

ISBN 978-89-251-1446-0 04810
ISBN 978-89-251-1183-4 (세트)

장자몽 新무협 판타지 소설
FANTASTIC ORIENTAL HEROES

不良武士

불량무사

4

흑운만장(黑雲滿長) 조일청(鳥一聽)
검은 구름 하늘에 가득한데 새소리는 청아하구나

[완결]

도서출판 청어람

目次

第一章　　　　　7

第二章　　　　　37

第三章　　　　　103

第四章　　　　　147

第五章　　　　　187

第六章　　　　　221

第七章　　　　　249

第八章　　　　　289

第九章　　　　　305

不良武士

第一章

괴인은 상한 짐승처럼 한차례 포효하고는 거추장스러운 물건이라도 치우듯 옥단풍 등을 향해 한 손을 휘둘렀다.

그런 모습은 마치 급하게 길을 가는 행인이 우연히 바람에 날려와 시야를 가리며 팔랑거리는 낙엽 한 장을 손으로 무심하게 쳐내는 동작처럼 간단하고 가벼워 보였다.

그러나 간단하고 가벼워 보이는 괴인의 손동작으로부터 무시무시한 돌풍이 날아들자 옥단풍은 화들짝 놀라지 않을 수 없었다.

꽈르릉!

공기를 찢어발기는 굉음은 그보다도 한참이나 늦게 터져 나왔다.

옥단풍은 황급히 호신강기를 더욱 끌어올렸다.

옥단풍과 굉초초를 둘러싼 둥그런 호신강기의 막이 더욱 부풀면서 투명한 옥빛을 띠었다.

쾅!

고막을 찢을 듯한 굉음과 함께 거센 돌풍에 휩싸인 옥단풍과 굉초초의 몸이 뒤로 내팽개쳐져 그대로 석벽에 강하게 부딪쳤다.

아무리 단단한 바위라 해도 단번에 박살 내버릴 듯 강렬한 충돌이었지만 신묘하게도 옥단풍과 굉초초는 상처 하나 없이 멀쩡했다.

괴인이 그 모습을 보고 크게 놀란 듯 우두커니 옥단풍을 노려보고 서 있었다.

놀라기는 옥단풍 역시 마찬가지였다.

'정말 지독하게 위력적인 강기로다. 도저히 인간의 몸에서 뿜어져 나온 힘이라고 할 수가 없어.'

괴인이 발출한 강기는 이제껏 옥단풍이 겪어온 그 어느 강기와도 비교할 수 없을 만큼 위력적이었다.

옥단풍은 괴인의 강기가 지닌 위력에 너무도 놀란 나머지 그런 위력적인 강기를 맞고도 몸에 상처 하나 없이 버텨내고 있는 자신의 모습에 대해서는 까맣게 잊고 있었다. 만약 그의 생각이 거기에 미친다면, 그 놀라움은 어쩌면 지금의 놀라움과는 비교도 되지 않을 만큼 큰 것이 될 것이다.

괴인의 이글거리는 붉은 눈빛이 뚫어져라 옥단풍을 노려보

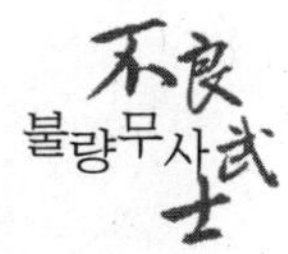

았다.

전신을 긴 모발로 뒤덮고 있는 가운데 오로지 두 눈만이 붉은 광채를 번득이며 화광처럼 활활 타오르고 있는 괴인의 모습은 그야말로 도저히 인간이라고는 생각해 줄 수 없는 그런 모습이었다.

'설마… 이야기 속에서나 나오는 반인반수(半人半獸)란 말인가?'

옥단풍은 경계를 결코 늦추지 않는 가운데서도 괴인의 정체에 대해 불같이 이는 호기심을 억누르지 못했다.

"뭐죠? 도대체 무슨 일이죠?"

굉초초가 옥단풍의 가슴에 꼭 안겨서 떨리는 목소리로 물었다.

옥단풍이 그런 굉초초를 안심이라도 시키려는 듯 팔에 힘을 주어 안으며 말했다.

"글쎄, 나도 모르겠소. 형상으로 보아서는 사람처럼 보이기는 하지만… 꼭 그렇다고 말할 수도 없고… 으음……."

굉초초는 의아한 얼굴이 되었지만 더 이상 입을 열지 않았다.

그녀에게는 지금 오로지 어둠 속에서 번득이고 있는 괴인의 붉은 눈동자만 보일 뿐이었다.

기실 칠흑 같은 어둠 속에서 옥단풍에게 괴인의 모습이 드러나 보이는 것 또한 결코 심상하게 넘길 일은 아니었지만 그 순간 옥단풍은 그런 신체에 일어난 변화들조차 깨닫지 못할 만큼 긴장하고 있었다.

그때 괴인이 입을 열었다.

"너는 누구냐?"

괴인의 음성은 듣기 거북할 정도로 탁하게 쉬어 있었지만 그것은 분명 한어였다.

"그건 소생이 묻고 싶은 질문이오만……."

옥단풍이 호신강기를 더욱 끌어올리며 대꾸했다.

괴인의 한어는 정확한 표준어였으므로 도저히 반인반수의 입에서 나온 말이라고 생각할 수 없는 것이었다.

"네놈이 뭔데 여기에 있느냔 말이다!"

괴인이 다시 버럭 소리를 질렀다.

옥단풍은 실소를 머금었다.

괴인의 하는 양이 마치 외출에서 돌아온 집주인이 집 안을 차지하고 있는 불청객을 탓하는 것처럼 보였을 뿐 아니라 화를 내는 모습 또한 처음의 살벌한 기세와는 달리 어딘가 순진한 구석이 느껴졌기 때문이다.

"소생 또한 왜 여기에 있는지 알지 못하니 존장의 질문에 어찌 답해야 할지 모르겠소이다."

그런 탓에 옥단풍의 어투도 자연 부드러워지고 있었다.

옥단풍의 말에 괴인이 뭔가 이상하다는 듯 새삼 주위를 다시 한 번 둘러보았다.

그리고는 붉게 빛나는 두 눈을 더욱 화등잔만 하게 뜨며 다시 옥단풍을 쏘아보며 외쳤다.

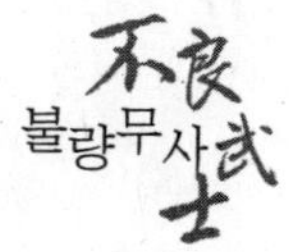

“이곳이 구중비고(九重秘庫)가 아니었단 말이냐?”

옥단풍이 의아한 얼굴이 되었다.

“구중비고가 무엇이오?”

옥단풍을 쏘아보는 괴인의 두 눈이 찢어질 듯 부릅떠졌다가는 이내 허탈한 빛으로 바뀌었다. 그리고는 고개를 뒤로 젖히며 광소를 터뜨렸다.

“크하하하! 십 년의 수고가 결국 헛수고였단 말인가? 크흐흐흐흐……!”

괴인이 광소를 터뜨리자 석실 전체가 금방 무너지기라도 할 듯 세차게 흔들렸다.

그러다 돌연 웃음을 뚝 그친 괴인이 살기가 가득한 시선으로 옥단풍을 다시 노려보았다.

“이게 다 네놈 탓이니 네놈을 죽여 버려야겠다.”

괴인의 말이 채 끝맺어지기도 전에 괴인의 신형이 번득하고 시야에서 사라졌다.

사라졌다 싶은 순간 옥단풍의 정수리로 한줄기 무시무시한 경풍이 엄습했다.

옥단풍은 혼신의 힘을 다해 장력을 펼쳐 마주쳐 갔다.

펑!

둔탁한 격타음과 함께 옥단풍의 머리 위쪽으로부터 엄청난 충격이 파도처럼 전해져 왔다.

“우욱…….”

옥단풍은 자신도 모르게 침음성을 흘리며 뒤로 연이어 서너

발자국을 물러섰다.

괴인의 강기는 일종의 음유 장력이었다.

옥단풍은 처음 부딪쳤을 땐 몰랐지만 지금 다시 한 번 부딪치면서 그것을 확연하게 느낄 수 있었다.

음유한 장력의 특징은 상대의 반탄력이 강할수록 더욱 위력을 발휘한다. 물론 상대의 장력이 양강한 기운을 띠고 있을 때의 얘기다.

강한 반탄력을 파도처럼 타고 넘실거리며 후폭풍처럼 전신을 휘감는 것이 음유한 장력이 가진 가장 큰 특징인 것이다.

옥단풍의 가슴이 철렁 내려앉았다.

그와 같은 강기의 성질을 미처 생각지 못하고 그저 혼신의 힘을 다해 마주쳐 갔던 자신이 어리석었음을 깨달은 것이다.

무엇보다도 품에 안겨 있는 굉초초의 안위가 걱정스럽기 그지없었다. 괴인의 음유한 강기의 여파는 필경 굉초초에게도 적지 않은 충격을 전했을 것이기 때문이다.

옥단풍이 황급히 굉초초를 안은 팔에 힘을 주며 물었다.

"초 매, 괜찮소?"

연달아 엄청난 충돌이 이어지자 굉초초는 기실 매우 놀라고 두려웠다.

그러나 옥단풍의 듬직한 품에 안겨 있는 동안 그녀는 이를 상쇄하고도 남을 정신적인 안온함을 느끼고 있었다. 설사 괴인의 손에 죽는 한이 있어도 옥단풍의 품속이라면 왠지 여한이 없을 것만 같았다.

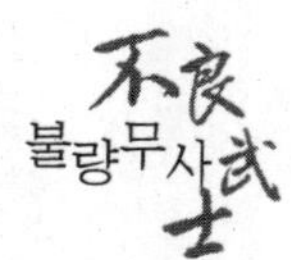

　실제로 두 번의 거센 충격이 있었지만 굉초초로서는 마치 두꺼운 솜이불 속에 둘러싸인 듯 편안했다. 거센 충격은 굉초초에게 조금도 전달되지 않았던 것인데, 그와 같은 일은 매우 특이한 일이었지만 옥단풍도 굉초초도 미처 깨닫지 못하고 있을 뿐이었다.

　굉초초가 급히 고개를 주억거렸다.

　"괘, 괜찮아요."

　굉초초는 떨리는 음성으로 대답하곤 더욱 깊숙이 옥단풍의 품속을 파고들었다.

　옥단풍이 불러준 초 매라는 호칭이 귓가에 부드럽게 맴돌고 있었다. 실로 그와 같은 순간에 그녀는 매우 행복했다. 삶과 죽음이 오가는 살벌한 격투의 장에 서 있다는 사실이 그녀에게만은 전혀 실감으로 전해지지 않는 것이었다.

　옥단풍의 품속은 그만큼 안전하고 따뜻했던 것이다.

　옥단풍은 안도의 한숨을 내쉬며 재차 있을지도 모를 괴인의 공격에 대비해 호신강기를 극성으로까지 끌어올렸다.

　그러나 괴인은 어둠 속에서 석상처럼 굳은 채 미동도 하지 않았다.

　불같이 활활 타오르던 시선도 그 순간 어둠 속으로 사라지고 없었다. 괴인이 안광을 거둔 것이다.

　"만류일원공(萬流一元功)……? 공초(空超) 늙은이와는 어떤 관계냐?"

　괴인의 음성은 이제 많이 차분해져 있었다.

이번엔 옥단풍이 놀랄 차례였다. 강호에 출도한 이후 단 한 번도 공초라는 이름을 들먹인 자는 없었다.

그런 까닭에 옥단풍은 사부가 어쩌면 본명을 숨기고 거짓 이름을 말해주었으리라 의심한 적도 있었다.

공초.

사부가 말해준 유일한 이름이다.

사부는 마지막 숨을 거두며 스스로 그 이름을 밝혔었다.

"만약 강호에 나가 이 이름을 아는 사람을 만나거든……."

사부는 거기에서 말을 끊었었다. 망설이는 기색이었고, 끝내 더 이상 말을 잇지 않았다. 그 즉시 숨을 거두었으므로 사부가 생각이 바뀌어 말을 하지 않은 것인지, 아니면 설명을 하고 싶었지만 끝내 하지 못하고 숨진 것인지는 알 수가 없었다.

그러나 그것만으로도 필경 사부의 명호를 아는 자가 있다면 그건 그저 범상한 일만은 아닐 것이라 생각하기에 충분했다.

사부가 전수해 준 호흡양생법의 명칭이 만류일원공인지는 알 수 없었지만 괴인은 지금 확실히 사부의 이름을 거론하고 있는 것이다.

"돌아가신 사부를 아시오?"

옥단풍의 말에 괴인이 한차례 부르르 전신을 떨었다.

"죽었다고? 공초가?"

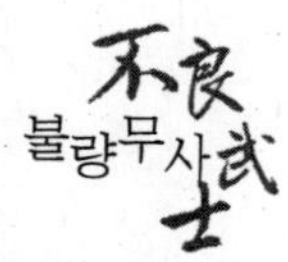

“선사께서는 세수를 다하시고 오 년 전에 귀천하셨소이다.”

괴인은 커다란 충격을 받은 듯 한동안 멍하니 옥단풍을 바라만 보았다.

“존장께서 존성대명을 밝히시면 후생이 감히 무례를 범할 우를 피할 수 있겠소이다만…….”

옥단풍은 괴인이 어쩌면 사부와 큰 인연을 지닌 사람일지도 모른다는 생각에 감히 경거망동할 수 없었다.

괴인이 돌연 땅이 꺼지도록 한숨을 내쉬며 그 자리에 풀썩 주저앉았다.

“공초가 죽다니… 허어… 공초가…….”

괴인은 공초의 죽음이 믿겨지지가 않다는 듯 연신 땅이 꺼져라 한숨을 내쉬었다.

옥단풍은 그저 묵묵히 괴인의 하는 양을 지켜보고 있을 수밖에 없었다.

문득 괴인이 고개를 들며 옥단풍을 바라보았다.

“이놈아, 네놈이 공초의 제자라면 당장 본좌의 앞에 무릎을 꿇고 구배를 올리거라.”

옥단풍은 흠칫 놀랐다.

구배지례는 사제의 연을 맺을 때 하는 것이다. 지금 괴인은 옥단풍에게 사부로 모시는 예를 취하라 하고 있는 것이다.

옥단풍이 머뭇거리자 괴인이 형형한 안광을 부릅뜨며 버럭 고함을 내질렀다.

“당장 구배를 올리지 못할까?”

옥단풍은 잠시 망설이다가 할 수 없이 괴인의 앞에 구배를 올렸다.

괴인은 그런 옥단풍을 보며 흡족한 듯 이빨을 드러내며 웃었다. 털북숭이의 괴물 같은 모습이 이빨을 드러내며 웃으니 그런대로 사람처럼 보였다.

"존장께선 선사와는 어떤……."

옥단풍이 말끝을 흐렸다. 구배를 올렸으니 사부라 불러야 마땅한 것이지만 괴인의 정체에 대해 아는 것이 아무것도 없으니 섣불리 그럴 수도 없었다. 그렇다 해도 구배를 올린 마당에 존장이라고 칭하자니 왠지 민망해진 것이다.

"이놈아, 본좌가 비록 네놈의 구배지례를 받았지만 네놈에게 사부 소리를 듣고 싶은 생각은 없느니라. 헐헐……."

괴인의 말에 옥단풍이 가볍게 얼굴을 붉혔다.

"네 사부가 광개(狂丐)에 대해 언급하지 않았더냐?"

"……."

"빌어먹을 늙은이. 지가 꿀리는 게 있으면 도통 말을 안 하는 못된 버릇이 있었지. 클클."

광개란 처음 들어보는 이름이었다.

무림에서도 광개란 이름을 아는 사람이 드물 것이다.

옥단풍은 더욱 호기심이 이는 걸 어찌할 수 없었다. 사부 역시 공초라는 이름을 밝혔지만 그 이름 역시 강호에선 무명이나 마찬가지였다.

"흘흘, 그러니 잔독(殘獨)에 대해서는 더더욱 말한 적이 없

었겠군.”

잔독 역시 옥단풍에게는 생소한 이름이었다.

“흐음… 그놈이 무슨 까닭으로 제자에게까지 감추고 말하지 않았는지 알 수는 없지만, 본좌가 너를 만나 구배지례를 받은 이상 너에게 모든 것을 설명해 주어도 무방할 것이다.”

“세이경청하겠소이다.”

옥단풍이 단정하게 앉아 묵묵히 괴인 광개의 말을 기다렸다.

광개의 길고 긴 설명을 요약해 설명하자면 이렇다.

공초, 광개, 그리고 잔독 세 사람은 원래 같은 고장에서 태어나 함께 자란 죽마고우 사이였다.

세 사람은 모두 평범하고 가난하기 그지없는 빈농의 출신으로 체계적인 학문을 익힐 처지도, 또한 특별한 무술을 익힐 처지도 아니어서 그저 벌거벗고 뒷동산을 뛰어놀던 개구쟁이로 성장했다.

빈농의 자녀들이 모두 그러하듯 그들은 늘 굶주렸으며, 일찍부터 집안의 농사일을 도와야 했기 때문에 만약 그들이 어느 날 억수로 쏟아지는 장대비를 뚫고 물고기를 잡기 위해 마을 뒷산을 흐르는 작은 개울을 찾지 않았다면, 그들은 그저 평범한 빈농으로 늘 굶주리며 살다 죽을 그런 인생을 살았을 것이다.

더군다나 비가 억수같이 쏟아졌으므로 물고기를 잡기는커

녕 순식간에 불어난 물살에 갇혀서 오도 가도 못할 처지가 되지만 않았어도 오늘날의 공초, 광개, 잔독은 존재하지도 않았을 것이니 참으로 운명이란 기구하고도 오묘한 조화였다.

급류에 갇힌 세 소년은 해가 서산에 기울고 날이 어두워지도록 좀체 물살에서 빠져나오지 못했다.

세 소년이 의지하고 있던 작은 모래톱은 물살이 불어남에 따라 점점 넓이가 줄어들기 시작했고, 얼마 지나지 않아 세 소년은 급류에 휩쓸려 내려가기 시작했다.

세 소년은 서로의 손을 꼭 잡고 절대로 놓지 말자고 맹세했지만 거센 급류에 휩쓸리자 세 소년은 거푸 물을 먹고는 이내 의식을 잃었다.

세 소년이 의식을 되찾았을 때 그들은 컴컴한 동굴 속에 아무렇게나 늘어져 있었다.

그들이 급류에 휩쓸려 들어온 곳은 물밑의 바위틈으로, 자연스럽게 형성된 동굴이 안으로 깊숙이 들어오면서 더욱 넓은 공간을 만들고 수면 위까지 동굴이 형성되어 있는 그런 곳이었던 것이다.

그러므로 그 동굴은 물속의 바위틈을 통해서 들어오지 않으면 결코 입구를 찾을 수 없는 그런 천연적인 요새와도 같은 곳이었는데, 공교롭게도 물살에 휩쓸려 큰 강까지 떠내려 온 세 소년이 물속에 잠겨 익사하기 직전에 바위틈을 통해 석굴 안의 수면 위 공간으로 나온 셈이었다.

물론 그런 사정은 후에 깨달은 일들이고, 세 소년은 우선 컴

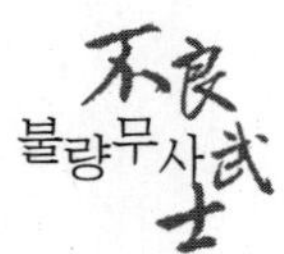

컴컴하고 낯선 동굴 속에서 깨어나자 더럭 겁부터 났다. 급류에 휩쓸려 필경 목숨을 잃었을지도 모를 상황에 비한다면 천운이 따른 결과이긴 하지만, 어린 소년들에게 낯선 동굴 속에서 의식을 되찾는 일은 공포 그 자체였다.

당시로써는 그곳이 바로 전설의 기인인 잡설자가 기거했던 금강불괴동(金剛不壞洞)이라는 사실은 꿈에도 상상할 수 없었다.

우연치 않은 기회에 잡설자의 금강불괴동을 발견하게 된 일은 세 소년의 일생에 있어서 그야말로 천지개벽이나 다름없는 엄청난 일이 아닐 수 없었다.

잡설자는 금강불괴동 안에 그가 일생을 거쳐 이룩한 모든 정수를 고스란히 남겨두었던 것이다.

잡설자는 강호무림의 명리나 권세에는 전혀 관심이 없던 기인이었다. 그런고로 잡설자의 명성은 면면히 흐르는 무림사 속에서 우뚝 솟은 영웅호걸들의 역사에 비추어 그리 돋보이지 않는 것도 사실이었다.

그러나 잡설자가 이룩한 무공의 정화를 조금이라도 아는 사람이라면, 무림사를 통틀어 역대 최고수를 다섯 사람만 꼽으라 하면 주저없이 잡설자를 그 안에 끼워 넣을 것이다.

특히 잡설자가 그토록 몰두하여 천착했던 것이 바로 금강불괴지체를 이룩하는 것이라는 사실을 안다면, 어쩌면 그를 첫 번째 아니면 두 번째로 꼽기에 조금도 주저하지 않을지도 모르는 일이었다.

세 소년은 잡설자가 어떤 인물인지, 얼마나 대단한 인물인지 전혀 알지 못했지만 달리 선택의 여지가 없었다. 당장이라도 집에 가고 싶었지만 동굴을 나가는 방법을 알지 못했던 것이다.

세월이 흘러 금강불괴동에 들어온 지 오 년이 흐르자 소년들은 잡설자가 남긴 무공이 어떤 것인지 알 수 있게 되었다.

잡설자는 금강불괴지체를 이루기 위한 심공으로 세 가지 무공을 남겼다.

만류일원공(萬流一元功).

구유혼원공(九幽混元功).

금강부동공(金剛不動功).

잡설자는 이 세 가지 심공을 남기면서 화두를 던져 놓았다.

이 세 가지 무공을 한꺼번에 익힐 수는 없다. 그러나 세 가지 무공을 모두 익히지 않고는 결코 금강불괴지체를 이룰 수 없다.

그야말로 말 자체가 모순이었다.

잡설자가 끝내 금강불괴지체를 이루었는지는 알 수 없었다. 어쩌면 전설처럼 회자되는 금강불괴지체를 이룰 수 있는 세 가지 절대심공이 바로 잡설자가 남긴 세 가지 심공인지도 몰랐다.

그때까지 서로 친형제나 다름없이 모든 것을 공유하며 잡설자가 남긴 광대한 기초 무학들을 익히던 세 소년 사이에 이 세

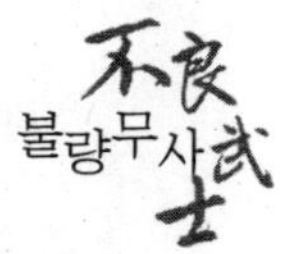

가지 심공을 놓고 균열이 생기기 시작한 것은 어쩌면 당연한 결과인지도 몰랐다.

그만큼 금강불괴지체를 이루려는 욕망은 크고 강렬했던 것이다.

세 소년은 세 가지 심공을 놓고 하나씩 선택해서 수련을 시작하기로 합의했다.

공초는 만류일원공을 선택했고, 광개는 금강부동공을 선택했다. 구유혼원공은 잔독의 차지가 되었다.

그렇게 또 세월은 흐르기 시작했고, 또다시 삼 년이 흘렀다.

그러나 세 가지 심공의 수련은 더디기 짝이 없었다. 삼 년이 흘렀음에도 세 소년의 성취는 불과 일성에 머물러 있었다. 하지만 세 소년은 더 이상 소년이 아니었다.

어느 날, 광개와 공초는 깊은 잠에서 깨어났다.

수련을 시작한 이후 그처럼 깊이 잠든 적이 없었다. 이해할 수 없는 깊은 잠에서 깨어난 공초와 광개는 잔독의 모습이 보이지 않음을 깨달았다. 잔독은 금강불괴동을 떠나면서 공초와 광개의 비급까지 가져갔던 것이다.

"결국 우리는 끝내 구유혼원공은 구경도 하지 못했지. 헐……"

광개의 말에 옥단풍은 잔독이라는 인물이 어떤 사람인지 몹시 궁금해졌다.

“그 후 두 분께선 결국 잔독이라는 사람을 끝내 찾지 못하셨군요.”

“찾았지.”

옥단풍이 의외의 대답에 입을 다물었다.

광개가 길게 한숨을 머금었다.

“수십 년이 흐른 후에야 겨우 찾았지만 끝내 그놈을 만날 수는 없었다. 헐헐…….”

“어째서 만날 수가 없었습니까?”

“놈은 이미 그 누구의 손길도 미치지 않는 까마득한 위치에 올라가 있었던 거지. 클클클… 놈은 지존(至尊)이라고 불리더구나.”

“지존……!”

옥단풍은 깜짝 놀랐다.

탁발한이 병장기에 새겨두었던 지존면, 그리고 참혹한 가문의 참사 현장에서 발견한 반쪽 난 귀면이 동시에 떠올랐다.

“놈은 이미 천하를 수중에 거의 다 넣고 있었지.”

“천하를 손에 넣다니, 그게 가능하기나 한 겁니까?”

옥단풍은 진실로 의구심이 일어 물었다. 천하를 손에 넣다니! 비록 유구한 무림사를 통틀어 천하제일의 영웅이라 불리던 수많은 걸출한 고수가 등장했다 사라졌지만 그 누구도 천하를 손에 넣었다 말할 수는 없었다.

천하, 중원무림은 어느 한 사람의 손에 들어가기에는 너무나 크고 방대했다.

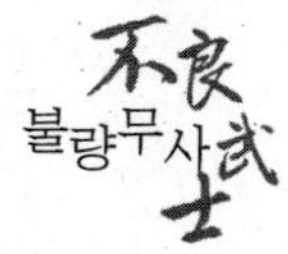

뿐만 아니라 걸출한 영웅호걸이 강변의 모래알처럼 많은 곳이 중원무림이었다.

아무리 뛰어난 자라 해도 천하를 손에 넣는 것은 불가능한 일이었던 것이다.

"중원무림은 정사 양도에 의해 양분되어 있지. 정도 무림은 늘 서로 자중지란을 일으켰다. 무림사를 통틀어 단 한 번도 어느 한 개인이나 문파에 의해 일통되었던 적이 없었지."

광개의 설명에 옥단풍은 고개를 끄덕일 수밖에 없었다. 누구도 부인할 수 없는 사실이었기 때문이다. 정도 무림은 언제나 그랬다. 힘을 합한다면 그 누구도 건드릴 수 없는 강력한 세력이 될 수 있었지만 단 한 번도 일치단결한 적이 없었다.

정도 무림의 속성이 그러했다.

"사파라는 자들은 다르지. 그놈들은 목적을 위해 수단 방법을 가리지 않는 자들이다. 흑좌불이라는 자가 나타나자 가문의 위신이나 문파의 명예 따위는 언제고 내던질 수 있는 거추장스러운 껍데기일 뿐임이 여실히 드러나지 않았는가?"

옥단풍이 말없이 고개를 끄덕였다. 그 또한 맞는 말이었다.

"그래서 중원무림의 가장 강력한 세력으로 치자면 사파 무림과 마교라고 할 수 있었던 게야."

"마교와 사파 무림을 손에 넣는다면 그럼 천하를 손에 넣었다 할 수 있겠군요."

"그렇지."

"그렇다면……."

"바로 잔독 그놈이 그러했던 것이다."

옥단풍은 그제야 모든 것이 머릿속에 확연하게 그려졌다. 사부와 광개의 비급을 훔쳐 달아난 잔독이 어쩌면 그로 인해 금강불괴지체를 이루었을 것이다. 그렇다면 마교와 사도 무림을 손에 넣는 일은 충분히 가능한 일이었을 것이다.

"마교도 사파 무림도 그리 호락호락한 자들은 아니었지. 하지만 세 개의 비급을 모두 손에 넣은 잔독에게는 단지 시간의 문제일 뿐이었다."

광개와 공초는 자신들의 능력만으로는 잔독을 어찌할 수 없다는 사실을 깨닫고는 잔독의 추적을 피해 은신에 들어갈 수밖에 없었다.

"공초는 잔독에 대항하는 방법으로 후진을 키우기로 했지. 그게 바로 네놈이로구나."

광개가 새삼스럽게 옥단풍을 응시했다.

"그럼 존장께서는……."

옥단풍의 질문에 광개가 길게 한숨을 내쉬었다.

"나는 기억을 되살려 금강부동공의 비급을 만들어 아우에게 넘기고, 그 길로 구중비고를 찾아 나섰느니라."

"구중비고요?"

"휴우, 기실 나도 그리 떳떳하지 못했느니라. 금강부동공의 비급 말미에 잡설자 스승께서 남기신 유언이 적혀 있었느니라. 명죽검이 있다면 금강불괴지체라 해도 조문을 방어할 수

없게 될 것이고, 명죽검을 만들 수 있는 금양옥죽이 바로 구중
비고에 숨겨져 있다는 유언이셨다.”

“아, 명죽검.”

옥단풍은 자신도 모르게 굉초초를 돌아보았다.

“설사 금양옥죽을 얻는다 해도 명죽검을 만들 수 없으니 별
무소용일 터였고, 백번 양보해 명죽검을 만들어냈다 해도 기
실 금강불괴지체의 조문을 어떻게 공략해야 하는지는 나도 알
수가 없다. 그러니 어쩌면 모든 것이 헛수고일 수도 있는 문제
였지.”

“그렇군요.”

“그러나 잔독은 이미 세 개의 비급을 모두 손에 넣었고, 그
를 상대할 수 있는 유일한 방법은 명죽검을 얻는 방법밖에 없
었다. 내가 십 년 이상을 이 빌어먹을 지하를 뒤지며 구중비고
를 찾으려는 이유였느니라.”

참으로 공교로운 일이 아닐 수 없었다.

그 넓은 천하에 구중비고가 하필이면 옥단풍이 갇힌 마교의
지하 뇌옥 근처이리라곤 상상도 할 수 없는 일이었다.

“혹시 그렇다면 구중비고와 마교가 어떤 관련이 있지 않겠
습니까?”

옥단풍이 묻자 광개가 의아한 얼굴이 되어 되물었다.

“어째서 그렇느냐?”

“소생이 갇혀 있는 이곳이 바로 마교의 구중뇌옥이기 때문
이옵니다.”

“아……!”

광개가 멍한 얼굴이 되어 뭔가 생각에 잠긴 표정으로 한동안 허공을 응시했다.

광개의 눈빛은 수시로 변하여 복잡한 심사를 드러내고 있었는데, 만약 그의 얼굴이 긴 수염으로 뒤덮여 있지 않았다면 그의 표정은 지금 천변만화하고 있을 것이다.

“그렇구나. 그랬어…….”

광개가 땅이 꺼져라 한숨을 내쉬며 중얼거렸다.

“잔독 그놈이 마교를 손에 넣기 위해 그토록 오랜 시간을 공들였던 이유가 그것이었구나.”

“무슨 말씀이시온지……?”

“잔독 그놈이 마음만 먹는다면 마교의 교주쯤은 어쩌면 일초지적도 되지 않을 것이다.”

옥단풍은 광개의 말에 내심 승복할 수 없는 마음이 강하게 일었지만 입을 열지는 않았다.

“잔독이 그렇게 신중하게 마교를 다루었던 이유가 바로 구중비고가 마교와 관련이 있기 때문이었군.”

옥단풍은 문득 굉초초가 금강불괴경을 들려줄 때 얘기했던 노인이 떠올랐다. 광개의 얘기와 서로 조합을 해본다면 아귀가 맞아떨어지는 느낌이었다.

“초 매, 혹시 그 노인의 함자가 무엇인지 알고 있소?”

옥단풍의 질문에 굉초초가 황급히 대답했다.

“그분은 함자를 밝히지 않으셨어요. 다만 운천이 고향이라

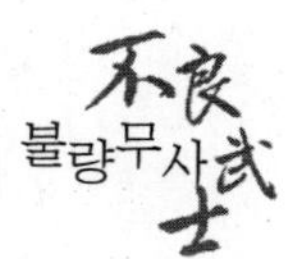

는 말씀만……."

광개가 관심을 보였다.

"운천?"

옥단풍이 뭔가 느끼는 것이 있어 광개를 돌아보았다.

"혹시 존장의 고향이 운천 아니신지요?"

"그걸 어찌 알았느냐?"

옥단풍은 꾕초초에게서 들었던 노인의 얘기와 금강불괴경, 그리고 잡설유록에 대해 설명했다.

광개는 옥단풍의 얘기가 진행되는 동안 때로는 놀라고, 또 때로는 안타까운 눈빛을 보이곤 했다.

옥단풍의 얘기가 끝나자 광개가 고개를 떨구었다.

"아우도 결국 목숨을 잃고 말았구나. 이 모든 것이 내 탓이다. 내가 아우에게 금강부동공을 남기지 않았다면 아우는 그저 쟁기질로 평생을 편안하게 보냈을 것을……."

광개의 음성에 깊은 회한의 빛이 서려 있었다.

광개의 설명에 의하면 그 노인이 찾으려 했던 금강불괴경은 바로 광개가 남긴 금강부동공이었다. 그것이 무슨 연유로 노인의 손을 벗어나 꾕초초 부친의 손에 들어갔는지는 알 수 없었지만 노인은 잃어버렸던 금강불괴경을 끝내 다시 찾아냈던 것이고, 그 이후의 얘기는 꾕초초의 말과 다를 바가 없었다.

옥단풍이 자세를 바로 하고 고개를 숙였다.

"원래 존장의 무공인 금강불괴경을 소생이 허락도 없이 수련하였으니 어떤 벌도 달게 받겠사옵니다."

광개가 묵묵히 고개만 끄덕였다.

"그랬었구나. 어쩐지 공초의 만류일원공과는 판이하게 다르다 느꼈느니라. 아무리 공초가 후학을 기르는 일에 전력을 기울여 좋은 결과를 낳았다 해도 만류일원공만으로는 너와 같은 경지에 이를 수가 없느니라."

"그렇다면… 용서해 주시는 것인지요?"

옥단풍의 조심스러운 물음에 광개가 광소를 터뜨렸다.

"이놈아, 용서고 말고가 있겠느냐? 어차피 네 사부와 나는 형제나 다름없는 사이였느니. 네놈이 내게 구배지례를 올린 이상 뭐가 잘못이란 말이냐?"

옥단풍이 정색을 했다.

"외람되옵니다만 불민한 제자가 느끼기에도 금강불괴경을 수련한 이후 그동안 안개 속에 가려진 듯했던 시야가 넓게 트인 느낌이옵니다."

"그럴 것이니라. 훗날 노부가 가장 후회했던 것이 네 사부인 공초와 더불어 두 무공을 합쳐서 하나의 무공으로 만들지 못했던 점이니라."

"제자가 만류일원공의 구결을 구술해 드릴 터이오니 뜻을 이루시기 바랍니다."

옥단풍의 말에 광개가 고개를 가로저었다.

"그럴 필요가 뭐 있겠느냐? 두 무공을 이미 한 몸에 지니고 있는 네가 있는데."

옥단풍은 말문이 막혔다.

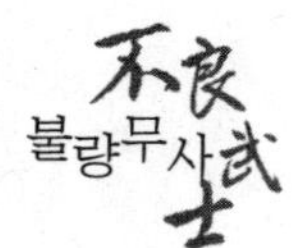

"그렇게 보자면 그 두 무공에 구유혼원공까지 익힌 잔독의 경지가 어떠할지는… 휴우……!"

광개의 말에 옥단풍의 마음도 일시에 어두워졌다.

이제껏 가문의 원수가 누구인지 명확하게 밝혀지지 않았지만 마교를 장악한 청방의 백동기와 그 수하들인 청방일 것이라 추측하고 있었는데, 광개의 말을 종합하자면 그 정점에 잔독이라는 인물이 도사리고 있음이 분명했다.

언젠가 진랑이라 불리던 자의 말이 떠올랐다.

"복수는 잊어라. 상대는 이미 인간의 경지를 벗어났다. 복수는 아예 불가능한 것이다."

그 원흉이 잔독이라면 진랑의 말은 확실히 결코 과장된 말이 아님이 분명했다.

더군다나 명죽검을 만들 수 있는 오백 년 된 금양옥죽은 이미 흉수의 손에 들어가 있음이 확실해 보였다. 위안이 되는 것은 유일하게 명죽검을 만들 줄 아는 굉초초가 옆에 있다는 것이지만 금양옥죽이 없다면 명죽검은 없는 것이나 다름없었다.

무거운 분위기가 잠시 침묵으로 이어졌다.

광개의 음성이 정적을 깨뜨렸다.

"너의 표정을 보아하니 범상치 않은 원한이 있는 모양이구나? 그것이 무엇이냐?"

옥단풍이 망설이다가 입을 열어 지난 일들을 설명하기 시작했다.

그간의 일들을 설명하자니 그동안 마음 깊숙이 쌓여 있던 원한이 한꺼번에 복받쳐 오르면서 두 눈에 가득 눈물이 되어 고였다.

가문의 원수를 지닌 사내대장부로서 입술을 굳게 다물고 결연한 표정을 짓고 있었지만 두 눈에 고였던 눈물은 소리없이 볼을 타고 흘러내렸다.

결연한 얼굴에 소리없이 흐르는 한줄기 눈물은 보는 이의 가슴을 미어지게 하는 느낌을 불러일으켰다.

광개가 무거운 얼굴로 고개를 끄덕였다.

"참으로 원한이 뼈에 사무치겠구나. 으음……."

"기필코 원수의 심장에 검을 꽂을 겁니다. 그게 누구든."

옥단풍이 나직이 말했다. 비교적 차분한 어조였지만 그 차분한 어조가 더욱 섬뜩하게 느껴지는 것은 그만큼 옥단풍의 가슴에 맺힌 원한이 처절함을 반증하고 있는 것 같아 광개는 말없이 고개만 끄덕였다.

지하 뇌옥 속에서 세 사람의 공동 생활이 시작되었다.

구중비고를 찾기 위해 지하 갱도를 파는 방법을 따로 준비했던 광개가 있으니 지하 뇌옥을 빠져나가는 것은 결코 어려운 일이 아니었다. 실제로 옥단풍은 당장 지하 뇌옥을 빠져나가기를 강력히 원했지만 광개가 적극 만류했다.

잔독을 상대해야 한다면 일찍 나가는 것이 결코 좋은 것만

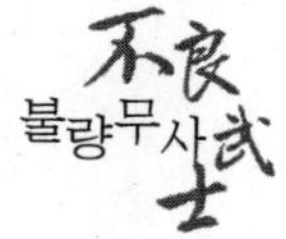

은 아니라는 광개의 말은 설득력이 있었다.

그날부터 옥단풍은 광개의 지도를 받으며 완전치 않은 금강부동공을 연마하기 시작했다.

굉초초의 기억은 정확했고 구결에 있어 글자 하나 틀린 점이 없었지만 옥단풍 혼자서 구결의 오의를 완전히 깨닫는 것은 불가능한 일이었던 것이다.

광개의 지도를 받게 되자 옥단풍의 성취는 하루가 다르게 늘어나기 시작했다.

그러는 동안 굉초초는 두 사람을 위해 이끼를 채취하고 작은 벌레들을 잡았다. 그녀는 마치 존재하지 않는 사람처럼 조용했지만 그녀가 필요한 일에는 조금치도 빈틈이 없었다.

또 얼마나 세월이 흘렀는지 알 수 없었지만 옥단풍도 굉초초도 머리카락이 더욱 길게 자라 얼굴을 가득 덮은 수염만 아니라면 광개와 조금도 다름없는 모습이 되어 있었다.

그사이 옥단풍의 만류일원공과 금강부동공은 팔성의 경지에까지 이르렀다.

팔성의 경지라면 수련을 통해서 도달할 수 있는 최후의 경지라 해도 과언이 아니었다.

그 이상의 경지는 마음의 벽을 넘어서야 도달이 가능한 그런 경지였다.

가부좌를 틀고 앉은 옥단풍의 전신은 투명한 기운으로 둘러싸여 신비롭게 보였다.

그 모습을 지켜보던 광개가 옥단풍의 뒤편에 자리를 잡고

앉았다. 그리고는 양손 손바닥을 곧게 펴서 옥단풍의 명문혈
에 붙였다.

옥단풍이 움찔했으나 한창 운공이 진행되는 도중이었기에
어찌할 도리가 없어서 그냥 맡기는 수밖에 없었다.

"쓸데없는 잡념은 모두 버리거라. 심득의 벽을 넘자면 이 방
법밖에 없느니라."

옥단풍은 광개가 무엇을 하려는지 알 수 있었지만 막을 수
도 그렇다고 피할 수도 없었다.

"설사 심득의 벽을 넘는다 해도 놈이 이미 금강불괴지체가
되었다면 네게는 기회조차 없을지도 모르느니라."

옥단풍 역시 그 사실을 잘 알고 있었다. 그러나 지금 광개는
본신의 진원지기를 고스란히 옥단풍에게 넘겨주고 있는 것이
다.

본신진기를 넘겨주면 광개는 내공을 모두 잃고 평범한 사람
으로 돌아가게 된다. 원래 무공을 익히지 않은 일반인이라면
목숨에 지장이 없겠지만, 이미 무공을 익힌 사람은 내공을 모
두 상실할 경우 생명력이 급격하게 떨어지는 법이다. 광개는
어쩌면 목숨을 잃을지도 몰랐다.

옥단풍은 그렇게 되도록 두 손 놓고 있을 수만은 없다고 생
각했다.

옥단풍이 황급히 운기를 멈추려고 하자 광개의 벼락같은 음
성이 귓전을 울렸다.

"이놈아, 십 년 공부를 모조리 도로아미타불로 만들 생각

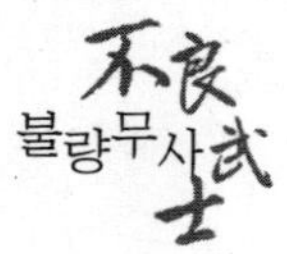

이냐?”

　이어 더욱 노도와 같은 광개의 진기가 명문혈을 타고 흘러 들었다.

　“네놈이 고집을 부릴수록 노부의 진원지기를 허비하게 될 것이야. 네놈은 끝내 노부가 헛되이 목숨을 버리는 꼴을 보고 싶단 말이냐?”

　옥단풍은 그 말에 황급히 다시 운기를 재개했다.

　광개의 진원지기가 뜨거운 장심을 타고 파도처럼 밀려들어 왔다.

　옥단풍은 입술을 깨물었다.

　광개의 진기를 인도해 자신의 본신지기와 합류케 하면서 옥단풍은 애써 상념을 떨쳐 버렸다.

　거대한 벽처럼 가로막고 있는 심득의 벽을 기필코 깨고 넘는 것만이 광개에게 보은하는 길임을 새삼 되새겼다.

　그때 광개의 떨리는 음성이 꿈결처럼 귓전을 파고들었다.

　“육합권의 후삼식은… 잡설자 사부께서 천하에 진실로 뛰어난 절기가 있다면 바로 그것이라 이르셨느니라. 명심하거라. 네가 진정한 육합권의 후삼식을 체득한다면… 어쩌면 금강불괴지체와 맞서볼 수 있을지도 모르느니…….”

　옥단풍은 광개의 말을 아련한 속삭임처럼 들으며 이내 몰아지경으로 빠져들었다.

不良武士

第二章

달빛이 교교했다.

아침부터 하루 종일 흐린 날씨가 이어졌고, 밤이 되고서야 하늘이 맑게 갠 듯싶었다.

구름 한 점 없는 암천에 둥그렇게 떠오른 달은 창백한 빛을 띠고 있었다.

백동기는 창가에 서서 달빛을 올려다보고 있었다.

스승을 만난 것은 어쩌면 운명이었을 것이다.

선주의 그저 그런 부자 가문인 백가의 장자로 태어나 일찍부터 영민한 두뇌와 어린아이답지 않은 침착성으로 천재라는 칭송을 받으며 자랐다.

만약 우연히 선주를 지나던 스승의 눈에 띄지 않았다면, 백동기는 어쩌면 지금쯤 관복을 입고 북경에 있을 것이다.

백동기는 일찍부터 천재성을 보였던 탓에 자신도 모르는 사이에 주변 사람들을 평가하는 데 인색한 습성을 가지고 있었다. 아무리 뛰어난 학식을 자랑하는 대학자라 해도 백동기의 눈에는 그저 평범한 범부로 보였다.

심지어는 어린 백동기의 천재성에 대한 소문을 듣고 북경에서부터 손수 찾아온 당대의 석학 대제학 우문충조차도 그의 눈에는 그저 출세에 눈이 먼 책상물림 이상으로는 보이지 않았다.

그런 백동기에게 처음으로 인간이 발휘할 수 있는 능력의 범위가 무한대에 가깝다는 생각을 가지게 한 사람이 바로 지금의 스승이었다.

백동기의 눈에 비친 스승은 차라리 인간이 아니었다. 그는 신(神) 그 자체였다.

"나를 따라 천하를 농해보겠느냐?"

스승이 백동기를 내려다보며 던진 단 한 마디였다.

백동기는 그 한마디에 두말없이 집을 떠났다.

천하를 농한다.

이 얼마나 사내대장부의 가슴을 울리는 말인가.

백동기의 자질은 마치 먹물을 흡수하는 습자지와도 같았다. 하나를 가르치면 둘을 깨우쳤고 둘을 가르치면 셋을 예상

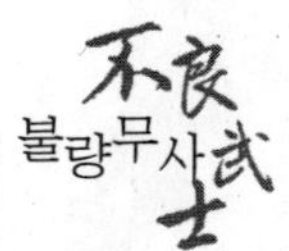

했다.

스승조차도 그런 백동기의 뛰어난 자질을 경계하여 무공을 전수하는 수위를 스스로 조절하기도 했다.

스승을 따른 지 십 년 만에 백동기는 스스로 천하제일고수라고 자부하는 경지에까지 이르렀다.

그리고 청방을 이끌고 마교를 손아귀에 넣는 거사를 훌륭하게 수행했다.

만약 마교에 옥산의 옥가라는 예상치 못한 뛰어난 호교 가문이 있었다는 사실을 미리 알았더라면, 어쩌면 마교의 교주 자리에 오르는 일은 이미 십오 년 전에 이루어졌을 것이다.

마교 교주 장덕산을 키워낸 태사부 옥기린은 그야말로 백동기가 스승 이후 최초로 찬탄을 금치 못한 뛰어난 인물이었다.

교주 장덕산이 옥기린의 활약에 힘입어 자취를 감추지 않았다면, 또한 스승이 그토록 중시하던 구중비고에 대한 비밀을 장덕산이 쥐고 사라지지 않았다면 다시 마교를 장악하는 데 십오 년이라는 세월을 허비하지 않아도 되었을 것이다.

첫 거사 이후 십오 년이 흐른 지금, 교주 장덕산이 청방의 손에 잡힌 것은 아니다.

그러나 사마추를 손에 쥐고 있다면 교주 장덕산은 더 이상 경계해야 할 대상이 아니었다. 더군다나 십오 년간의 면벽 수련을 마치고 출관한 스승으로부터 더 이상 구중비고에 대해 걱정할 필요가 없다는 말을 들은 지금 마교를 손아귀에 넣는 데 주저할 이유는 단 하나도 없었다.

"구중비고엔 오백 년 된 금양옥죽이 소장되어 있었지. 사부께서는 더 이상 명죽검을 두려워하지 않아도 되실 경지에 이르셨단 뜻인가?"

백동기는 암천의 만월을 우러르며 혼잣말처럼 중얼거렸다.

혼잣말처럼 들린 그 중얼거림은 이내 답변이 되어 돌아왔다.

"지존께선 이미 금강불괴지체를 넘어서 탈인지경(脫人之境)에 이르셨어요. 당신이 분발하지 않으면 영원히 따라잡지 못할 경지예요."

음성은 여인의 것이었다.

여인의 입 안에 꽃이 피어 있다면 아마 그것은 아름다운 난꽃이었을 것이다. 지금 여인의 음성에 실려 그윽한 난화 향이 끼쳐 오고 있었다.

백동기의 입가에 희미한 미소가 걸렸다.

"제자가 사부의 경지를 뛰어넘는 것은 사부의 은혜에 보은하는 길이지. 당신은 그렇게 생각하지 않는가?"

백동기의 옆으로 한 여인이 다가왔다.

하늘하늘한 천이 매미 날개처럼 바람도 없는데 펄럭였다.

난화 향이 더욱 짙어졌다.

어둠 속에서도 그녀의 피부는 옥처럼 하얗게 빛나고 있었다. 입술 끝에 신비로운 미소가 걸려 보는 이의 심장을 통째로 들어낼 것만 같은 떨림을 주는 여인.

난화옥녀였다.

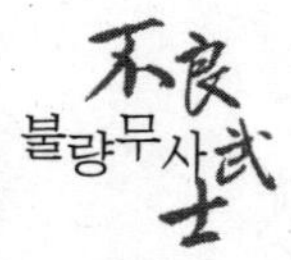

난화옥녀가 얼굴처럼 새하얀 섬세한 손을 들어 살포시 백동기의 어깨에 얹었다.

"왜 그렇게 생각하시죠? 소녀는 당신이 지존의 경지를 뛰어넘는 것을 오랫동안 바라왔는데… 당신은 그런 사실을 전혀 모르고 있었던 사람처럼 말하고 있군요."

백동기의 입가에 걸린 미소가 조금 짙어졌다.

"난 당신이 사부에게도 내게 한 말과 같은 말을 했을 것이라 생각하오."

"무슨 뜻이죠?"

그제야 백동기가 천천히 고개를 돌려 난화옥녀를 응시했다.

그녀의 눈부신 아름다움이 어둠을 밀어내고 안개처럼 실내를 맴돌고 있었다.

백동기의 손이 어깨에 올려진 난화옥녀의 섬섬옥수를 부드럽게 감싸 쥐었다.

난화옥녀의 샛별처럼 빛나는 눈빛이 백동기의 눈동자 안으로 들어왔다.

난화옥녀의 두 볼이 붉게 달아올랐다.

"소녀에게… 주인은 오직 한 사람… 당신이에요… 백 랑."

난화옥녀의 목소리는 촉촉하게 젖어 있었다.

피처럼 붉은 입술이 벌어진 듯 다물어진 듯 가늘게 떨렸다.

백동기의 얼굴이 서서히 다가갔다.

난화옥녀의 입술 한 치 앞에서 백동기의 입술이 멈추었다.

"그 말은 언제고 날 배신할 준비가 되어 있다는 말처럼 들리는군."

백동기는 웃고 있었다. 뱀처럼 차가운 섬뜩함이 백동기의 눈빛에 담겨 있었다.

난화옥녀가 와락 백동기의 품에 몸을 던졌다.

"그래요. 기회가 온다면 언제고 난 당신을 배신할 거예요."

두 사람의 입술이 격렬하게 부딪쳤다.

"그러니… 날 당신 것으로 만들어요. 당신만이 날 온전히 소유할 수 있게… 당신이… 조금만 빈틈을 준다면… 난 훨훨 날아가 버릴 거예요."

백동기의 손이 거칠게 난화옥녀의 매미 날개 같은 옷을 잡아 뜯었다.

옷이 찢겨져 나가자 눈부시게 새하얀 난화옥녀의 나신이 드러났다.

군살 하나 없는 매끄러운 인어 같은 나신이 어둠 속에서 희뿌연 빛을 발하며 물고기처럼 파닥였다.

백동기의 손길이 난화옥녀의 양어깨를 부드럽게 감싸 쥐었다.

난화옥녀의 가슴이 안으로 모아졌다.

사발을 엎어놓은 듯 소담스럽던 난화옥녀의 두 가슴이 더욱 봉긋하게 솟았다.

백동기의 시선이 그 가슴에 가 멎었다.

난화옥녀는 갈구하는 눈빛이 되어 백동기를 응시했다. 그녀의 얼굴은 더욱 붉게 달아올랐고 두 입술은 축축하게 젖어 있

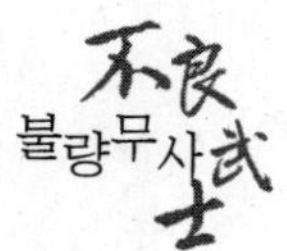

었다.

"넌 내 곁을 벗어나지 못한다. 결코."

백동기는 난화옥녀의 가슴에 얼굴을 묻었다.

난화옥녀의 희고 가느다란 두 팔이 백동기의 머리를 감싸 안았다.

그녀는 고개를 뒤로 젖히며 눈을 지그시 감았다.

속눈썹이 가늘게 떨리고 있었다.

백동기가 그녀의 가슴에 얼굴을 묻은 채 두 팔을 허리에 두르고 그녀를 번쩍 안아 올렸다.

난화옥녀가 두 다리를 활짝 벌려 백동기의 허리를 감았다.

백동기는 한 손으로 난화옥녀를 받쳐 안은 채 다른 한 손으로 천천히 자신의 옷을 벗었다.

거칠게 난화옥녀의 옷을 찢어버릴 때와는 달리 매우 침착하고 여유있는 손길이었다.

이윽고 백동기도 실오라기 하나 걸치지 않은 나신이 되자 난화옥녀는 두 다리에 더욱 힘을 주어 백동기의 허리를 뱀처럼 휘감았다.

난화옥녀의 몸이 서서히 아래로 미끄러져 내렸다.

그에 따라 난화옥녀의 가슴에 머물던 백동기의 얼굴과 난화옥녀의 얼굴이 맞닿는 위치가 되었다.

움찔.

난화옥녀는 허리 아래로 불같이 뜨거운 무언가가 거침없이 몸속을 파고드는 느낌에 전신을 한차례 경련했다.

그녀의 두 눈은 이제 희열과 욕망에 반쯤 감은 듯 빛을 잃었고 입술은 힘없이 벌어져 가쁘게 숨을 몰아쉬고 있었다.

백동기가 근육질로 뭉쳐진 두 다리를 더욱 강인하게 버티고 서자 난화옥녀는 백동기의 허리 위에 걸터앉은 자세가 되었다.

백동기의 두 손이 난화옥녀의 잘 익은 박 같은 엉덩이를 거칠게 움켜쥐고 힘차게 위로 들어 올렸다가는 이내 아래로 내리 찧었다.

"아아……."

난화옥녀의 입에서 자신도 모르게 비음이 흘러나왔다.

백동기가 이를 악물며 다시 난화옥녀의 엉덩이를 위로 치켜 올렸다.

그리고는 전신을 활처럼 탄력있게 튕겨내며 엉덩이를 내리 찧었다.

"아악……."

난화옥녀가 고통인지 희열인지 분간할 수 없는 신음성을 터뜨렸다.

백동기의 손길이 빨라질수록 난화옥녀의 몸도 빠르게 위아래로 오르내렸다.

두 남녀는 그렇게 방의 한가운데 서서 지칠 줄 모르고 서로를 탐닉하며 한 몸이 되고 있었다.

달빛이 교교하게 창틈을 넘어오다가 이내 부끄러운 듯 스러졌다.

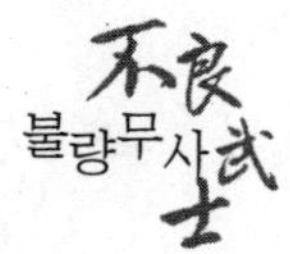

정원을 거닐고 있는 사마추의 어깨 위에도 달빛은 소리없이 쏟아지고 있었다.

그녀는 수심이 가득한 얼굴로 암천에 둥그렇게 떠 있는 만월을 우러르고 있었다.

그녀는 요즘 무력감에 깊이 빠져 있었다.

백동기는 이제 완전히 마교를 장악하고 강력한 교주가 되어 있었다. 합밀사의 일원으로 반란 세력인 청방을 적으로 여기며 싸워왔던 사마추로서는 청방을 이끈 장본인이 백동기라는 사실이 커다란 충격이고 혼란이었다.

더군다나 백동기는 그녀가 온몸을 바쳐 사랑하는 정인이었지 않은가.

그녀는 그 장본인이 백동기였기에 모든 혼란과 충격을 고스란히 속으로 삭이며 현실을 받아들이려고 노력했다.

백동기는 교주 위에 오른 후 누구보다도 강력하게 마교를 장악해 나갔다.

역대 교주 중 가장 강력하고 뛰어난 교주로 손꼽히던 장덕산에 비해서도 오히려 한 수 위라고 해도 좋을 만큼 백동기의 장악력은 발군이었다.

교주와는 대립도 서슴지 않으며 독립적인 지위를 누리던 마교오기는 이제 완전히 백동기의 장악하에 놓여 있었다. 마교오기의 수뇌부엔 백동기가 심어놓은 인물들이 주요한 자리를 차지하고 있었고, 마교오기의 세세한 움직임들은 어느 것 하나 빠지지 않고 모조리 백동기에게 보고되었다.

그들은 이제 교주의 명령에 웃고 우는 꼭두각시 이상을 바랄 수 없는 처지가 되어 있었다.

사마추는 정인이 그와 같은 만인지상의 위치에 올라갔으니 기뻐해야 당연한 일이었으나 기실 조금도 기쁘지 않았다.

백동기는 여전히 사마추에게 다정하고 부드러웠으며 지극하게 대했기 때문에 무엇이 문제인지 딱히 꼬집어 말할 수 없었지만, 사마추의 마음 한구석에 어두운 그림자를 드리우는 그 무엇인가가 있었다.

사마추는 우울한 기분에 사로잡혀 정원을 거닐다가 화들짝 놀랐다.

자기도 모르게 자신의 발길이 백동기의 처소를 향하고 있었다는 사실을 뒤늦게 깨달은 것이다.

"내가 정말 왜 이러지?"

사마추는 자책하며 걸음을 돌리다 문득 멈추었다.

멀지 않은 곳에 마교 교주의 처소가 달빛 아래 교교한 자태를 드러내고 있었다. 백동기의 얼굴을 본 지도 벌써 한 달이 넘었다.

사마추는 옷매무새를 가다듬으며 입술을 꼭 깨물었다.

그냥 얼굴만 한 번 보고 가리라.

사마추는 달빛을 밟으며 교주의 처소로 향했다.

달빛을 받아 짙은 그림자를 드리운 수목과 전각들 사이의 어두운 그림자 속에서 예기가 느껴졌다가 사라졌다.

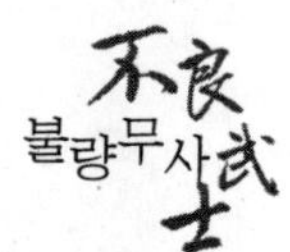

교주의 처소를 지키는 호교당의 무사들일 것이다.

사마추는 이제 마교 내에서는 어디든 마음 내키는 대로 갈 수 있는 신분이었다. 교주의 정인이니 당연한 일이었다.

사마추가 백동기의 정실 앞에 멈추어 섰을 때, 그녀는 방 안에서 새어 나오는 남녀의 거친 숨소리를 느꼈다.

왠지 뒤통수를 누군가 잡아끄는 듯한 느낌을 지울 수 없었다.

사마추가 정실의 문을 열다가 멈칫 석상처럼 굳었다.

정실의 한가운데 벌거벗은 두 남녀가 서서 격렬하게 움직이고 있었다.

사마추의 시선에 열락에 들뜬 백동기의 얼굴이 선명하게 잡히자 그녀는 더 이상 그 자리에 서 있을 수가 없었다.

"아……!"

사마추가 힘없이 그 자리에 무너졌다.

백동기는 그런 사마추를 발견했지만 동작을 멈추지 않았다.

열락에 들떠 고개를 뒤로 젖히며 격렬하게 엉덩이를 위아래로 흔들었고, 백동기의 허리에 매달린 난화옥녀 역시 사마추의 모습을 발견했지만 동작을 멈출 생각이 없어 보였다.

"아… 아……!"

오히려 난화옥녀의 입에선 더욱 교태로운 신음 소리가 높게 울려 퍼졌다.

두 사람은 오히려 사마추가 보고 있다는 생각이 더욱 흥분을 고조시킨다는 듯 더욱 격렬하게 움직이며 열락의 막바지로 치닫고 있었다.

"아… 아… 아흑……!"

어느 순간 난화옥녀가 백동기의 상체를 바싹 끌어안으며 온몸을 밀착했다.

그녀의 전신이 벼락 맞은 비둘기처럼 잔경련을 일으키며 폭발하고 있었다.

백동기의 어깨에 고개를 묻은 난화옥녀가 감미로운 목소리로 속삭였다.

"당신은 최고예요. 그 어느 사내보다."

백동기가 천천히 난화옥녀를 내려놓았다.

벌거벗은 자세로 우뚝 선 백동기의 하초는 아직도 천장을 향해 고개를 끄덕이고 있었다.

백동기가 옷을 입을 생각조차 없는 듯 그대로 사마추가 서 있는 문간을 향해 다가왔다.

그러나 사마추의 모습은 어디에서도 찾아볼 수 없었다.

백동기가 굳은 얼굴로 한동안 그렇게 서서 빈 허공을 노려보았다.

난화옥녀가 다가와 백동기의 어깨에 살포시 기대었다.

"사마추를 걱정하고 계신가요?"

"무엇을 걱정해야 하지?"

"질투……?"

"너도 질투하고 있느냐?"

"호호호호."

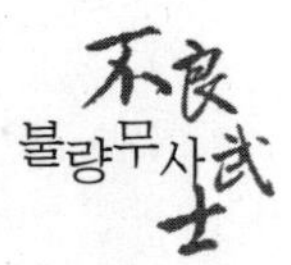

난화옥녀가 알 수 없는 웃음을 터뜨렸다.

그러나 백동기는 웃지 않았다.

난화옥녀가 웃음을 그쳤다. 그리고 샛별 같은 눈동자로 백동기의 눈을 들여다보았다.

"소녀는 편한 여자예요. 사내들이 흔히 말하는……."

"그렇구나."

"하지만, 내 것은 그 누구하고도 공유하고 싶지 않아."

난화옥녀가 정색을 하며 백동기의 눈을 똑바로 쏘아보았다. 그녀는 무엇이든 백동기의 눈빛에서 읽어내려 했지만 아무것도 읽어낼 수 없었다.

"그렇게 된다면 소녀는 아마 세상에서 가장 불편한 여자가 될 거예요."

"난 불편한 여자를 두려워하지 않는다."

"호호호호호."

난화옥녀가 다시 교소를 터뜨렸다.

그녀의 타고난 교태로움은 무엇으로도 감출 수 없는 그런 것이었다.

"두고 볼 일이지요."

난화옥녀가 사내의 혼이라도 앗아갈 듯한 미소를 담고 백동기를 밉지 않게 흘겨보았다.

그녀의 사발을 엎어놓은 듯한 가슴이 그녀가 말을 할 때마다 도발적으로 출렁거렸다.

백동기는 무슨 생각을 하는지 도저히 가늠할 수 없는 표정으로 그저 묵묵히 난화옥녀를 응시하기만 했다.

난화옥녀가 주섬주섬 옷을 챙겨 입었다.

"어딜 가려는 거지?"

백동기가 묻자 난화옥녀가 예쁘게 웃어 보였다.

"잡으러 가야지요."

"잡으러 가다니?"

"사마추."

백동기가 잠시 입을 다물었다. 그는 상대에게서 의외의 말을 듣는다 해도 결코 표정에 변화를 일으키는 사람이 아니었다.

"사마추가 이 밤중에 도주라도 한단 말이더냐?"

"어쩌면 벌써 총단을 떠났을지도 몰라요."

"무슨 근거로 그런 생각을 하는 거지?"

난화옥녀가 그 말에는 대답하지 않고 행장을 마무리했다. 단단한 경장 차림이었다.

난화옥녀가 백동기의 옆으로 다가와 몸을 붙여왔다. 그녀의 꽃잎처럼 붉은 입술이 백동기의 귓전을 간질였다.

"귀여운 사람. 호호, 당신은 의외로 숙맥일지도 모르겠군요. 무슨 근거냐구요?"

백동기는 웃지 않았다.

"그렇다. 무슨 근거로 그런 생각을 하는 것이냐?"

난화옥녀가 무엇이 재미있는지 생글생글 웃으며 섬섬옥수를 들어 아직도 불끈 성을 내고 있는 백동기의 하초를 어루만

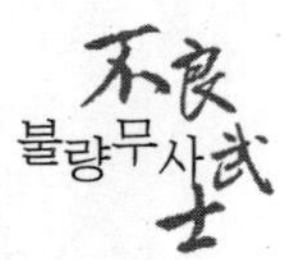

졌다.

그리고 백동기의 귓전에 나직이 속삭였다.

"내가 사마추라면 당연히 그랬을 것이니 그보다 더 확실한 근거가 어디 있겠어요?"

백동기가 고개를 끄덕였다.

"확실히 그렇군. 하지만 네가 아니어도 그녀를 잡을 수 하는 천하에 널려 있다."

"하지만 손끝 하나 다치지 않고 잡아올 수 있는 사람은 많지 않을 거예요. 게다가 추적은 소녀의 전문 분야지요. 호호호!"

"네가 그녀를 죽이지 않고 산 채로 잡아온다는 것을 어떻게 믿을 수 있겠느냐?"

난화옥녀가 알 듯 모를 듯한 미소를 지어내며 말을 이었다.

"당신이 그녀를 반드시 생포해야 할 이유에 대해 소녀는 잘 알고 있기 때문이죠. 심지어는 사마추조차도 모르는 그 사실 말이에요."

백동기가 무표정하게 침묵을 지켰다. 그의 표정으로는 그의 내심을 아무것도 읽어낼 수가 없었다.

난화옥녀가 다시 한 번 백동기의 하초를 힘주어 쓰다듬었다.

"당신이 소녀를 버리지 않는다면… 사마추는 절대로 죽지 않을 거예요. 호호호호!"

난화옥녀가 말을 마치고는 소리없이 정실을 빠져나갔다. 그녀가 사라진 빈 허공엔 짙은 난화 향만이 안개처럼 번지고 있었다.

벌거벗은 백동기는 난화옥녀가 사라진 후에도 한동안 석상처럼 우두커니 서 있었다. 그의 하초는 이미 축 늘어져 있었다.

"그녀를 살려두어야 하는 이유는 본좌 때문이 아니다. 사부는 구중비고를 더 이상 두려워하지 않는다고 했지만… 여전히 명죽검만이 사부를 견제할 수 있는 유일한 물건이 될 것이다."

백동기의 시선이 음울하게 빈 허공을 향했다.

"나는 그 명죽검이 필요하단 말이다."

*   *   *

새벽이 되자 바다에 서리가 내렸다.

진랑은 흔들리는 뱃전에서 몸을 일으켰다.

새벽 바다의 한기가 훅하고 끼쳐 왔지만 진랑은 벌어진 앞섶을 여밀 생각도 하지 않았다.

새벽마다 마을의 다른 어부들처럼 고깃배를 몰고 나갔다가 들어와야 한다고 말한 건 팔고황이었다.

팔고황은 흑림의 귀루 루주였기 때문에 그의 말은 설득력이 있었다.

절강의 작은 어촌인 구진포(九津浦)에 거처를 마련한 것 역시 팔고황의 의견에 따른 것이었다. 흑림의 추적을 따돌리는 것이 그처럼 어려운 일이라는 사실을 진랑은 요즘 새삼 깨달

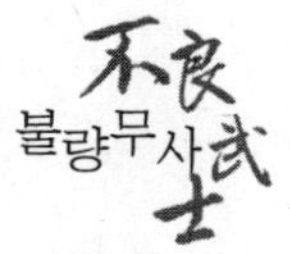

고 있었다.

진랑은 뱃머리를 항구 쪽으로 향하며 천천히 돛을 올렸다.

작은 어선이지만 갖출 건 다 갖추고 있었다. 비록 매일 빈 배로 들어가지만 다른 사람들은 진랑의 어항이 항상 텅텅 비어 있으리라고는 상상도 하지 못할 것이다.

백동기가 마교의 교주 위에 오른 것은 이미 예상한 일이었지만 옥단풍과 굉초초가 마교의 구중뇌옥에 갇히게 될 줄은 미처 예상하지 못했다.

팔고황과 탁발한, 그리고 진랑은 마교의 구중뇌옥을 파옥하기 위해 마교의 총단이 있는 천산에까지 갔었다.

그러나 구중뇌옥을 파옥하기는커녕 근처에도 가보지 못하고 발각되고 말았다.

그 후 얼마나 오랜 시간 동안 지독한 추적에 쫓기게 되었는지는 다시 생각하고 싶지도 않았다. 흑림의 추적술이 그처럼 대단한 것인지, 또 흑림의 행자들이 어떤 능력을 지니고 있는지는 수없이 많은 죽을 고비를 넘기면서 뼈저리게 체험했다.

맞서 싸운다면 진랑의 공력으로는 결코 두려워할 이유가 없는 상대가 대부분이었지만 매복하고 암중으로 추적하며 불시에 기습하는 행자들은 초절정고수 이상의 위력을 발휘하고 있었다.

흑림에서 그와 같은 일에 익숙한 팔고황과 탁발한이 없었다면 진랑은 흑림의 추적에 결국 목숨을 잃고 말았을 것이다.

배가 포구에 점점 다가가자 야트막한 구릉을 등지고 아담하게 자리하고 있는 구진포의 마을 정경이 한눈에 들어왔다.

그야말로 궁벽진 산간 어촌이었기 때문에 무림인의 모습을 보기란 장마철 밤하늘에서 별을 보는 것만큼이나 힘들었다.

팔고황과 진랑은 이리저리 흘러 떠돌다 어촌에 정착한 그저 그런 농사꾼 행세를 하고 있었다. 탁발한만이 흑림의 동태를 살피고 구중뇌옥에 갇힌 옥단풍의 소식을 알아내기 위해 처음부터 두 사람과는 떨어져 행동하고 있었다.

포구에 배를 대며 진랑은 고개를 잔뜩 숙인 자세로 배에서 내렸다.

포구는 아침 조업에서 돌아온 고깃배들이 어구를 정리하고 어항의 잡은 물고기를 옮기느라 분주했다.

"어이, 동씨. 오늘은 재미 좀 봤는가?"

아침마다 포구에서 만나는 어부 왕씨가 그물을 정리하며 진랑을 아는 척했다.

진랑은 시선을 마주치지 않은 채 애매한 미소만 보여주며 서둘러 포구를 벗어났다.

팔고황은 남의 시선을 속이기 위해선 먼저 네 자신을 속여야 한다고 누누이 말했지만 진랑은 언제나 어부 동씨로 행동하는 것이 어색하기 짝이 없었다.

한편으론 답답하기 그지없는 일이었다. 구진포에 자리를 잡은 지도 벌써 육 개월이 지났다. 아무 하릴없이 육 개월을 어부로 생활하는 것은 참으로 견디기 힘든 고역이었다.

팔고황은 병든 노인으로 분하고 있었는데, 그가 얼마나 뛰

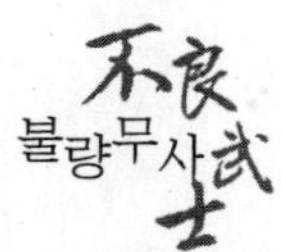

어난 변장술을 지니고 있는지는 함께 있는 진랑조차 팔고황의 원래 모습을 전혀 찾아볼 수 없다는 사실만으로도 충분히 증명이 되고도 남았다. 팔고황은 동대숙이라 불리며 진랑의 숙부 행세를 하고 있었다.

진랑은 한 손에 빈 바구니를, 다른 한 손엔 그물을 들고 거처로 향했다.

분주한 포구와는 달리 마을은 아직 어슴푸레한 여명의 빛 속에서 깊은 잠에 빠져 있는 듯 보였다. 간간이 굴뚝에서 밥 짓는 연기가 솟아오르는 모습 이외에 움직이는 것은 아무것도 없었다.

진랑은 좁은 골목길로 들어서다가 아주 짧은 순간 걸음을 멈추었다.

그러나 이내 아무 일도 없었다는 듯 다시 걸음을 옮기기 시작했다. 누가 봐도 그 짧은 멈칫거림은 알아채기 힘든 것이었다.

그러나 진랑은 그 순간 오른손에 흑수라장의 공력을 끌어모으고 있었다.

모퉁이를 돌아선 순간 후 측방에서 섬뜩한 기운이 날아들었다.

그러나 진랑은 그것이 초식으로 치자면 허초에 해당한다고 확신했다.

아니나 다를까, 섬뜩한 기운은 진랑의 뒤통수에 강렬하게 날아들다가 이내 아지랑이처럼 사라졌다. 여느 사람 같으면 그 순간 앞으로 몸을 움직여 피하거나 몸을 돌리며 방어 태세를 갖추었을 것이고, 그것은 극히 정상적인 반응이었을 것이다.

그러나 진랑은 그렇지 않았다.

순간 모퉁이의 좌우에서 검은 그림자가 솟구치며 엄습해 들어왔다.

새벽의 어스름 속에서도 검날의 번득임이 섬뜩하게 느껴졌다. 만약 진랑이 처음의 허초에 어떤 반응이라도 보였다면 지금의 두 공격권 아래 고스란히 허점을 노출하고 마는 결과를 가져왔을 것이다.

진랑의 오른손이 움직였다. 검날 하나가 진랑의 손아귀에 잡히며 종잇조각처럼 구겨졌다.

순간 진랑의 몸이 회전하면서 반대편의 검은 그림자의 목덜미를 후려쳤다.

검은 그림자는 숨소리조차 내지 않고 무너졌다.

진랑의 발길이 손아귀에 잡힌 검날의 주인을 걸어 올렸다. 진중퇴라는 수법으로, 근접전에서 강력한 위력을 발하는 그저 그런 수법이었지만 진랑의 발길에서 펼쳐지자 검은 그림자는 속수무책으로 당하고 말았다.

그야말로 눈 깜짝할 사이에 두 명의 검은 그림자를 처치한 진랑이 천천히 몸을 돌렸다.

그는 느낌으로 알고 있었다. 처음 허초를 날려온 자가 오늘 찾아온 자들의 우두머리일 것이다.

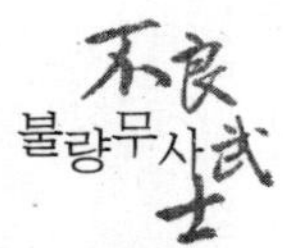

공격해 오는 수법이나 모양새로 보아 흑림의 인물들이 분명했다. 여기를 어떻게 찾아내었는지 알 수는 없었지만, 일단 누구도 살려 보내서는 안 된다.

진랑이 선뜩 몸을 움직였다. 마치 물 위를 미끄러지듯 진랑의 몸이 앞쪽 낡은 초가집의 담장 쪽으로 순식간에 이동했다.

순간 처마 밑에서 한줄기 은빛이 번득이고 동시에 예리한 면도 한 자루가 미간을 노리고 날아들었다. 그야말로 쾌속무비하고 정확한 수법이었다.

그러나 진랑은 마치 예측이라도 하고 있었다는 듯 그대로 몸을 날리며 고개를 살짝 비트는 것으로 면도를 피해 버렸다. 진랑의 몸이 그대로 쏘아낸 화살처럼 처마를 향해 쏘아갔다.

붉은 빛이 진랑의 우장에서 번득였다 싶은 순간, 검은 그림자 하나가 처마에서 떨어져 내렸다. 검은 그림자는 이미 입으로 검붉은 선혈을 꾸역꾸역 토해내고 있었다.

진랑이 골목길 가운데로 내려서며 매서운 눈으로 주위를 둘러보았다.

더 이상 은신하고 있는 적의 기척은 느껴지지 않았다.

"고작 세 명……?"

문득 진랑의 안색이 굳어졌다.

적들은 거처에 먼저 당도했을 것이 분명했다. 어쩌면 주력은 거기에 남아 있을지도 몰랐다.

"이런……."

진랑이 다급한 얼굴이 되어 지면을 찼다.

담장을 넘어 거처로 사용하는 초옥의 마당으로 떨어져 내린 진랑의 시야에 피를 흘리며 쓰러져 있는 검은 그림자들이 보였다.

"동 숙부."

진랑이 다급하게 외치며 방 안으로 뛰쳐 들어가려는 순간 방문이 열리며 팔고황이 모습을 드러냈다.

"떠날 때가 되었다."

"발각된 겁니까? 어떤 자들이죠?"

"흑림에 만족교(萬足橋)라는 집단이 있다."

"만족교?"

"대체로 다른 흑림 집단과는 달리 만족교는 암살과 공작에 능수능란한 자들이라고 할 수는 없지만 정보 수집에 있어서는 흑림제일이라고 할 수 있지."

"저자들이 그럼……?"

"만족교 애들이다. 이끌고 온 자의 지위로 보아서는 만족교의 정예들이라고 할 수는 없으니 우리들에 대한 파악이 완전히 이루어진 것은 아닌 것 같다."

팔고황이 말을 마치고는 두 손으로 자신의 얼굴을 문지르기 시작했다.

그러자 병색이 완연한 촌노의 모습에서 순식간에 만면에 웃음이 떠나지 않는 뚱뚱한 장사치의 얼굴이 되었다.

진랑은 팔고황의 변장술에 대해 익히 알고 있었지만 다시 한 번 감탄하지 않을 수 없었다.

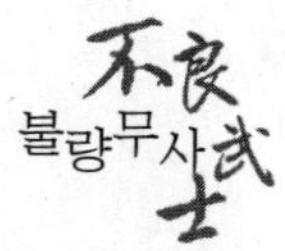

팔고황은 언제 준비했는지 매우 비싸 보이는 화려한 비단 장삼으로 갈아입고 있었다.

그때까지 멍청하게 서서 자신을 보고 있는 진랑을 돌아보며 미간을 좁혔다.

"무얼 하고 있는 게냐, 어서 뒤처리를 하지 않고?"

진랑이 잠에서 깨어난 사람처럼 급하게 움직였다.

차 한 잔 마실 시간도 지나지 않아 아직 새벽 여명에 잠들어 있는 고요한 구진포의 마을 한구석에서 화광이 치솟았다.

팔고황과 진랑의 모습은 이미 마을 어디에서도 찾아볼 수 없었다.

동가의 초막이 화염에 휩싸인 사실은 이제 곧 마을 전체에 퍼지게 될 것이다. 잿더미 속에서 인골을 발견할 테고, 마을 사람들은 그 인골이 병든 노인과 늘 말없이 고기잡이에만 열중하던 조카의 것이라고 믿게 될 것이다.

마을이 한눈에 내려다보이는 마을 뒤편의 언덕 숲 속에서 그 광경을 지켜보고 있는 사람이 있었다.

일신을 날렵한 흑의 경장으로 감쌌으되 머리엔 채양이 넓은 모자를 쓰고 그 채양에 검은 면사를 드리운 호리호리한 여자, 난화옥녀였다.

일순 난화옥녀의 옆에 한 사내가 현신했다.

꽃잎처럼 붉은 입술에 섬세한 선을 가진 여자보다도 아름다워 보이는 사내, 매구방이었다.

"만족교의 동방교주는 이번 일에 불만이 큰 듯합니다."

매구방이 나직이 말을 건네자 난화옥녀가 소리없이 웃었다.

"동방고는 원래 말이 많은 자이다. 이번 일이 제대로 처리되면 만족교의 지위를 귀루와 맞바꿔 주겠다고 하면 더 이상 우는 소리는 안 할 게야."

"팔고황과 진랑은 북쪽으로 향하고 있사옵니다. 예측하신 대로 탁발한과 접선할 가능성이 크군요."

"총단에서 사라진 사마추가 중원에서 의지할 사람은 없다. 감쪽같이 사라져 버렸으니 탁발한을 만났을 확률이 커."

"사마추를 쫓다가 의외의 수확을 거둔 셈이군요."

"진랑이 팔고황의 요설에 넘어갔으리라고는 상상도 하지 못했다."

"진랑은……."

매구방이 잠시 말을 멈추었다. 그는 매우 복잡한 표정을 지어내고 있었다.

매구방의 기색을 느낀 난화옥녀가 고개를 돌려 그를 응시했다.

"너는 예전부터 진랑을 질투했었지?"

매구방의 얼굴이 붉어졌다.

청방십팔존자 중에서도 진랑의 위치는 독특했다.

진랑의 서열은 딱 중간이라고 할 수 있는 구위에 해당했음에도 그는 언제나 특별대우를 받았다.

매구방은 그것이 청방십팔존자를 이끌고 있는 난화옥녀와의 관계 때문이라고 생각했다. 매구방은 그토록 간절히 원했

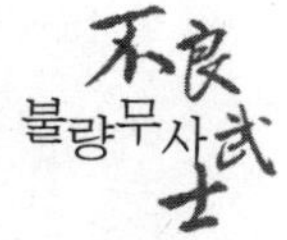

음에도 결코 얻을 수 없었던 그런 특수한 관계 말이다.

매구방이 고개를 떨구었다.

여인보다도 더 섬세하고 긴 속눈썹의 선이 선명하게 아름다웠다.

난화옥녀가 손을 들어 얼굴을 가린 면사를 젖히며 모자를 벗었다.

구름 같은 흑발이 모자 속에 감추어져 있다가 폭포수처럼 쏟아져 내렸다.

매구방이 흠칫 뒤로 반걸음을 물러섰다. 그러나 그는 여전히 고개를 들지 못하고 있었다.

난화옥녀가 성큼 매구방의 옆으로 다가왔다.

"매구방, 날씨가 변하듯 인간사는 변화무쌍한 법이야."

그녀의 음성은 매우 다정하고 부드러웠다.

짙은 난화 향이 느껴지자 매구방은 가슴이 무섭게 방망이질 치기 시작했다. 이 얼마나 그리운 향기던가.

난화옥녀의 섬섬옥수가 매구방의 볼을 가볍게 쓰다듬었다.

"내일의 일을 그 누가 알겠어? 사람의 일인데……."

그녀의 목소리는 더욱 고혹적이었다.

매구방이 화들짝 뒤로 물러서며 호흡을 가다듬었다. 그는 행여 난화옥녀의 손끝이라도 건드리게 될까 두려워하는 사람처럼 보였다.

"흑림의 천리향(千里香)이 팔고황과 진랑의 뒤를 쫓고 있습니다. 속하는 천리향의 향주와 함께 일에 차질이 없도록 만전을 기하겠사옵니다. 그럼."

매구방은 끝내 고개를 들지 않고 사라졌다.

난화옥녀가 의외라는 듯 커다란 눈을 깜빡이며 매구방이 사라진 숲 쪽을 응시했다.

"의외로 사내다운 구석이 있어. 매구방 넌 그게 매력이야."

그녀의 두 눈동자 깊숙이 정욕이 이글거리고 있었다.

*   *   *

황구평(黃鷗坪)은 청운산 일대에선 가장 넓은 분지였다.

비록 분지이긴 하나 해발은 어지간한 산보다도 훨씬 높다. 청운산이 워낙 높은 산이기도 했지만 항구평이 청운산의 그 많은 봉우리 중에서도 다섯 손가락 안에 꼽히는 높은 위치에 자리하고 있었기 때문에 이름만 듣고 그곳을 그저 산보하듯 나서서 찾아갈 만한 장소라고 생각한다면 큰 오산이 되는 것이다.

그런 탓에 황구평엔 항상 뿌연 모래먼지가 소용돌이친다.

비둘기가 날아올랐다가 누렇게 변해서 내려온다 하여 이름도 황구평인 것이다.

혁무린은 말안장에 올라앉아 매서운 눈빛으로 정면을 응시하고 있었다. 그의 애마 설리총은 계속 앞발로 땅을 후비며 투레질을 했다. 설리총 역시 지금 주인이 어떤 마음 상태인지를 잘 알고 있는 듯했다. 언제든 혁무린의 손에 쥐어진 고삐가 재

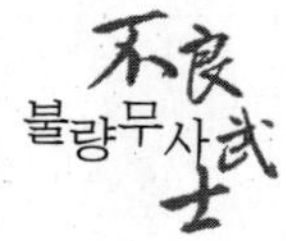

갈이 되어 물리기만 하면 무서운 기세로 앞으로 내달릴 채비가 되어 있는 모습이었다.

지금 혁무린의 앞엔 황구평의 넓은 분지가 누런 모래먼지 속에 펼쳐져 있었고, 그 누런 모래먼지가 채 다 가릴 수 없는 대규모의 병력이 철갑을 몸과 말에 두르고 집결해 있었다.

마교홍기의 최정예 부대라 일컬어지는 철기대(鐵騎隊)였다.

철기대는 혁무린이 홍기의 일에 관여하기 시작하면서 창설한 부대다. 대원 하나하나 혁무린이 직접 면담하여 뽑지 않은 자가 없었다. 또한 철갑과 무장도 모두 혁무린이 심혈을 기울여 고안한 것으로 비용을 상관하지 않고 가장 전투에 적합한 것들로 채워 넣었다.

총 백팔 기의 기병으로 구성된 철기대는 대규모 전투에서 더욱 빛을 발한다.

제아무리 많은 병력으로 인의 장막을 치고 있다 해도 철기대의 무지막지한 돌진에는 속수무책인 것이다.

철기대의 선두엔 투구 끝에 붉은 천을 매단 허정방이 마상에 앉아 있다. 허정방은 마교홍기에서 십팔노공과 견주어 부족하지 않은 몇 안 되는 고수 중 하나다.

또한 마교홍기의 실질적인 일인자라고 할 수 있는 혁무린이 평소 십팔노공을 제치고 가장 총해하며 아끼는 인물이기도 했다.

허정방은 한 손에 애병인 청룡만월도(靑龍彎月刀)를 뽑아 들고 있었다.

　허정방의 시선이 철기대와 마주 보고 서 있는 혁무린에게로 가 고정되었다.

　철기대원들은 말발굽조차 움직이지 않고 정숙하게 서 있었는데 말로 표현하기 어려운 비장감이 묻어 나왔다.

　혁무린이 아픈 시선으로 철기대를 돌아보며 입을 열었다.

　"본좌가 가장 아끼는 것이 있다면… 바로 너희들 철기대일 것이다."

　철기대원들에게서는 숨소리조차 흘러나오지 않았다.

　"지금은 비록 홍기가 안팎으로 지극한 어려움을 겪고 있지만, 본좌는 백팔철기대만 온전하다면 언제고 빛나는 마교홍기로 재기할 수 있음을 의심한 적이 없었다."

　철기대원들을 둘러보는 혁무린의 시선에서 아픔마저 느껴졌다.

　그때 허정방이 불쑥 입을 열었다.

　"그런 감상적인 얘기는 지금 이 순간 아무런 도움도 되지 않소."

　허정방의 음성은 차갑고 메말라 있었다.

　혁무린이 씁쓸하게 웃었다.

　"그렇구나, 허정방. 할아버지께서 돌아가신 후 모든 것이 변했지. 그것이 천하의 인심이니 그 누구를 탓하랴만… 허정방 너만은 변하지 않으리라 굳게 믿었다."

　"나 역시 천하의 사람들 중 하나일 뿐이오."

　혁무린의 시선이 시퍼런 불똥을 튕겨내었다.

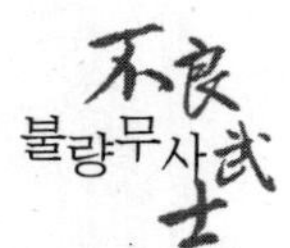

"끝내 내 앞을 가로막을 셈이냐?"

허정방이 조금도 수그러들지 않는 기세로 혁무린과 시선을 마주쳤다.

"아니오. 본인은 공자를 막아서려는 게 아니라……."

허정방이 청룡만월도를 어루만지며 말에 간격을 두었다.

"공자를 잡으려는 것이오."

"발칙한 놈!"

혁무린이 안면 근육을 부르르 떨었다. 치밀어 오르는 배신감에 이를 악물었지만 살이 떨리는 기분은 좀체 줄어들지 않았다.

"어쩔 수 없소. 마교는 지금 백 교주님의 것이오. 홍기 또한 백 교주님께 이미 충성을 맹세한 터. 더 이상 어리석은 저항으로 힘 빼지 맙시다."

허정방의 말은 매몰차고 차가웠다.

혁무린이 허리춤에서 애검을 뽑아 들었다.

"나는 홍기를 돌려달라고 하지도 않았다. 나는 너희 백팔철기대가 나를 위해 목숨을 내던지기를 바라지도 않았다. 나는 다만 원래의 홍기 주인이었지만 지금은 그 홍기에 쫓기며 생사의 기로에 서게 된 내 동생 소미를 되찾고자 할 뿐이니 내 앞을 가로막지 말라 부탁하는 것이다."

혁무린의 말은 처절했다.

그러나 백팔철기대는 그 누구도 미동조차 하지 않았다.

허정방이 차갑게 혁무린을 응시했다. 허정방의 대답은 입을 통해서가 아니라 손이 대신하고 있었다.

허정방이 청룡만월도를 번쩍 치켜들자 백팔철기대가 반응했다.

대원과 기마가 모두 검은 철갑을 두르고 다섯 자 다섯 치에 이르는 검은 장창을 일제히 허공 높이 치켜 올리는 모습은 그야말로 장관이었다.

그 모습을 보는 혁무린의 두 눈에 일말의 안타까움이 진하게 스쳤다.

'내가 조련하고 내가 만들어낸 전사들과… 내가 검을 맞대야 하다니… 이 무슨 기구한 운명이란 말인가?'

그런 생각이 들자 혁무린은 백동기를 향한 증오가 더욱 뼈에 사무쳤다.

"잡아라! 반드시 생포하지 않아도 좋다!"

허정방이 청룡만월도를 앞으로 쭉 내리뻗으며 쉰 음성으로 외쳤다.

두두두두두두……!

그야말로 지축을 뒤흔드는 말발굽 소리가 일제히 터져 나오며 백팔철기대가 움직였다.

그들은 마치 혁무린을 단숨에 말발굽 아래 짓밟고 지나가려는 듯 무서운 속도로 돌격해 오기 시작했다.

혁무린의 어금니가 굳게 앙다물어졌다.

'좋다. 내 손으로 만들었으니… 너희들을 무너뜨리는 것은 차라리 내 검이 되어야 할 것이다.'

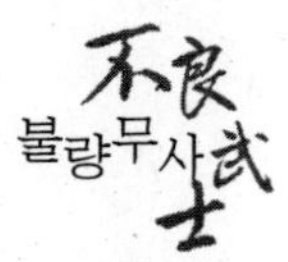

혁무린이 설리총의 옆구리에 박차를 가했다.

그러자 기다렸다는 듯 설리총이 고개를 앞으로 숙이며 내달리기 시작했다.

누런 황사를 일으키며 장방형의 대열이 돌격해 오고, 그 대열을 향해 단기의 혁무린이 그보다 더욱 빠른 속도로 내달리는 장면은 그야말로 일대 장관을 이루었다.

"차아!"

혁무린의 맑은 기합 소리가 황사 먼지 속으로 메아리쳐 울려 퍼졌고, 혁무린과 설리총은 한 덩어리가 되어 철기대의 대열 속으로 곧장 사라지고 말았다.

마교의 가장 촉망받는 세 영재 중 하나요, 마교 최대의 조직이었던 마교홍기의 후계자였으며, 장차 마교의 장덕산 교주를 능가하는 인물로 가장 가능성이 높은 기재로 꼽히던 혁무린과, 마교홍기의 가장 막강한 돌격대 철기대와의 일대 접전이 황구평의 지형을 흐르는 피의 냇물과 쌓이는 시체의 산으로 바꾸어놓게 되는 대격돌이 시작된 바로 그 시간보다 사흘을 더 거슬러 올라간 시간, 중원의 서쪽 끝에서도 두 절세 미녀와 한 명의 중늙은이가 절체절명의 순간에 빠져들고 있었다.

"내 손을 잡아, 언니."

뾰쪽 바위 사이로 나 있는 좁은 통로를 찾아낸 혁소미가 손을 내밀며 외쳤다.

사마추는 지쳐 있었다. 그녀는 헝클어진 머리와 흐트러진 옷매무새 따위는 아무래도 좋았지만 지금 이 순간 어디서든 지친 몸을 누이고 잘 수만 있다면 영혼이라도 팔고 싶었다.

사마추가 힘겹게 손을 내밀어 혁소미의 손을 잡으려는 순간, 뒤쪽에서 격렬하게 부딪치는 금속성이 연이어 들려왔다.

혁소미와 사마추가 멈칫 돌아보자 바위산의 좁은 통로에 탁발한이 등을 보이고 막아서서 추격자들을 물리치고 있었다.

탁발한의 몰골 역시 여기저기 찢기고 험악하기 이를 데 없는 모습이었지만 그는 양손으로 그의 애병인 삼절편을 이리저리 휘두르며 꿋꿋이 버티고 있었다.

"어서, 언니. 조금만 더 버티면 괄창산을 벗어날 수 있어요. 괄창산만 벗어나면 우린 추격권에서 벗어나는 거예요. 조금 더 힘을 내요."

혁소미는 예전의 오만한 기색은 어디에서도 찾아볼 수 없었다.

모든 오만함의 배경이었던 그녀의 할아버지 홍기왕 혁천린은 이미 병사했다. 병사라고는 하지만 그의 죽음을 재촉한 것은 백동기를 정점으로 한 청방의 마교 접수였다.

혁소미가 오빠 혁무린과 함께 용케도 청방의 손길을 피해 홍기를 빠져나올 수 있었던 것은 어쩌면 커다란 행운이었을 것이다.

그러나 그녀는 행운에 안주해 이름 모를 촌구석에 몸을 숨기고 훗날을 도모하는 대신 무모하게도 백동기를 암살하기 위해 마교 총단으로의 잠입을 시도했던 것이다.

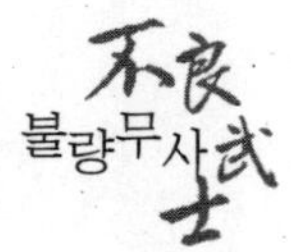

그러나 마교 총단에 잠입한다는 것은 아무리 천하의 홍기왕 손녀라 해도 불가능에 가까운 일이라는 사실을 깨닫는 데는 그리 오랜 시간이 걸리지 않았다.

그녀는 마교 총단은커녕 천산에 다다르기도 전에 마교의 추격망에 걸려들었고, 이곳 괄창산까지 험악한 도주를 계속하고 있었던 것이다.

혁소미는 그제야 깨달았다.

마교는 이미 청방이 완벽하게 장악한 후였고, 놀랍게도 청방은 흑림까지도 좌지우지하고 있었으며, 흑좌불을 중심으로 한 사도 무림은 마치 청방의 오랜 연합군인 양 움직이고 있다는 사실을.

그 중심에 백동기가 있었다.

혁소미는 드넓은 중원 천지에 의지할 곳 하나 없이 도처에서 혈안이 되어 자신을 뒤쫓는 적당들만 우글거린다는 사실을 믿을 수가 없었다.

만약 괄창산에서 뇌옥에 갇힌 옥단풍의 행방을 탐색하기 위해 은밀하게 활동하고 있던 탁발한을 만나지 않았다면, 그녀는 어쩌면 더 이상의 저항을 포기하고 먼저 간 홍기왕의 뒤를 따랐을 것이다.

그런데 공교롭게도 그때 마침 마교를 떠나 쫓기는 몸이 된 사마추와 조우하게 된 것이다.

탁발한, 혁소미, 그리고 사마추는 그 이전의 인연이 어떠했는지 따위는 상관하지 않았다.

사람이 어찌 과거의 인연을 상관하지 않고 살아갈 수 있을까마는, 지금 세 사람이 공동으로 마주하고 있는 적은 너무도 강대해서 세 사람으로 하여금 같은 적을 상대하고 있다는 단순한 공통점만으로도 모든 과거를 덮어두고 서로의 손을 잡게 하기에 충분했기 때문이다.

사마추는 안간힘을 다해 혁소미의 손을 잡았다.

순간 사마추의 몸이 바위틈에서 뽑혀 올려지며 순식간에 혁소미의 곁으로 내려섰다.

혁소미가 한 자 반 길이의 중형검을 들고 사마추를 등 뒤로 돌리며 주위를 경계했다.

지형의 이점을 이용하고 있어서 추격자들을 뿌리치기에 용이한 상황이었지만 추격자들은 수적 우위로 그것을 상쇄하고도 남았다.

탁발한이 조금 더 아래쪽의 길목을 지키며 추격자들을 물리치는 동안 두 사람은 간신히 여기까지 무사히 당도했지만 어느새 좌우의 험악한 지형을 타고 우회하는 추격자들의 모습이 하나둘씩 보이기 시작했다.

혁소미가 중형검을 입에 물고 양손에 유엽비도를 뽑아 들었다.

그녀의 몸은 지금 아예 무기고라 해도 과언이 아니다. 단신으로 천산을 향할 때 그녀는 사용할 수 있는 모든 병장기를 몸에 두르고 왔던 것이다.

"찰거머리 같은 놈들."

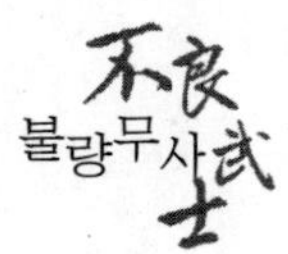

혁소미가 좌우의 절벽을 타고 오르는 추격자들을 향해 유엽
비도를 내쏘며 짧게 소리쳤다.

유엽비도는 자석에라도 이끌리듯 날아가 정확하게 추격자
들의 목젖을 꿰뚫었다.

탁발한이 그 모습을 힐끔 보고는 더욱 거칠게 삼절편을 휘
둘러 추격자들을 일시 뒤로 물러나게 했다.

"절벽을 돌아 내려가면 오심협이 흐른다. 삼각형의 바위 아
래 뗏목을 숨겨놨으니 그걸 타거라. 오심협에 무사히 들어설
수만 있다면 추격을 뿌리칠 수 있다."

오심협은 괄창산 일대에선 가장 험악한 물살을 자랑하는 수
로다. 추격이 힘든 것은 자명한 일이지만 오심협을 타고 탈출
하는 것도 또한 어려운 일이었다.

"당신은……?"

혁소미가 다급하게 물었다.

아직 약관도 되지 않은 소녀가 중늙은이에게 당신이라고 부
르는 모습은 매우 기괴하다.

그러나 예전의 혁소미에 비한다면 이놈 저놈 하지 않는 것
만도 커다란 변화가 아닐 수 없었다.

"나도 간다. 걱정 말고 어서 가."

탁발한이 삼절편을 휘둘러 한 명의 추격자 머리통을 박살
내며 소리쳤다.

피가 사방으로 튀며 마치 탁발한의 몸에서 솟구치듯 탁발한
의 전신을 피로 물들였다.

그 순간 좌측에서 두 자루의 검날이 탁발한을 노리고 날아들었다.

탁발한이 휘청하며 검을 피하는 순간 그는 단단하게 지키고 있던 길목에서 한 걸음 물러서 있었다. 추격자들이 조금 더 유리한 위치를 점하게 된 것이다.

혁소미가 입술을 깨물며 사마추의 손을 잡아당겼다.

"어서 가요, 언니. 탁 노인은 걱정하지 않아도 될 거예요."

사마추가 불안한 시선으로 망설이는 기색을 보였다.

무공을 모르니 아무것도 도움을 줄 수 없었지만 지금 이 순간 그녀의 장기인 용독술을 사용할 수도 없었다.

탁발한이나 혁소미에게 피독 처리를 하지 않은 상태에서 용독한다면 적당들뿐 아니라 그들까지도 중독을 벗어날 수 없기 때문이었다.

"가는 게 도와주는 거예요. 빨리."

혁소미가 미간을 좁히며 재촉했다.

사마추와 혁소미가 험준한 바위산을 이리저리 타 넘으며 모습을 감추자 탁발한이 더욱 기세를 올리며 삼절편을 휘둘렀다.

그러나 이미 위치상의 이점을 상실한 순간 추격자들은 마치 벌 떼처럼 탁발한의 좌우로 엄습하고 있었다.

자칫해서 그들 중 일부라도 길목을 통과하게 해준다면 혁소미와 사마추는 쉽게 뗏목에 오르지 못할 것이다.

"쳐 죽일 놈들!"

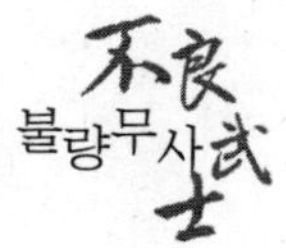

탁발한이 거칠게 외치며 삼절편을 목 뒤에 둘렀다. 동시에 양손이 허리춤으로 향한다 싶은 순간 그의 몸이 빠르게 삼백육십도 회전했다.

콰아아아!

순간 바람개비처럼 돌아가는 그의 몸을 따라 수십 자루의 유엽비도가 쏘아져 나왔다.

"크아악!"

처절한 비명이 합창처럼 울려 퍼지며 몰려들던 추격자들의 한 겹이 무너져 내렸다.

탁발한은 허리춤에 꽂아둔 삼십육 개의 유엽비도를 모두 내쏘았다.

지금이 가장 중요한 순간임을 직감으로 느끼고 있었다.

마교의 추격자들은 호교당이 호교대로 개편된 이후 더욱 강해진 느낌이었다. 호교대의 사이사이 작은 조를 이끄는 조장들은 처음 보는 자들이다.

탁발한은 그들이 흑림에서 차출된 자들임을 어렴풋이 짐작하고 있었다.

추격과 도주에서 흑림의 수법에 달통한 탁발한을 이처럼 끈질기게 쫓아올 수 있는 놈들은 흑림 출신밖에 없다.

호교대는 그들의 지휘를 받고 있는 것이다.

이와 같은 바위산에서는 잠둔술을 써서 지면으로 파고들지도 못한다. 탁발한은 차츰 역부족을 느끼고 있었다. 어쩌면 세 사람은 오늘 괄창산에 뼈를 묻어야 할지도 몰랐다.

위기의식이 엄습해 오자 탁발한의 두 눈에 핏발이 섰다.

"차앗!"

우렁찬 기합과 함께 탁발한의 삼절편이 어지럽게 휘둘러지기 시작했다.

삼절편은 지금 같은 지형 속에선 오히려 제 위력을 다 발휘하지 못한다. 탁발한의 허리와 어깨에서는 지금 끊임없이 선혈이 흘러나오고 있었다.

몇 검이나 맞았는지 알 수 없었다.

탁발한은 지금 뒤로 차츰 밀려나고 있는 것이다.

혁소미와 사마추가 아슬아슬한 절벽을 타고 내려오자 눈앞에 거센 물살이 굉음을 울리며 흘러가고 있는 광경이 펼쳐졌다.

그 유명한 오심협의 거센 물살은 세상의 모든 것을 삼켜 버릴 듯 세차게 흘러가고 있었다.

사마추가 거센 물살에 질린 얼굴이 되어 혁소미의 손을 꼭 쥐었다.

"커다란 배로도 저 물살을 헤쳐 나가기는 불가능할 거 같은데……."

"달리 방도가 없잖아요?"

혁소미가 주위를 둘러보며 삼각형의 바위를 찾았다.

멀지 않은 곳에 그와 같은 바위가 우뚝 솟아 있었다. 두 사람이 바위 아래로 다가가자 안쪽에 단단하게 밧줄로 묶여진

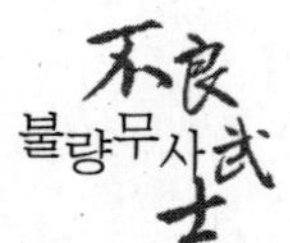

뗏목이 모습을 드러냈다.

"정말 있어요, 뗏목이."

혁소미는 흑림을 잘 모른다. 그러나 이와 같은 순간에 탁발한이 이런 뗏목을 준비해 놓았다는 사실은 그야말로 신기하기 이를 데 없는 일이었다. 새삼 흑림의 인물이 할 수 있는 일이 또 얼마나 더 있는지 감탄스러울 따름이었다.

그때 날카로운 쇳소리가 공기를 가르고 두 사람의 귓전을 파고들었다.

"피해욧!"

혁소미가 벼락같이 사마추의 몸을 덮치며 바닥으로 뒹굴었다.

슈아악, 퍽!

혁소미의 어깨를 스치며 한 자루의 철전이 절벽의 바위에 깊숙이 박혔다.

혁소미가 사마추의 몸을 끌어안고 재차 두어 바퀴 더 뒹굴었다.

동시에 다시 바람을 가르는 매서운 쇳소리가 귓전을 울렸고, 두 사람이 뒹굴었던 자리에 두세 개의 철전이 더 날아와 꽂혔다.

혁소미가 사마추를 안고 삼각형 바위의 안쪽에 기대자 더 이상 쇳소리는 들려오지 않았다.

사마추는 하얗게 질려 있었다.

험악한 바위 바닥을 뒹굴었기 때문에 그녀의 전신은 상처투성이가 되었고 여기저기에서 선혈이 배어 나왔지만 전혀 느끼지 못하는 얼굴이었다.

"무궁시(無窮矢)예요."

혁소미의 말에 사마추의 안색이 더욱 파리해졌다.

"시마(矢魔)란 말인가요? 화살의 주인이?"

"언니도 아시는군요."

"마교도라면 시마를 모르는 사람이 없겠죠."

시마 곡단홍은 마교에선 열 손가락 안에 꼽히는 고수다. 그의 화살은 무성시(無聲矢)라고도 불린다. 소리가 들렸을 땐 이미 상대는 꼬치에 꿴 생선 신세가 되어 있기에 차라리 소리가 없는 화살이 더 적합한 명칭이라는 뜻에서다.

"우린 마교도인가요?"

혁소미가 이런 순간에도 묘한 표정을 지어내며 사마추를 바라보았다.

사마추가 침착한 얼굴이 되었다.

"장덕산 교주께서 살아 계시는 한 마교는 잠시 반도의 손에 의해 유린되었을 뿐이에요. 마교는 언제고 다시 제 모습을 되찾을 거예요."

혁소미의 표정이 묘하게 일그러졌다.

"장덕산 교주께서 살아 계시다구요?"

사마추가 말을 끊었다. 뭔가 밝히지 못하는 사연이 있는 표정이었다.

"어떡하죠? 시마는 어쩌면 수로 건너편에서 우릴 지키고 있

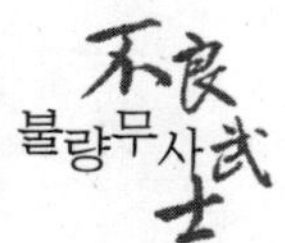

는 거 같은데… 뗏목을 탈 수 있을까요?"

사마추가 화제를 돌렸다.

"탁 노인을 기다려야죠. 그에겐 다른 방법이 있을 거예요."

"탁 노인이라고 뾰족한 수가……."

두 사람은 한숨을 내쉬었다. 추격자들은 시시각각 다가오고 있는데 바위틈에 몸을 숨기고 꼼짝도 할 수 없는 신세가 된 것이다.

혁소미가 몸을 일으켰다.

"어쩌려고……?"

사마추가 불안한 시선으로 혁소미를 올려다보았다.

혁소미가 어린 나이답지 않게 당찬 표정을 지어냈다.

"이대로 앉아서 당할 수만은 없잖아요. 뭐든 해봐야지."

그때 절벽 위로부터 어지럽게 돌 더미가 굴러 떨어지는 소리가 들려왔다. 이어서 허공을 가르는 옷자락 소리와 병장기 부딪치는 소리가 절벽 위쪽에서 다가오고 있었다.

"탁 노인이 와요."

사마추가 아무런 대책도 없이 그저 소리만 질렀다.

혁소미가 바위틈에서 조심스럽게 모습을 드러내는 순간 허공을 가르는 한줄기 예기가 미간 사이에 느껴졌다.

혁소미는 황급히 몸을 바위 밑으로 내던졌다.

퍽!

철전 하나가 방금 혁소미가 고개를 내밀었던 바위 모퉁이를 꿰뚫으며 지나가 절벽에 꽂혔다.

그 짧은 순간 혁소미가 몸을 굴려 뗏목 위에 올라탔다. 뗏목은 아직 밧줄에 묶여 있어서 거센 물살에도 이리저리 흔들릴 뿐 그 자리를 떠나지 않고 있었다.

혁소미는 뗏목 위에 납작 엎드려 양팔을 넓게 벌리고 뗏목을 엮은 밧줄을 힘껏 움켜쥐었다.

이런 험난한 지형에서 벌이는 난전은 무공이 아무리 고강한 자라 해도 십분 자신의 능력을 다 발휘하기 어렵다.

함부로 경신술을 펼치는 것은 죽음을 자초하는 일이다.

내공의 힘을 빌어 쓰는 강기나 장력을 많이 사용한다면 벌 떼처럼 몰려드는 인원수를 다 감당하기도 전에 먼저 지쳐 버릴 것이다.

탁발한이 바위를 타고 삼각바위 쪽으로 내려왔다.

그사이 시마의 화살이 세 대나 탁발한을 겨냥하고 날아들었지만 탁발한은 마치 예상이라도 하고 있었던 듯 아슬아슬하게 화살들을 피해 바위 아래 안착했다.

"시마의 화살에서 무사했소?"

탁발한이 거칠게 숨을 몰아쉬며 사마추에게 물었다.

사마추가 고개만 거칠게 끄덕였다.

이제 그들은 좁은 바위틈에 갇혀 뗏목과 함께 이러지도 저러지도 못하는 신세가 되어 있었다.

그때 절벽을 타고 서너 명의 호교대원이 떨어져 내렸다.

막무가내의 공격이다.

탁발한의 삼절편이 허공을 가르자 호교대원들이 사마추의

면전에서 머리통이 수박처럼 쪼개지며 피를 뿌렸다.

사마추는 붉은 선혈이 전신을 뒤덮었지만 눈조차 깜빡이지 못했다. 이처럼 험악한 싸움 속에서 그녀 역시 넋을 잃어가고 있었다.

그때 뗏목 위에 엎드려 있던 혁소미가 탁발한을 올려다보며 외쳤다.

"뗏목 쪽엔 시마의 시선이 닿지 않아요. 어서 이리 와요."

탁발한이 미간을 찌푸렸다.

"뗏목 위에 갇히면 더 이상 피할 곳이 없다. 어리석은 짓이야."

"당신은 여기서 숙박이라도 할 생각이에요?"

혁소미의 당찬 말에 탁발한이 미간을 찌푸렸다.

그러나 혁소미의 말이 옳았다. 지금이라도 모험을 감수하고 뗏목을 출발시킨다면 작은 가능성이나마 있겠지만, 그렇지 않다면 아예 가능성조차 없는 것이 자명했다.

"그렇군. 여긴 숙박하기엔 적합한 곳이 아니야."

탁발한이 사마추를 돌아보았다.

"시마의 화살이 비록 정확하고 무섭지만 흔들리는 뗏목의 목표물을 맞추는 것은 대라신선이라 해도 쉬운 일은 아닐 것이오."

"난 결정에 따를게요."

사마추가 넋을 잃은 얼굴로 힘없이 말했다.

그때 또다시 대여섯 명의 호교대원이 절벽 위에서 뛰어내렸다.

　탁발한이 급히 삼절편을 휘둘렀다. 섬뜩한 소리와 함께 다시 머리통이 깨진 시체들이 사마추의 곁으로 굴러 떨어졌지만 이번엔 두 명의 호교대원이 그 틈을 타 굴러 떨어지며 검을 던졌다.

　탁발한이 다급히 삼절편을 휘둘러 막았지만 한 자루는 사마추의 어깨 위를 아슬아슬하게 스쳐 바위에 꽂혔다.

　탁발한의 삼절편이 살아남은 두 명의 호교대원을 박살 내는 동안 사마추가 몸을 일으켰다.

　"어서 가요."

　탁발한이 사마추의 허리를 쓸어안으며 뗏목을 향해 몸을 날렸다.

　허공을 가르는 예기가 느껴졌다. 소리는 들려오지 않았지만 아마도 시마가 화살을 날렸을 것이다.

　탁발한이 혼신의 힘을 다해 허공에서 몸을 한 바퀴 틀며 방향을 바꾸었고, 두 자루의 화살이 아슬아슬하게 두 사람을 스쳐 지나갔다.

　뗏목에 내려서자 무게를 견디지 못한 뗏목이 금방이라도 뒤집어질 것처럼 흔들렸다.

　사마추가 균형을 잃고 비틀거린 순간 탁발한이 사마추의 허리를 안고 뒹굴었다.

　세 사람은 장방형의 뗏목 위에 나란히 엎드렸다. 그들이 엎드리자 뗏목은 더 이상 빈자리가 없을 정도였다.

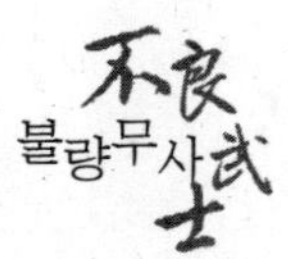

혁소미가 뗏목을 묶어놓았던 밧줄을 검으로 잘라내며 탁발한을 돌아보았다.

"이제 천운에 맡길 수밖에 없어요."

탁발한이 밧줄을 단단하게 잡으며 사마추를 돌아보았다. 사마추는 위태롭게 뗏목에 매달려 두 눈을 꼭 감고 있었다.

뗏목이 거센 물살에 흔들리다가 바위 밑을 빠져나와 오심협의 거센 물살 속으로 흘러들었다.

이쪽 절벽엔 새카맣게 호교대의 무사들이 달라붙어 있었지만 달리 뗏목을 쫓아올 방법은 없어 보였다.

그러나 반대편 물가를 따라서는 검은 피풍의를 두르고 한 손에 역시 새카만 철궁을 쥔 시마가 물살을 따라 무서운 속도로 따라오고 있었다.

시마는 말 위에 올라타서도 자유자재로 철궁을 들어 화살을 날리고 있었다.

시마의 무궁시는 물살에 흔들리는 뗏목에 의지한 세 사람에게는 피하고 자시고 할 성질의 것이 아니었다. 다만 흔들리는 대로 맡기고 화살이 피해 가기만을 바랄 뿐이었다.

다행히 오심협의 물살은 그냥 거칠기만 한 게 아니라 때로는 소용돌이치기도 하고 때로는 집채만 한 뗏목을 허공 높이 날렸다가 내팽개치곤 할 정도였으므로 천하의 시마라 해도 원하는 대로 목표물을 맞추기는 쉽지 않았다.

시마의 철궁은 벌써 뗏목에 네댓 개의 철전을 박아 넣고 있었지만 요행히 누구도 철전에 몸을 상하는 일은 없었다.

혁소미가 파랗게 질린 얼굴로 탁발한을 보며 웃었다.

"아직까지는 운이 좋군요."

"꼭 그렇다고 할 수만은 없구나."

탁발한이 낭패한 얼굴이 되어 뇌까렸다.

혁소미가 탁발한의 시선이 머무는 곳으로 고개를 돌리다가 낙담한 빛이 되었다.

상류 쪽에서 물살을 가르고 거대한 범선 세 척이 쏜살같이 뒤쫓아 오고 있었기 때문이다.

"세상에나……!"

혁소미가 절망적인 표정을 지어냈다.

범선들은 규모가 굉장히 컸기 때문에 오심협의 거센 물살에도 큰 영향이 없었다. 오히려 높이 올린 돛에 팽팽하게 바람을 받고 잔잔한 물길에서보다 훨씬 빠른 속도로 다가오고 있었다.

범선의 뱃전엔 호교대의 무사들은 물론이고 차림새가 다른 고수들의 모습도 눈에 띄었다.

"흑림 놈들이야. 이런 곳에 범선까지 대기시켜 놓고 있었다는 것은 그놈들이 아니면 예측조차 할 수 없는 일일 테지."

탁발한이 체념이 섞인 음성으로 말했다.

범선들은 빠른 속도로 다가오고 있었고, 물가의 시마는 뗏목과 평행을 그리며 말을 몰아가고 있었다.

거센 물살 때문에 그럴 수도 없었지만 만약 세 사람이 뗏목을 물가로 접근시켜 탈출을 시도한다 해도 시마의 화살이 호

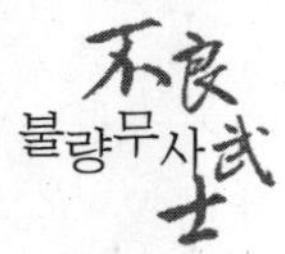

시탐탐 노리고 있어 그조차도 불가능한 일이었다.

"꼼짝없이 잡혔군요."

혁소미가 쓸쓸하게 웃으며 말했다.

범선이 서로 타고 있는 사람의 얼굴까지 확연히 보일 거리까지 가까워지자 범선들로부터 쇠사슬이 날아들었다. 쇠사슬의 끝엔 갈고리가 달려 있어서 물 위에서 무언가를 잡아 끌거나 할 때 적합하게 만들어진 물건이었다.

쇠갈고리는 뗏목의 가장자리에 정확히 꽂혔다.

이내 쇠사슬이 팽팽하게 당겨지자 뗏목은 세 가닥의 쇠사슬에 묶여 오심협의 한가운데에 고정되고 말았다.

뗏목이 고정되자 거센 물살이 뗏목을 금방이라도 부숴 버릴 듯 세차게 흐르며 요동쳤다.

세 사람은 탈출은커녕 심하게 요동치는 뗏목에서 행여 떨어져 나갈까 전전긍긍하는 신세가 되고 말았다.

중앙 범선의 뱃전에 한 사내가 모습을 드러냈다.

머리부터 전신을 뒤덮은 붉은 피풍의를 걸치고 있는 사내는 그저 두 눈만이 겉으로 드러나 보일 뿐 전신이 온통 붉은빛으로 휩싸여 있었다.

탁발한이 정신없는 와중에도 붉은 피풍의사내를 발견하고는 이내 안색이 하얗게 굳었다.

혁소미 역시 붉은 피풍의사내를 발견한 듯 탁발한의 안색을 살피며 물었다.

"누구죠? 아는 인물인가요?"

　혁소미는 기실 탁발한에 비해 무공이 더 높았으므로 지금과 같은 상황에서도 세 사람 중 가장 안정된 상태를 유지하고 있었다.

　"저자가 어떻게 마교의 일을……. 휴우! 하긴, 흑림 역시 온통 마교 천하이니……."

　"도대체 누군데 그래요?"

　혁소미가 답답하다는 듯 미간을 찌푸렸다.

　"혈수영(血手影)."

　"혈수영? 강호에 그런 별호를 가진 고수가 있었나요? 금시초문인데?"

　혁소미의 말에 탁발한이 입맛을 다셨다.

　"혈수영은 사람의 별호가 아니라 흑림의 한 조직의 명칭이다. 흑림에선 귀루와 더불어 삼대조직 중 하나라고 평가되는데 추적과 암살이 전문인 조직이지."

　"흑림… 도대체 언제부터 흑림이 이렇게 극성을 부리기 시작한 거죠? 저자는 그럼 혈수영의 자객인가요?"

　혁소미는 짜증스러운 얼굴로 중얼거렸다.

　탁발한이 한숨을 내쉬었다.

　"별것도 아닌 흑림이 귀찮게 설치고 다닌다는 네 생각이 맞는다면 얼마나 좋겠느냐. 나도 이 순간 가장 바라는 것이지만… 저자는 혈수영의 영주가 분명하다. 이제껏 혈수영의 영주를 직접 대면한 사람은 단 한 사람도 없었지만 아마도 틀림없을 것이다."

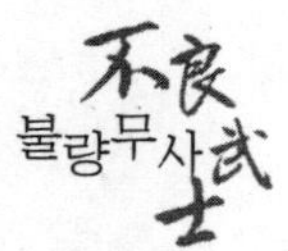

탁발한이 붉은 피풍의를 다시 노려보며 말을 이었다.

"그러니 오늘 우린 재수없게 흑림 따위가 설치는 덕분에 낭패에 빠진 게 아니라 제대로 걸린 거 같구나."

혁소미는 그래도 못내 흑림을 인정할 수 없다는 얼굴이었다.

그때 붉은 피풍의사내, 혈수영의 영주가 음성을 건네왔다.

"딱 한 번의 기회를 주마. 병장기를 물속에 모두 던져 넣으면 투항하는 것으로 간주하겠다."

붉은 피풍의는 매우 건조한 음성으로 말하고 있었는데, 어조에 억양이 없어 그의 말은 더욱 섬뜩하게 들렸다.

"아니면 교주께 너희들의 머리만 들고 가는 수밖에."

말의 내용은 분명 잔뜩 겁을 주는 내용이었지만 붉은 피풍의는 마치 가격을 흥정하는 상인처럼 평이하고 담담한 어조로 말하고 있었다.

저런 식으로 말하는 자는 결코 허풍을 치지 않는다. 죽인다면 두말없이 죽이는 그런 종류의 인간이 분명하다.

탁발한이 혁소미를 보며 씁쓸하게 웃었다.

"이 지경에 이르러 두 손 들고 추한 꼴을 보일 수는 없겠지?"

"투항요? 말도 안 돼요. 그런 굴욕을 당하느니 한 놈이라도 더 황천길로 데려가는 게 낫지."

혁소미의 얼굴에 예전의 그 잔혹한 표정이 스치듯 지나갔다.

"맞는 말이다. 지금부터 마음속으로 셋을 세자. 그리고 셋 하는 순간 뛰어드는 거야. 난 오래전부터 저 혈수영의 영주라는 개자식을 한번 만나보고 싶었지. 가운데 범선은 내가 맡을 테니 넌 마음 내키는 대로 아무 범선에나 뛰어들어라."

"좋아요."

혁소미가 입술 끝을 비틀며 웃었다. 그녀 역시 죽음이 두렵지 않은 건 아니었지만 상황이 이미 죽음을 면할 가능성이 매우 희박함을 말해주고 있었다.

"하나."

혁소미와 탁발한이 서로의 눈을 들여다보며 숫자를 세었다.

"둘, 셋!"

두 사람이 동시에 벼락같이 뗏목을 박차며 허공으로 솟구쳤다.

아니, 그렇게 생각한 건 단지 그 두 사람일 뿐이었다.

그들은 막상 차고 오르려는 순간, 마치 두 발이 아교에라도 붙은 듯 뗏목에 딱 붙어서 떨어지지 않고 있다는 사실조차 짧은 순간 깨닫지 못했다.

"어……?"

"어라?"

혁소미와 탁발한이 어이없는 얼굴로 서로를 마주 보며 기가 막힌 표정을 지어내는 순간, 한줄기 청아한 음성이 들려왔다.

"거기 그냥 있어도 만만치 않게 귀찮을 거 같은데 굳이 범의 아가리로 뛰어들어서 뭘 어쩌자는 거지?"

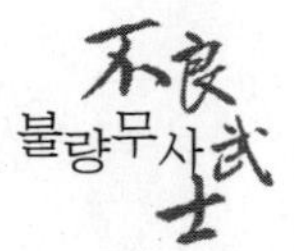

탁발한이 화들짝 놀랐다. 귀에 익은 음성이었다.

사마추 또한 죽은 듯이 엎드려 있다가 그 음성에 자기도 모르게 벌떡 일어났다.

뗏목이 좌우로 심하게 요동치고 있었기 때문에 사마추는 일어서자마자 그대로 균형을 잃고 물속으로 휩쓸려 들어갈 태세였다.

그러나 어쩐 일인지 넘어지려는 사마추의 몸이 마치 누군가가 옆에서 부축해 바로 세우기라도 한 듯 곧바로 세워져서 좌우로 뗏목과 함께 흔들리지 않는가?

"옥단풍……!"

탁발한과 사마추가 동시에 소리를 질렀다.

혁소미는 그 말에 짙은 호기심을 느끼며 음성이 들려온 곳을 향해 시선을 돌렸다.

아아…….

한 사내가 걸어오고 있다. 배를 타고도 쉽게 헤쳐 나가기 어렵다는 그 극악한 오심협의 물살을 마치 평지처럼 밟으며.

낡은 재색 장삼을 걸치고 길게 자란 흑발은 중간을 역시 재색의 천으로 질끈 묶어 등 뒤로 흘러내리게 했다.

그의 일신에선 어딘지 모르게 탈속한 기운이 느껴졌다.

찌르는 듯한 안광도, 또 사방으로 마구 뿜어져 나오는 초절정고수의 보이지 않는 기운도 전혀 느껴지지 않는다.

다만 뭐랄까, 탈속한 선인에게서나 느껴지는 허허로움이라고나 할까?

혁소미는 헛바람을 들이킨 채 아무 말도 하지 못하고 사내의 모습에서 시선을 떼지 못하고 있었다.

옥단풍?

그러고 보니 어렴풋이 기억이 났다.

선주의 사마의가를 칠 때 사마의가가 고용한 두 명의 하급 무사 중 하나였다.

그때도 그랬지만 지금도 혁소미는 그저 하찮은 하급 무사라는 인상이 짙게 남아 있어서 새삼스럽게 충격을 느끼고 있었다.

옥단풍은 지금 오심협의 한가운데 거친 물살 위를 걸어오고 있었기 때문이다.

옥단풍의 등장에 가장 먼저 반응한 것은 물가에서 말 위에 올라타고 있는 시마였다.

시마가 철궁을 들어 시위에 화살을 먹였다 싶은 순간 옥단풍의 음성이 다시 들려왔다.

"활시위를 놓지 마라. 놓으면 죽는다."

옥단풍은 그저 정면만 응시하고 걷고 있을 뿐이어서 그 말이 시마를 향한 말이라고는 전혀 느낄 수 없지만, 어쨌든 말의 내용은 시마를 향한 것이었다.

시마가 시위를 당기다가 아주 짧은 순간 움찔했다.

그리고는 이내 시위를 더욱 뒤로 당겼다가 내쳤다.

"미친놈."

시마의 그 말은 분명 화살보다 늦게 터져 나온 말일 것이다.

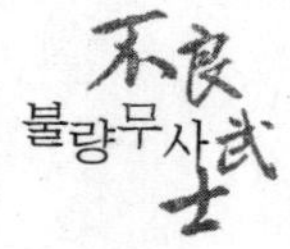

시마는 그 말이 다 끝나기도 전에 옥단풍이 시마의 무궁시에 꿰어져 황천길로 향하게 되리라고 철석같이 믿고 있었다.

결국 미친놈이라는 욕은 듣지도 못하고 뒈질 것이다.

시마가 그런 생각을 아주 짧은 순간 한 듯싶다. 그리고 시마는 자신의 미간을 향해 되돌아 날아오는 자신의 무궁시를 마주 보고 있었다.

"이게 뭐야?"

그 말은 시마의 머릿속에서만 맴돌았을 뿐 실제로는 입 밖으로 나오지도 못했다.

수없이 많은 고수의 미간을 꿰뚫었던 자신의 화살이 얼마나 악마 같은 위력을 지닌 것인지 스스로 체험할 기회가 오리라고는 상상도 하지 못했을 것이다.

퍽!

뼈와 살을 무언가가 꿰뚫고 지나간다면 필경 들려왔을 그런 소리가 울려 퍼지며 무궁시가 시마의 미간을 뚫고 지나갔다.

선혈과 뇌수가 동시에 허공에 긴 궤적을 그렸다. 시마의 몸이 밑동이 잘린 고목처럼 말 위에서 떨어져 내렸다.

그 한순간 뗏목 위의 세 사람은 물론이요, 범선에 가득 타고 있는 호교대의 무사들과 흑림의 무리들 모두 쥐 죽은 듯한 침묵을 지켰다.

아니, 침묵을 지키려고 침묵한 것이 아니라 단지 아무 말도 할 수가 없었다.

그들은 눈앞에서 똑똑히 지켜본 광경조차 믿을 수가 없었다.

시마의 무궁시는 시위를 떠나 옥단풍을 향해 채 거리의 반도 날아오지 못했다.

마치 누군가가 화살을 받아서 다시 시마를 향해 되쏘기라도 한 듯 허공에서 백팔십도 방향을 바꾸는 화살의 모습은 그 누구도 똑똑히 보지 못했다.

두 번째로 반응한 것은 중앙 범선의 혈수영 영주 뒤에 나란히 서 있던 역시 붉은 피풍의를 걸친 두 명의 무사였다.

영주의 측근에서 호위하고 있으니 필경 혈수영에서도 꽤 높은 지위에 있는 자들일 것이다.

두 무사는 마치 사전에 손발이라도 맞춘 듯 한 명은 그대로 옥단풍을 향해 날아왔고, 다른 한 명은 탁발한 등이 있는 뗏목을 향해 날아갔다.

어떤 의도인지는 말하지 않아도 알 수 있는 행동이었지만, 의도라는 것은 늘 머릿속에서는 기가 막히게 그려지지만 현실에서는 그렇지 않은 법이다.

두 무사 역시 그런 현실의 냉혹함을 뼈저리게 느껴야 했다.

옥단풍이 물 위를 마치 평지를 걷듯 걸어서 뗏목으로 다가섰고, 그 순간 머리 위로 한 무사가 덮쳐들었지만 무사는 그저 단단한 바위에 스스로 부딪쳤다가 튕겨지듯 그대로 튕겨져 나갔다.

그냥 튕겨져 나가기만 한 게 아니라 무사의 몸은 마치 가시덤불을 그냥 맨몸으로 통과한 사람처럼 찢겨져 있었다. 조각

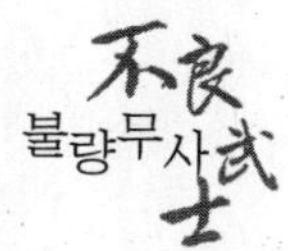

조각 부서졌다는 표현이 더욱 정확했다.

뗏목으로 뛰어든 무사가 발을 딛고 설 자리를 확보하며 몸의 균형을 잡았을 때 옥단풍은 이미 그의 코앞까지 다다라 있었다.

"억, 참영(斬影)! 어떻게 된……."

무사는 다급하게 먼저 옥단풍을 공격했던 무사를 시선으로 쫓았다.

기실 참영과 섭영(攝影)으로 불리는 이 두 사람은 혈수영에서는 영주를 제외하고 가장 서열이 높은 자들이었다. 흑림의 특성상 강호에 그 명성이 알려지지 않았을 뿐이지, 강호에 이름을 드러내 놓고 활동한다면 손가락에 꼽히는 고수로 명성을 떨치고도 남았을 것이다.

그런데 그런 고수가 옥단풍이 뭘 어떻게 했는지도 알지 못하는 사이에 산산이 부서져 오심협의 거센 물살에 휩쓸려 가고 있는 것이니 어찌 놀라지 않을 수 있겠는가.

옥단풍이 순식간에 다가서자 섭영은 엉겁결에 오른손을 내밀어 자신의 절기인 섭혼장을 펼치면서 왼발로는 원앙각의 일식을 펼쳐 옥단풍의 무릎을 쓸어갔다.

그야말로 순간적인 반응이라고 보기에는 매우 정교하고 위력적인 수법이어서 섭영의 무공 수위가 어떠한지를 한눈에 알아볼 수 있는 공격이었다.

그러나 섭영의 그런 놀라운 수법들도 옥단풍과 부딪치자 순식간에 그저 너저분한 손짓발짓으로 변해 버렸다.

옥단풍의 발끝이 슬쩍 들렸다 싶은 순간 무서운 기세로 쓸어오던 섭영의 발목이 단단한 철벽을 걷어차 뒤로 되팅겨지듯 팅겨져 나갔다.

동시에 옥단풍의 손이 마치 귀찮은 파리를 쫓듯 무심하게 허공을 한차례 털자 무서운 기세로 쓸어오던 섭영의 섭혼장 역시 거센 태풍을 만난 산들바람 같은 신세가 되었다.

"억!"

그야말로 눈알이 튀어나올 정도로 놀란 섭영이 외마디 비명을 내지르며 뒤로 팅겨져 나갔다.

누가 집어서 던지기라도 한 듯 던져진 섭영은 그대로 드센 오심협의 물살에 풍덩 하고 팽개쳐져서는 순식간에 거센 물살을 따라 멀어지고 말았다. 섭영까지는 아니래도 어지간한 고수라면 오심협의 물살 따위는 빠져나오기 그리 어려운 것이 아니다. 섭영이 빠져나올 생각도 못하고 물살에 휩쓸려 갔다는 것은 그가 이미 공력을 일으킬 수 없는 상태에 빠졌음을 의미하기도 했다.

탁발한 등은 물론이고 범선 위의 모든 무사들이 그 순간 그저 멍한 얼굴로 넋을 잃고 있었다.

그도 그럴 것이, 시마를 시마의 화살로 이마를 꿰뚫어 버리고 혈수영의 절대고수들인 참영과 섭영을 마치 어린아이 다루듯 순식간에 제압해 버렸지만 그 누구도 그 과정을 자세히 볼 수가 없었을뿐더러, 말로는 길지만 그 일련의 과정이 기실 눈두어 차례 깜박일 그런 짧은 순간에 이루어졌기 때문에 더욱

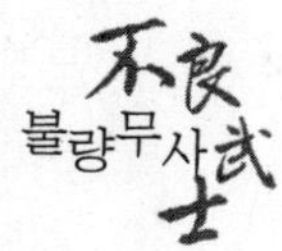

그러했다.

사마추가 말로 표현할 수 없는 복잡한 감회를 얼굴에 담고 입을 열었다.

"다, 당신, 살아 있었군요."

옥단풍이 말없이 사마추를 응시했다.

그에게서는 탈속한 기운이 느껴졌을 뿐 그 외의 어떤 잡스러운 감정이나 기운의 흐트러짐도 찾아볼 수 없었다.

반가운 마음에 왈칵 다가가 안겨들 기분이었던 사마추가 옥단풍의 그런 담담한 시선을 받고서야 옥단풍과 헤어지던 마지막 순간을 떠올렸다.

그러자 사마추는 얼굴이 붉게 달아오르며 부끄러움을 느껴야 했다.

매구방의 칼에 가슴이 찔리며 쓰러지던 옥단풍을 자신은 백동기의 옆에서 지켜보았다. 속수무책인 채로.

어쩌면 백동기와의 재회로 기쁜 나머지 옥단풍은 안중에도 없었던 사람처럼 보였을 것이다.

더군다나 지금은 그런 백동기에게서 지독한 배신감만을 안고 마교를 뛰쳐나와 쫓기는 신세가 된 상황이 아닌가.

옥단풍은 그저 탈속한 시선으로 그런 사마추를 잠시 응시했을 뿐 아무 말이 없었다.

탁발한이 조심스럽게 입을 열었다.

"내 이렇게 멀쩡하게 살아 있을 줄 알았지. 암."

탁발한은 목숨을 걸고 옥단풍의 행방을 찾기 위해 마교 총단의 주위를 떠나지 않았었다. 그래서 옥단풍이 자신을 가문의 원수로 여기고 있다는 사실을 깜빡 잊었다.

옥단풍은 티끌만큼의 감정도 담겨 있지 않은 탈속한 시선으로 힐끔 탁발한을 응시하고는 이내 범선 쪽으로 몸을 돌렸다.

"그 말은 너에게도 해당되는 말이다, 탁고영."

옥단풍의 말에 중앙 범선에 서 있던 혈수영주가 흠칫했다.

탁발한도 깜짝 놀랐다. 혈수영주의 이름이 탁고영이라는 사실은 탁발한도 모르는 일이었다.

흑림의 주요 인물들은 모두 그림자처럼 세상에서 가려진 사람들이다.

그런데 옥단풍은 대뜸 혈수영주의 이름을 부르는 게 아닌가?

혈수영주 탁고영이 두 눈에서 시퍼런 한광을 뿜어내며 옥단풍을 노려보았다.

"본좌의 이름을 알고 있다니 놀라운 일이로군. 그렇다면 그것만으로도 절대로 살아남아서는 안 되는 이유가 된다는 것쯤은 각오하고 있겠구나."

옥단풍이 산들바람 같은 미소를 입가에 머금었다.

"혈수영이 마교의 개였다는 사실은 몰랐었지. 마교의 개인지 백동기의 개인지는 모르겠지만 이 어수선한 애들을 다 데리고 당장 내 앞에서 꺼진다면, 이번 한 번은 네 목숨을 부지해주마."

"건방진 놈."

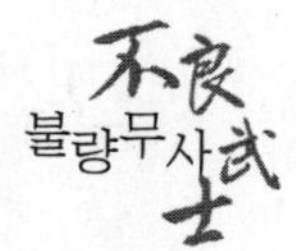

탁고영이 이를 부드득 가는 순간 옥단풍의 몸이 팽팽하게 당겨진 쇠사슬 위로 올라섰다.

범선과 뗏목 사이의 거리는 십여 장이나 떨어져 있었고, 그 사이를 팽팽하게 당겨진 쇠사슬이 연결하고 있는 셈이었는데, 옥단풍이 그 위로 올라서더니 마치 평지를 걷듯 범선을 향해 이동하고 있는 것이다.

거센 물살에 흔들리고 있는 두 배를 연결한 쇠사슬은 시종 위아래 좌우로 심하게 흔들리고 있었는데, 그 위를 걷는 일은 기실 몸을 날려 십여 장의 거리를 훌쩍 뛰어넘는 것보다 훨씬 어려운 일이었다.

범선 위의 무리가 한결같이 놀라움에 입을 쩍 벌리는데 옥단풍은 순식간에 쇠사슬 위를 걸어 범선의 갑판에 서 있는 혈수영주의 앞에 내려섰다.

"거절이지?"

옥단풍이 빙긋 웃자 새하얀 치아가 햇살을 받아 싱그럽게 빛났다.

탁고영은 옥단풍이 그처럼 거침없이 다가서리라고는 상상도 하지 못했기에 그 순간 당혹감을 감추지 못하고 뒤로 두어 걸음 물러섰다.

혈수영주 탁고영이 누군가와 마주 서서 이처럼 놀란 토끼처럼 뒤로 물러서기는 난생처음이었다. 그런 만큼 탁고영은 참을 수 없는 수치심에 자신도 모르게 재차 앞으로 성큼 나섰다.

"이런 찢어 죽일……."

그러나 분노의 외침도 거기까지였다.

"거절할 줄 알았어."

옥단풍이 불쑥 손을 내밀며 다시 한 번 이를 드러내고 웃었다.

탁고영은 혈수영의 영주로 흑림의 세계에서도 필경 자신이 다섯 손가락 안에 드는 고수라고 스스로 자부하고 있었다. 흑림의 특성상 무림에 드러내 놓고 활동하지 않으므로 세인의 평가야 어떠한지 알 수 없었지만 적어도 흑림에 몸담고 있는 자신으로서는 확신에 가까운 자부심이 있었다.

그런고로 옥단풍이 그저 팔 하나를 들어 자신을 향해 내밀 때 탁고영은 내심 코웃음을 날리고 있었다.

이런 식의 싸움은 그에겐 장기나 다름없었다. 특히 매복과 암살, 그리고 추적이 전문이라고 알려진 혈수영의 영주 신분임에랴.

탁고영은 옥단풍의 느릿한 듯한 팔짓이 자신의 목젖을 향해 거북이처럼 날아올 때 무려 다섯 가지의 변초를 머리에 떠올리며 쌍수를 내밀었다.

왼손에는 독와장(毒蝸掌)의 살수 세 초식이 연이어 펼쳐졌고, 오른손에서는 흑주금나(黑蛛禽拏)라는 탁고영의 독문 금나술 두 초식이 현란하게 펼쳐졌다.

그와 같이 두 가지 서로 다른 무공을 양손으로 동시에 펼치는 것은 매우 독특하고도 드문 일이지만, 탁고영은 그런 독특한 수법으로 항상 목표하는 상대의 목숨을 순식간에 앗아가곤

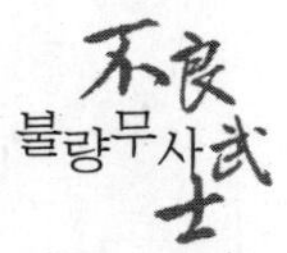

했다.

이제 득의양양한 표정만 지어내면…….

물론 붉은 피풍의에 가려 얼굴 표정이 보이진 않겠지만 자신의 두 눈이 드러내는 득의의 살기 어린 시선만 본다 해도 상대는 얼마나 상대를 고르는 데 어리석었는지를 뼈저리게 느끼게 될 것이다.

그런 생각들은 탁고영의 머릿속에서 이내 뒤죽박죽으로 흐트러지며 오직 한 가지 생각이 되어 떠올랐다.

이건 뭐지?

피를 뿌리며 나동그라져야 할 옥단풍의 오른손은 여전히 느릿한 속도로 자신의 목젖을 향해 날아들고 있는 것이 아닌가?

그런데 도무지 이해할 수가 없다. 왜 이 손길이 느리게 다가드는데도 난 피할 수가 없단 말인가? 그냥 멀쩡히 두 눈 뜨고 보면서 왜 내가 펼쳐 낸 초식들은 마치 바다 속에 던진 작은 조약돌처럼 흔적도 없이 사라져 버리고 아무것도 변하지 않는단 말인가?

그야말로 수많은 생각이 뇌리를 스쳤지만 그 어느 것도 해답을 얻을 수 없었다.

"끄륵……."

옥단풍의 손가락이 탁고영의 목젖을 거머쥐었다 싶은 순간 탁고영은 아주 오랜만에 가래 끓는 소리를 뱉어내었다. 그리고 그만이었다.

탁고영이 마치 머리 높이로 치켜들고 있다가 손을 놓아버린 천 조각처럼 흐물흐물 그 자리에 무너지듯 쓰러지고, 옥단풍이 흰 이를 드러내며 범선의 좌중을 둘러볼 동안에도 범선에 가득 타고 있던 호교대의 무사들이나 혈수영의 수하들은 그 누구도 숨소리조차 내지 못했다.

누가 뭐라 해도 오늘 자신들 중 가장 강한 고수는 바로 탁고영이었다.

시마가 그렇게 허무하게 자신이 쏘아낸 화살의 희생자가 되었을 때에도 놀라긴 했지만 탁고영이 있으니 어느 정도 믿는 바가 있었다.

그런데 탁고영마저 못된 어린아이 앞에 쌓아놓은 모래성처럼 거침없는 손짓 한 번에 순식간에 부서지고 만 것이다.

옥단풍이 나직이 으르렁거렸다.

"내가 배에서 내려가고 나서도 뱃머리가 여전히 날 향해 있으면 범선을 통째로 물속에 처박아주마."

그런 모습은 예전 선주에서 불량한 무사처럼 행동할 때의 그 사악하고 뒷골목 왈짜 같은 모습 그대로였다.

어찌 보면 장난스럽기도 하고 또 장난인가 하고 같이 멋쩍게 웃다 보면 어느새 섬뜩하게 노려보고 있는 그런 얼굴 말이다.

어쨌든 범선의 호교대 무사들이나 혈수영의 무사들은 시마나 혈수영주의 복수를 생각하기에는 지금 자신들이 느끼는 두려움이 너무도 컸다.

그러므로 옥단풍이 다시 뗏목으로 돌아갔을 때 세 척의 범

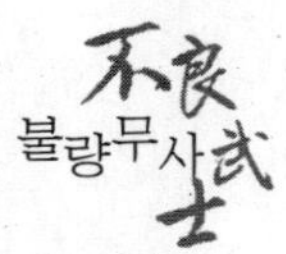

선은 뗏목을 연결한 쇠사슬을 끊고 일제히 뱃머리를 돌리고 있었다.

탁발한이 그 모습을 지켜보고 있다가 익살스럽게 입을 열었다.

"인상 좀 썼구먼. 흘흘."

옥단풍이 조금도 웃음기 없는 얼굴로 탁발한을 돌아보았다.

그 시선은 매우 차가웠기 때문에 탁발한은 머쓱해서 입을 다물었다.

탁발한은 비록 옥단풍이 예전에는 비할 바 없는 신위를 드러내며 마교 호교대의 범선들을 되돌려 보냈지만, 그런 사실보다 지금 옥단풍의 시선에서 느껴지는 그 어떤 알 수 없는 힘 앞에 어찌할 수 없는 무기력함을 느끼고 있었다.

도저히 타고 넘을 수 없는 벽 앞에 서서 느끼는 기분이랄까?

탁발한은 고개를 절레절레 저었다.

팔고황과 진랑이 탁발한과 함께 옥단풍을 찾아 헤맨 이유는 달리 있지 않았다.

옥단풍의 목숨이나마 보존할 수 있다면 그것이 옥산옥가에게 느끼는 죄스러움을 최소한으로나마 보상할 수 있을 것이란 이유였다.

도대체 뇌옥에 갇혀 있던 그 긴 시간 동안 옥단풍에게 무슨 일이 일어났던 것일까?

또 뇌옥은 어떻게 빠져나온 것일까?

탁발한은 모든 것이 궁금했지만 아무것도 묻지 못했다.

옥단풍이 누구에게랄 것도 없이 애매한 허공에 시선을 두고 입을 열었다.

"가지."

그는 마치 뒷골목 왈패 대장이 수하들에게 말하듯 했지만 그 누구도 거부감을 느낀다거나 불쾌한 기색을 보이지 않았다.

탁발한이 뗏목 옆에 묶어두었던 노를 풀어 젓기 시작했다.

네 사람을 태운 뗏목이 오심협의 거센 물살을 타고 빠르게 이동하기 시작했다.

옥단풍은 뗏목의 정중앙에 뒷짐을 지고 서서 먼 허공 어딘가를 응시하고 있었다.

바람에 펄럭이는 옷자락과 중간을 한 번 묶어 아무렇게나 뒤로 내려뜨린 긴 머리카락이 한데 어울려 보는 이의 시선을 사정없이 잡아끄는 묘한 분위기를 연출하고 있었다.

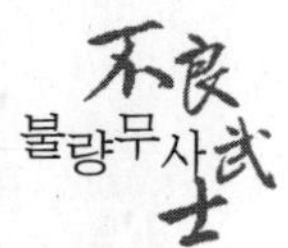

不良武士

第三章

　자욱한 흙먼지 속에서 시퍼런 장창 한 자루가 불쑥 옆구리를 노리고 엄습해 왔다.

　두두두두두!

　지축을 뒤흔드는 듯한 말발굽 소리는 여전히 줄어들지 않고 있었다.

　혁무린은 가물거리는 눈을 부릅뜨며 검을 휘둘러 창의 목부터 잘라냈다. 동시에 허공을 밟으며 창의 주인이 앉아 있을 지점을 향해 튀어 올랐다.

　자욱한 황사 먼지가 시야를 가리고 있었지만 혁무린에겐 아무런 문제도 되지 않는다. 다만 끊임없이 공격해 오는 철기대와의 차륜전이 문제였다.

일신의 신위로만 따지자면 철기대원 하나하나는 혁무린에 비하자면 장정과 어린아이 정도의 차이라고 할 수 있었지만 일백팔 대 일이 되면 얘기는 달라진다.

혁무린은 싸움이 시작되고 도대체 얼마나 많은 철기대원을 베어 넘겼는지 모른다.

그러나 철기대원들은 끊임없이 덤벼들었다.

마교홍기의 철기대원이라면 후퇴라는 단어를 모른다. 그들은 그렇게 키워진 전투 기계들이었다. 그리고 그들을 그렇게 조련시킨 장본인은 바로 혁무린 자신이었다.

발끝에 둔중한 감각이 느껴지는 순간 혁무린은 천근추의 신법을 운용해 급격하게 아래로 떨어져 내렸다.

간발의 차이로 혁무린의 머리 위를 스치고 두 자루의 장창이 바람을 갈랐다.

혁무린은 자욱한 모래 먼지 속에 몸을 웅크리며 아주 짧은 순간 호흡을 골랐다. 짐작하기에 혁무린이 베어버리거나 타격을 가한 철기대원의 숫자는 족히 삼십 명은 넘을 것이다. 철기대 전체로 치면 삼분지 일이 넘는 인원이 혁무린에 의해 즉사하거나 혹은 기동할 수 없는 상태에 빠져 있다는 뜻이었다.

그런데도 철기대원들의 공격은 집요하고 끈질겼다. 그들은 어떤 종류의 싸움이든 늘 목숨을 건다. 후퇴란 그저 존재하지 않는 단어일 뿐이었다.

“빌어먹을… 내가 이런 괴물들을 만들었단 말인가?”

혁무린은 쓴웃음을 머금으며 격자 형태로 발걸음을 옮겼다.

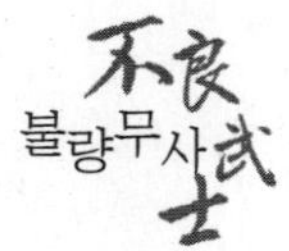

구갑보(龜胛步)라는 상승의 보법이었다.

구갑보는 원래 다수의 적을 상대할 때 사용하기엔 적절한 수법이 아니었다. 상대적으로 느리고 걸음의 나아감과 들어감이 격자 형태를 띠어 순간적인 대응이 필요할 땐 오히려 방해가 되기 때문이다.

그러나 혁무린은 굳이 구갑보를 선택했다.

닥치는 대로 벤다는 뜻이다. 피하고 자시고 할 생각이 아예 없다는 뜻이기도 했다.

언제 끝날지 모를 처참하고도 살벌한 살육전이 이어지고 있었다.

왼쪽으로 두 걸음 옮겼다가 다시 일 장가량을 튀어 오르며 검을 휘두르는 혁무린의 검끝에 다시 둔중한 철갑과 그 속에 숨겨진 살갗, 그리고 뼈마디까지 한꺼번에 베어버리는 감촉이 전해졌다.

혁무린이 다시 천근추를 시전해 바닥으로 떨어져 내릴 때 귓전을 울리는 음성이 전해져 왔다.

"너는 정말 다 죽일 생각이로구나."

그것은 매우 청하하고도 맑은 젊은 사내의 음성이었다.

혁무린의 눈꼬리가 치켜졌다.

"전음성? 이런 와중에 전음성이 들려온단 말인가?"

전음이란 대저 십 장 이내에서만이 가능한 음성을 전달하는 수법이다.

오직 목표하는 사람에게만 들리는 소리의 전달을 목표로 하기 때문에 십 장이 넘는 거리에서는 아무리 천하에 없는 내공을 소유한 고수라 해도 전음을 보내는 것은 불가능하다.

혁무린은 자욱한 황사 먼지 속을 두리번거리며 전음의 주인을 찾으려고 노력했다. 그러나 방원 십 장 이내는 오직 시커먼 철갑을 두른 철기대원들뿐이었다.

"잘못 들었나?"

혁무린이 잠깐의 머뭇거림을 보인 사이, 어느새 유리한 위치를 점하며 철기대원들이 장창을 찔러왔다.

한꺼번에 다섯 방향에서 창이 찔러왔으므로 혁무린은 아연 긴장하지 않을 수 없었다.

"차앗!"

혁무린이 세차게 검을 휘둘러 전방의 두 개 창을 쓸어 잘라 버리고 나려타곤의 수법으로 바닥을 뒹굴었다. 수치스러운 수법이었지만 그 상황에선 그가 선택할 수 있는 유일한 수법이었다.

혁무린의 등줄기를 스치며 세 자루의 창이 허공을 갈랐다.

혁무린이 몸을 세웠을 때 전음성이 다시 들려왔다.

"건위 네 번째, 곤위 두 번째, 그리고 중극의 태극 방위를 차지한 두 놈… 그놈들만 잡으면 오합지졸이 될 거 같구먼. 멍청하기는……."

혁무린은 화들짝 놀랐다.

지금 철기대원들이 공격해 들어오며 이루고 있는 진세였다. 아니, 그 진세의 조문이라고 할 수 있는 축점을 상대는 정확하게 짚어오고 있는 것이다.

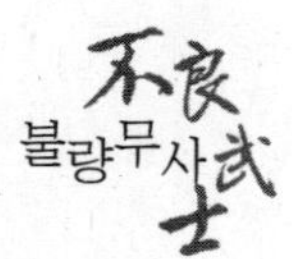

"이런… 철기대를 만든 장본인인데 내 어찌 그것을 모를까. 다만…….'

혁무린은 마치 전음의 주인이 옆에 있기라도 한 듯 나직이 중얼거리다가 헛바람을 들이키며 몸을 경직시켰다.

주위를 엄중하게 압박하며 밀려오던 철기대의 진세가 돌연 흐트러지며 더 이상 압박감을 느끼지 않게 되었던 것이다.

"마, 말도 안 돼."

원래 혁무린은 진세의 축은 항상 유동적으로 움직이며, 또한 축을 중심으로 강력한 방어망을 구축하게 되어 있기 때문에 이런 혼전 중에 진세의 축을 공격하는 것은 오히려 위험을 자초하는 일이라고 말하려 했다.

그런데 지금 그 말들은 채 꺼내지도 못하고 극도의 놀라움에 빠져 입을 쩍 벌릴 수밖에 없었다.

전음의 주인공이 말했던 진세의 축, 그 축이 눈앞에서 속절없이 무너지고 있었던 것이다.

"암기도 아니다. 그렇다고 독을 쓴 것도 아니야."

혁무린은 신음에 가까운 중얼거림을 자신도 모르게 흘려내고 있었다.

건위와 곤위의 양 축은 철기대의 진세에서 가장 무공이 고강한 자들이 맡고 있다. 그 주위엔 역시 최정예의 대원들이 포진하고 있다.

건위와 곤위의 두 축이 되는 대원 둘이 그처럼 기세등등하다가 거의 동시에 종잇장처럼 철갑이 구겨지며 말 위에서 무너져 내리는 모습은 그야말로 불가사의해 보이기까지 했던 것이다.

그와 거의 동시에 중극, 즉 진세의 정중앙이라고 할 수 있는 방위의 태극 형세를 이룬 두 축 역시 누가 갑자기 혼을 빨아들이기라도 한 듯 풀썩 고개가 꺾이며 무너졌다.

주인을 잃은 말들만 더운 콧김을 뿜어내며 이리저리 날뛸 뿐이었다.

혁무린은 이번엔 좀 더 확실하게 보았다. 태극 방위의 두 축이 어떻게 쓰러지는지를…….

"소리도 파장도 없는 암기란 말인가? 철갑을 뚫고 들어갈 만큼 예리하며 단단한 암기가 파공성도 없이 날아들 수 있나?"

그건 애초에 불가능한 얘기였다. 암기가 아무리 빠르고 작고 가늘다 해도 혁무린 같은 고수가 두 눈 부릅뜨고 지켜본다면 그 흔적조차 보지 못하는 경우란 없다.

하물며 일반 도검으로는 흔적조차 내기 힘든 철기대의 철갑을 뚫을 정도라면……?

더욱이 쓰러지는 모양으로 보아서는 필경 단 일격에 치명적인 사혈을 적중시켰다는 뜻인데, 철갑을 두른 사람의 사혈을 눈에 보이지 않는 암기로 단 일격에 적중시킨다는 것 역시 그만큼 말도 안 되는 얘기였다.

상황을 이해할 수 없을 만큼 혼란스러운 건 혁무린만은 아니었다. 철기대원들 역시 당황스럽고 뭐에 홀린 듯한 기분이 들기는 혁무린에 못지않았다.

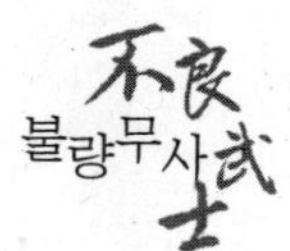

　진세를 이루는 주요 축이 모두 사라지자 나머지 대원들은 어찌할 바를 모르고 우왕좌왕하고 있었다.

　철기대주 허정방 역시 돌연한 사태에 놀라고 당황하기는 마찬가지였다.

　그러나 그마저 우왕좌왕한다면 철기대는 그야말로 수수깡이나 다름없는 신세로 전락하고 말 것이다. 그런 생각에 허정방은 황급히 말을 몰아 진세를 헤치고 앞으로 나와 혁무린의 앞에 마주 섰다.

　"공자와의 싸움이 쉬울 것이라는 생각은 하지 않았소이다만… 이건……."

　허정방이 혁무린을 쏘아보며 말끝을 흐렸다. 뭐라고 할 말이 없었다.

　할 말이 없기는 혁무린 역시 마찬가지였다.

　그때 황사 먼지가 가라앉자 분지의 저편에서 이편으로 걸어오고 있는 한 사람의 모습이 눈에 띄었다.

　혁무린의 시선을 쫓아 허정방의 시선도, 또 나머지 살아남은 철기대원들의 시선도 그쪽으로 향해졌다.

　그는 매우 느릿하게 걷는 듯이 보였지만 오십여 장의 거리가 눈 한 번 깜빡할 사이에 십여 장 이내로 좁혀들었다.

　긴 머리를 아무렇게나 뒤로 늘어뜨려 중간을 그저 허름한 천으로 질끈 묶은 사내.

　빛이 바래 원래 무슨 색이었는지조차 구분하기 어려운 낡은 장포를 헐렁하게 걸친 사내.

자욱한 먼지 속에서도 왠지 후광 따위를 거느리고 다니는 사람인 양 맑고 청아한 얼굴이 신기하게도 뚜렷하게 보이는 사내.

왠지 뒷골목 어림에서 사악한 세월을 보냈음 직한 느낌과 깊은 산사에서 구도의 세월을 억겁처럼 쌓았음 직한 탈속함을 동시에 지닌 사내.

옥단풍이었다.

혁무린은 옥단풍이 그처럼 먼 거리에서 모습을 드러내자 아주 잠깐 그가 전음의 주인이 아닐 것이라는 생각을 했다. 그처럼 먼 거리에서 전음을 보내는 것도 불가능한 일이거니와 어떤 암기인지 모르지만 그것을 발출하여 네 방위의 축이 되는 자들을 정확히 거꾸러뜨리기란 더더욱 불가능한 일이었기 때문이다.

철기대원들이 모두 멍청한 얼굴이 되어 어찌할 바를 모르는 동안 옥단풍은 어느덧 철기대원들의 사이를 지나 허정방과 혁무린의 앞에 다가와 섰다.

옥단풍이 흰 이를 드러내 희미하게 웃자 전장의 살벌함이 바람에 안개가 걷히듯 사라졌다.

옥단풍이 허정방을 일별했다.

"네가 우두머리로구나."

허정방은 뭐라고 말로 표현할 수 없는 기이한 느낌에 사로잡혀 멍청한 시선을 보내고만 있었다. 뭐랄까, 그저 막연히 뭔가 자신의 앞을 가로막고 있는 거대한 벽을 느끼는 기분이

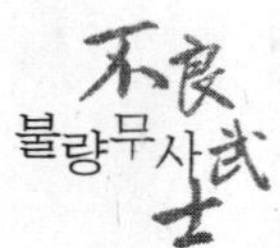

랄까?

"저 쇳덩어리들 끌고 물러가거라. 꼭 죽어야 할 악인이 아니라면 말이다."

허정방이 옥단풍의 말에 헛바람을 한 번 들이켰다.

그러자 머릿속이 조금은 개운해지는 느낌이었다. 제정신으로 돌아오자 허정방의 눈에도 제법 힘이 들어갔다. 이 말 뼈다귀 같은 놈은 대체 뭐란 말인가?

철갑 따위를 온몸에 두르고 있으면 유독 사람들이 연약해 보이는 법이다.

"본좌는 악인인지 따위가 상대를 죽이는 기준이 되지 않는다. 죽여야 할 상대인지 아닌지가 중요하지."

허정방이 장창을 고쳐 잡으며 다짐하듯 말했다.

뭔가 알 수 없는 위압감 따위를 떨쳐 버리려는 듯 일부러 철갑 소리를 요란하게 울리며 어깨를 펴기도 했다. 도무지 이해할 수 없는 위압감이었다.

옥단풍이 희미하게 웃었다.

"너는 악인이로구나."

그 간단한 한마디는 매우 평온하고 부드럽기도 했지만 허정방으로서는 그것이 곧 자신에게 내려진 사형선고나 다름없다는 사실을 죽었다 깨도 알아차릴 수 없었다.

"그럼 악인에게 한번 죽어봐라. 미친놈."

허정방이 한껏 부풀린 어깨를 세우며 위압적으로 움직였다.

기세는 허세 부리듯 과장되어 있었지만 허정방의 장창에서 뿜어져 나오는 수법의 정교함이나 악랄함은 악명 높은 마교홍기의 철기대주다웠다.

허정방이 펼치고 있는 마창육식(魔槍六式)은 원래 창법의 종주 격인 양가창(梁家槍)에서 유래한 것이다. 허정방의 출신인 관산허가는 원래 양가창의 양가와 오랜 사돈지간이기도 했다.

양가창에 비해 손색이 없거나 또는 더 뛰어나다고 평가받는 마창육식이 허가창이라고 불리지 않는 이유는 그것의 원류가 양가창이었기 때문이다.

허정방의 장창이 불꽃같은 궤적을 그리며 옥단풍을 향해 몰아쳐 갔다.

옥단풍은 여전히 허허로운 얼굴로 그저 고즈넉이 서 있었는데, 그는 마치 자신을 향해 무시무시한 창날이 엄습해 들어오는 사실을 전혀 모르는 사람처럼 보였다.

한순간 허정방의 창끝이 옥단풍의 목젖을 꿰뚫었다. 아니, 그렇게 보였다.

그것이 착시에 불과하다는 사실을 가장 먼저 깨달은 사람은 다름 아닌 허정방 본인이었다. 분명 목젖을 꿰뚫었다 여겼는데 손끝에 느껴지는 감각은 그저 허허로운 허공을 휘젓는 기분이었던 것이다.

허정방이 황급히 창을 회수하려 했지만 창날은 마치 깊숙이 뿌리라도 내린 듯 꼼짝도 하지 않았다.

창날이 어느새 옥단풍의 손아귀에 쥐어져 있었기 때문이다.

목젖을 꿰뚫은 듯이 보이는 허정방의 창날이 도대체 어떻게

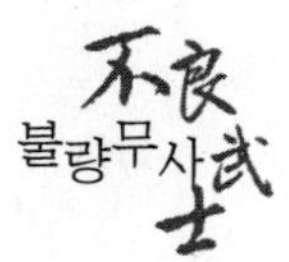

해서 지금 옥단풍의 손아귀에 잡혀 있는지 도무지 이해할 수가 없었다.

옥단풍이 마치 산보라도 나온 사람 같은 얼굴로 허정방을 향해 한 걸음 다가왔다.

전혀 서두르는 기색조차 없었다. 그리고는 그저 옆에 놓인 물건을 무심히 집어 올리듯 그렇게 손을 내뻗었다.

옥단풍은 지면을 딛고 서 있었고 허정방은 철갑을 두른 철기마의 안장 위에 역시 같은 먹빛의 철갑을 두르고 앉아 있었으므로 옥단풍이 내민 손은 하늘을 비스듬히 올려다보는 방향으로 내뻗어지고 있었다.

우지끈.

마치 수수깡이 부서지듯 철기마를 보호하고 있는 철갑이 옥단풍의 손가락 끝이 채 닿기도 전에 산산이 부서져 나갔다. 철기마가 풀썩 무릎을 꿇었다. 그에 따라 자연스럽게 허정방의 상체가 옥단풍 쪽으로 급하게 쏠렸다.

우지끈 하고 다시 허정방의 철갑이 부서져 나갔다.

철갑이 부서져 나간 속에 허정방의 하얗게 질린 얼굴이 놀란 눈을 부릅뜨고 다가오는 옥단풍의 손을 망연히 바라보고 있는 모습이 드러났다.

"어… 어……."

허정방은 그저 뜻도 의미도 없는 두어 마디의 외침만을 남기고 고개를 뒤로 꺾었다.

마치 무시무시한 어떤 거력이 허정방의 이마를 후려쳐서 그의 고개가 수수깡 꺾이듯 뒤로 꺾이는 것처럼 보였다.

허정방의 몸이 해초처럼 흐물거리며 말 위에서 떨어져 내렸다.

그는 목이 뒤로 비정상적인 각도로 꺾인 채 더 이상 움직이지 않았다.

죽음 같은 정적이 일순간 주위를 휩쓸었다.

철기대주 허정방이 그처럼 허무하게 당하리라곤 그 누구도 상상조차 하지 못했다.

혁무린조차 허정방을 제압하려 한다면 수십 초 이상이 소요될 것이 분명했다.

옥단풍이 서늘한 시선으로 철기대원들을 돌아보았다.

"너희들은 진의 주축이 되는 대원들을 잃었고, 이제 우두머리를 잃었다. 어쩔 테냐?"

잔잔하게 이어지는 옥단풍의 음성은 차분하고 묘한 울림을 가지고 있었다.

"한 줌도 안 되는 마교홍기에 대한 충성심과 의리를 지켜 부질없이 죽어갈 테냐, 아니면 이 길로 낙향하여 창 대신 쟁기를 잡는 새 삶을 살 테냐?"

여전히 누구도 끽소리조차 흘리지 않았다.

"약속하지. 내가 너희들을 다시 볼 때에도 여전히 그 거추장스러운 철갑을 입고 있다면 관으로 쓰게 해주마."

마교홍기의 철기대라면 역전의 용사 중에서 고르고 골라 엄선한 정예 요원들이다. 그들은 죽음을 두려워하지 않으며 어

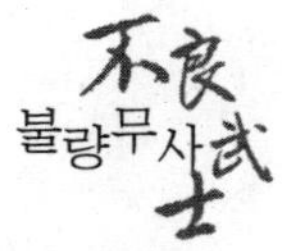

떤 위협에도 쉽게 굴복하지 않는 강인한 자들이지만 지금 이 순간 그 누구도 나서서 용사의 기백을 보일 수가 없었다.

뭐랄까, 그만큼 옥단풍이 뿜어내는 말로 형용하기 어려운 기운이 그들의 기백을 깡그리 잠재워 버렸다고나 할까?

놀랍게도 철기대의 뒤편에서부터 한 번도 무너지지 않았던 철기대의 기백이 속절없이 무너져 내렸다. 뒤쪽에서부터 하나 둘 철기대원들이 대열을 이탈하기 시작한 것이다.

그러자 마치 둑이 무너지듯 철기대원들이 앞 다투어 말 머리를 돌리기 시작했다.

지도부를 모두 잃어버린 철기대는 더 이상 용맹무쌍한 죽음의 전사들이 아니었던 것이다.

망설이던 몇몇 소수의 철기대원들까지 일제히 말 머리를 돌려 빠져나가고 나자 너른 황구평엔 철기대원들이 남긴 자욱한 모래 먼지만 남게 되었다.

그 모습을 멍하니 지켜보던 혁무린이 믿을 수 없다는 표정으로 옥단풍을 돌아보았다.

옥단풍이 흰 이를 드러내며 웃었다.

"두려움이란 전염병과 같은 것이지. 무리를 지어야 힘을 쓰는 자들은 더더욱 그래."

옥단풍은 마치 오래전부터 혁무린을 알고 있던 사람처럼 편안하고 자연스럽게 말을 건네고 있었다. 또한 자연스러운 하대였지만 그것이 조금도 거북하지 않았다.

"귀, 귀하가 내게 전음을 보냈던……."

혁무린이 말끝을 흐렸다. 물어보나마나 한 질문이란 생각이 이내 떠올랐고, 또한 말꼬리를 어찌해야 할지 한순간 판단이 안 서기도 했다. 천하의 혁무린이 이름조차 불분명한 사내를 향해 존대를 써야 할지 하대를 해야 할지 망설인다는 사실을 그 누가 상상이나 해봤을까?

옥단풍이 그런 혁무린의 심사를 꿰뚫기라도 한 듯한 시선으로 잔잔하게 웃었다.

"내가 너를 구한 것은 자비심이 넘쳐 주체할 길이 없어서가 아니다, 혁무린."

혁무린의 안색이 굳었다. 그는 이 순간 지독한 수치심을 느끼고 있었지만 옥단풍이 보여준 믿을 수 없는 신위는 또한 아득한 절망감과 무력감을 동시에 주고 있었다.

"우연찮게 네 동생이 내 일행이 되었지. 난 그녀가 쓸데없이 너를 찾아 헤매는 데 헛힘을 쓰게 되는 것을 피하고 싶었을 뿐이야."

"소미가?"

혁무린이 깜짝 놀라 고개를 들었다.

소미의 소식을 듣는 순간은 수치심이고 무력감이고 다 저만치 물러났다.

그때 황구평을 가로지르며 일단의 사람들이 다가오고 있었다.

한 명의 중늙은이와 세 명의 젊은 여자였다.

"소미야."

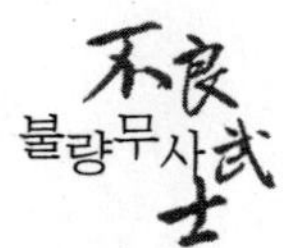

혁무린이 그 속에서 혁소미의 모습을 발견하고는 그대로 지면을 차며 내달렸다.

혁소미가 혁무린의 그런 모습을 보고는 피식 쓴웃음을 지었다. 오빠가 자신의 안위를 얼마나 걱정하고 있었는지 피부에 와 닿을 정도로 절절해 보이기도 했지만 왠지 씁쓸했다.

예전엔 천하에 오빠를 능가할 전도양양한 젊은이는 없을 것이라 여겼고, 장차 무림을 좌지우지할 절대영웅이 될 것이란 사실을 의심한 적이 없었다.

그러나 옥단풍을 만나게 된 지금 왠지 두 남매가 함께 왜소한 존재가 되어 옥단풍의 품에 깃든 어린 새와 같은 처지임을 부정할 수가 없었다.

혁무린이 혁소미의 앞에 떨어져 내려 두 손을 왈칵 움켜쥐었다.

"무사했구나. 오라비는 네 안위가 걱정되어 단 한시도 잠을 이룰 수가 없었느니라."

거의 울상이 되어 말하는 혁무린의 모습과는 대조적으로 혁소미는 아무런 표정도 지어내지 않았다. 대신 혁소미의 시선은 멀리 탈속한 자세로 서 있는 옥단풍에게로 향했다.

자신의 우상과도 같았던 오라비를 이처럼 초라하게 보이도록 만든 사내란 대체 어떤 사내인가?

혁소미는 두 눈 속에 옥단풍의 모습을 집어넣기라도 하려는 듯 미동도 하지 않고 옥단풍을 쏘아보았다. 저 남자, 내가 가질 테다.

혁소미는 그 순간 다시는 돌이킬 수 없는 결정을 내리고 말았다.

어수선한 속에서 탁발한이 나섰다.

"자, 서둘러 길을 떠나자구. 우린 아직 합류해야 할 사람이 둘이나 더 있단 말이다."

탁발한은 좌중을 둘러보며 너스레를 떨 듯 말했지만 시선은 남몰래 옥단풍을 살피고 있었다.

합류해야 할 두 사람은 팔고황과 진랑일 것이지만 옥단풍은 이제까지 그들에 대해서는 단 한 마디도 언급하지 않았다.

옥단풍이 일행이 차츰 불어나는 것에 부정적인 시각을 가지고 있다는 징후는 어디에도 없었다. 그렇다고 팔고황과 진랑에 대해 풀어낼 수 없는 적대감을 가지고 있다는 징후 또한 보이지 않았다.

옥단풍이 다가왔다.

"가지, 이제."

그는 마치 옆 동네 마실 나온 아저씨 같은 얼굴로 사람들을 둘러보았다.

세상에 비밀이란 없는 법이다.

아무리 철통같이 비밀을 지키려 해도 소문은 발 없는 말처럼 제멋대로 내달려 중원 천지를 휘젓게 되니 말이다.

그런고로, 마교에서 비밀을 지키기 위해 문하의 제자들을 철저하게 단속했음에도 불구하고 괄창산 오심협의 사건이 강

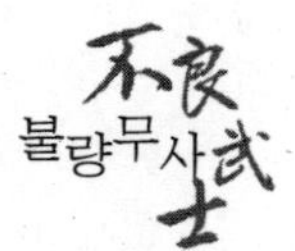

호무림에 부풀리고 부풀려져서 널리 퍼지게 된 것은 어찌 보면 조금도 이상한 일이 아니었다.

더군다나 마교에서 절대고수 중 한 사람으로 꼽히는 시마가 자신의 화살에 이마를 뚫려 죽었다는 충격적인 사실이 포함된 이야기는 그야말로 호사가뿐만 아니라 일반 무림인들 사이에도 정말 좋은 이야깃거리가 되지 않을 수 없었다.

수백에 이르는 마교의 호교대와 시마가 오직 단 한 사람의, 허름한 차림의 청년에게 속절없이 당했다는 사실은 실로 믿을 수 없는 거짓말 같은 이야기였지만 당시 현장에서 모든 상황을 생생하게 목도했다는 무사의 전언이라는 그럴듯한 설명이 붙어 있으니 믿지 않을 수도 없는 노릇이었다.

놀랍게도 그 믿을 수 없는 사건의 주인공이 불과 몇 년 전 선주의 사마의가에 의해 고용되었던 두 명의 불량무사 중 한 사람이라는 것이었으니…….

그야말로 강호무림은 발칵 뒤집혔다.

마교에서는 더 이상 쉬쉬할 필요도 없었으므로 즉각 공개적으로 전 중원을 향해 옥단풍의 추살령을 선포했다.

마교의 추살령은 그 자체로 사형선고나 다름없었다.

제아무리 천하의 날고 기는 잠적의 고수라 해도 마교의 추살령으로부터 벗어날 수 없었다.

그런고로 마교의 추살령이 내려지면 그것 자체로 그 대상자는 죽은 목숨이라 여겨졌다.

추살령이 내려지자 전 중원에 산재한 마교의 교도들이 부산하게 움직였다.

어쩐 일인지 흑도무림에서도 옥단풍은 발견 즉시 참살해야 할 특급 경계 대상으로 삼고 있었다.

뿐이랴. 세상에 드러나진 않았지만 흑림에서도 옥단풍은 추적 및 추살 대상이 되어 있다는 소문이 무성했다.

강호는 흉흉했다.

마교나 흑도 무림 등과 어떤 식으로든 관련이 있는 인물들은 물론이고, 전혀 관련이 없는 일반 무림인들조차 불량무사 옥단풍을 잡겠다고 나서는 판국이었다. 만약 옥단풍을 잡을 수만 있다면 지금 중원 천하를 호령하고 있는 마교와 흑도 무림에 지대한 공헌을 하는 셈이고, 그것으로 일신의 출세가도는 이미 따놓은 당상이나 마찬가지일 터였다.

그러니 조금이라도 사나운 기세로 무리 지어 몰려다니는 무림인들이 있다면 그들은 필경 십중팔구 옥단풍을 쫓는 자들일 것이다.

그러나,

정작 그 장본인인 옥단풍은 오심협의 사건 이후, 그리고 극소수만 알고 있는 황구평의 사건 이후 좀체로 세인들의 시야에 모습을 드러내지 않았다.

옥단풍뿐만이 아니라 그 일행이었던 탁발한 등도 종적이 없기는 마찬가지였다.

그들은 마치 원래부터 존재하지 않았던 사람들인 것처럼 강호의 어느 구석에서도 찾을 수가 없었다.

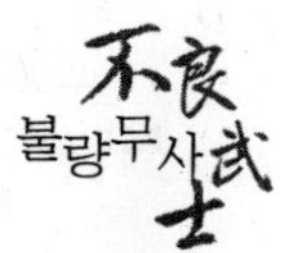

시월의 태양은 부드럽다.

태행산이 이고 있는 하늘도 맑고 시리도록 푸르렀으며 구름 한 점 없었다.

태행산은 모두 서른두 개의 봉우리로 이루어져 있는 명산 중 하나다. 이름이 붙은 큰 봉우리의 숫자만 그러하니 이름조차 없는 작은 봉우리의 숫자는 얼마나 되는지 아는 사람이 드물 정도였다.

태행산의 주봉 중 하나랄 수 있는 관정봉(串井峯)의 그 독특한 형상으로 해서 많은 사람들에게 잘 알려져 있지만 사람이 접근하기 어려운 험준한 지형으로 해서 사람의 발길이 닿지 않는 오지로 남아 있는 봉우리이다.

관정봉은 이름 그대로 커다란 우물이 봉우리에 의해 한가운데가 뚫린 듯한 형상을 하고 있었다.

둥그렇게 둘러싼 가파른 절벽이 우물처럼 원통형을 이루고 있었고, 그 한가운데 칼날처럼 솟은 봉우리가 하늘을 꿰뚫을 듯 솟아 있는 것이다.

우물 형태의 절벽을 오르기도 쉽지 않을뿐더러 설사 올랐다 해도 다시 중앙의 봉우리로 이동하는 것은 날개 달린 새가 아니면 도저히 불가능한 그런 지형이었다.

지금 관정봉의 정상엔 한 사람이 고즈넉이 서 있다.

그는 나뭇가지를 대충 이리저리 손질해 검 모양으로 만든 아주 허접하기 짝이 없는 목검을 허리에 걸고 있었으며, 일신

엔 마를 꼬아 엮은 거친 삼베로 만든 조악하기 짝이 없는 장삼
으로 감싸고 있었다.

머리카락은 단 한 올의 섞임도 없는 순백의 백발이었으며,
그 머리 역시 거친 삼베 끈으로 뒤로 몰아 단정하게 묶고 있었
다.

한눈에 보이는 인상으론 필경 일흔은 족히 넘어 보이는 세
수의 인물로 보였으나 팽팽한 얼굴의 피부는 주름살 하나 없
어 마치 삼십대 청장년의 그것처럼 맑고 깨끗했다.

두 눈은 날카롭게 옆으로 예리한 각을 이루며 번득이고 있
었는데, 눈꼬리가 관자놀이까지 이르고 있어서 매우 독특한
분위기를 풍기는 신비한 모습이었다.

신비인은 한동안 관정봉의 정상에 서서 하늘을 우러러보고
있었다.

신비인의 날카로운 시선은 티없이 맑은 하늘의 정중앙에 떠
있는 태양을 주시하고 있었다.

문득 자연스럽게 양쪽으로 늘어뜨린 두 손의 손가락 끝이
미세하게 떨렸다.

떨렸다 싶은 순간 갑자기 사위가 칠흑 같은 어둠 속에 휩싸
였다. 그것은 극도로 짧은 말로 표현하기 어려운 찰나의 순간
이었지만 진정 환하게 밝은 주위가 일시에 칠흑 같은 어둠 속
에 잠긴 것은 결단코 착각이 아니었다.

한순간 신비인의 손이 허리에 걸린 목검의 손잡이를 잡았
다.

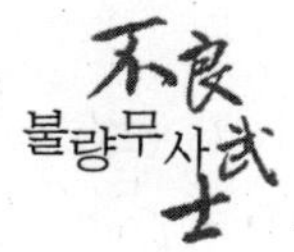

잡았다 싶은 순간 번쩍하고 칠흑같이 어두워진 암천을 한줄기 번개가 갈랐다.

그것은 실로 천지개벽이 일어나는 듯한 조화였다.

암천이 갈라지고 그 끝에서 하늘의 태양이 일순간 빛을 잃으며 양쪽으로 갈라지고 있었다.

아아, 이 무슨 말도 안 되는 조화란 말인가?

하늘의 빛이 사라지고 한줄기 번개가 그 암천을 양쪽으로 가르며 결국 태양마저 갈라 버리다니…….

실로 그 누구도 직접 눈으로 보고도 믿을 수 없는 일인 것이다.

한순간 어두워졌던 사위가 다시 원래의 모습을 되찾았다.

중천에 높이 떠 있는 태양 또한 원래의 모습 그대로였다.

다만 신비인만이 전신이 흠뻑 땀에 젖은 채 흡족한 미소를 띠고 서 있었다.

그때 우렁찬 음성이 고요를 흔들었다.

"경하드리옵니다, 사부님. 드디어 섬일(閃日)의 경지에 오르셨군요. 제자는 실로 사부님의 높고도 높은 경지에 삼가 경외의 염을 감출 수가 없사옵니다."

백동기의 음성이었다.

신비인은 마치 오래전부터 이미 백동기의 존재를 알고 있었다는 듯 조금도 놀라지 않은 얼굴로 천천히 시선을 돌렸다.

백동기는 관정봉을 둘러싸고 있는 둥그런 우물 모양의 절벽 위에 서서 관정봉을 올려다보고 있었다.

“무슨 일이냐?”

신비인이 무표정한 얼굴로 물었다.

백동기가 극도로 공경하는 자세로 머리를 숙였다.

“제자가 스승을 찾아 문안하는 것은 장부의 의당 해야 할 일이라 가르치셨는데 어찌 용건을 물으시옵니까? 망극하옵니다.”

“그럴 필요 없느니라.”

신비인은 말을 마치고는 더 이상 백동기에게 용건이 없다는 듯 시선을 다시 중천의 태양을 향해 돌려 버렸다.

신비인의 자세에서 매몰차게까지 느껴지는 냉랭함이 풍겨져 왔다.

백동기가 그런 신비인의 모습을 우러르며 깊이 한숨을 내쉬었다.

“사부님, 어찌 제자의 마음을 몰라주시는지요.”

백동기의 안타까운 음성이 가늘게 떨려 나왔다. 그러나 신비인은 더 이상 백동기에게 시선을 돌리지 않았다. 그의 자세에서는 마치 백동기의 존재 자체를 무시하는 듯한 인상마저 느껴졌다.

“사부님…….”

그때 백동기의 옆에 소리없이 그림자 하나가 현신했다.

전신이 마치 한 자루의 잘 벼려진 검처럼 느껴지는 중년인이었다.

“공자, 지존께서 이미 축객령을 내리셨으니 이만 돌아가시

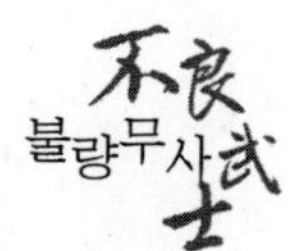

지요."

중년인이 건조한 음성으로 말했다.

백동기가 중년인을 돌아보며 반색했다.

"과노(瓜老), 사부님께 제자가 꼭 아뢸 말씀이 있다 말씀드
려 주게."

그러나 과노라 불리운 중년인은 표정을 굳힌 채 고개를 가
로저었다.

"지존께서 한 번 입 밖으로 내신 말씀은 절대로 거두시는 법
이 없는 것은 공자께서 더 잘 알고 계시지 않소이까. 오늘은
이만 돌아가시지요."

"과노, 옥산옥가의 후예가 살아남았으니 사부님께선 반드
시 아셔야 할 일이네."

"공자."

과노의 안색이 더욱 무표정하게 굳었다. 형형한 안광으로
백동기를 노려보는 모양새가 더 이상 말을 듣지 않으면 곧바
로 출수라도 할 것처럼 보였다.

"허어."

백동기가 안타깝게 관정봉 위를 쳐다보았지만 어쩔 수 없는
일이라는 듯 고개를 절레절레 흔들며 몸을 돌렸다.

그때 관정봉 위로부터 신비인의 음성이 들려왔다.

"옥산옥가라고 했느냐?"

백동기의 시선에 그 순간 섬전처럼 득의의 빛이 스치고 지
나갔다.

"그러하옵니다, 사부님."

"올라오너라."

백동기가 득의한 얼굴이 되어 과노를 돌아보았다. 그리고는 이내 훌쩍 지면을 차고 관정봉 위로 날아올랐다.

그 모습을 응시하는 무표정한 과노의 얼굴에 한줄기 어두운 그림자가 드리워졌다.

매구방은 커다란 느티나무가 드리운 짙은 어둠 속에 그림처럼 서 있었다.

둥그런 만월이 그 어느 때보다 가깝게 떠 있어서 사위는 한밤중이라고 생각할 수 없을 만큼 밝았지만 느티나무 그늘은 칠흑처럼 어두웠다.

"세상사는 어떻게 될지 아무도 모른다고?"

매구방은 지금 난화옥녀의 마지막 말을 되뇌고 있었다.

매구방의 계집처럼 예쁜 얼굴이 붉게 달아올랐다.

청방십팔존자 내에서 진랑은 오랜 세월 동안 자신의 경쟁자였다.

한결같이 뛰어난 청방십팔존자였지만 진랑은 특별했다. 그는 항상 드러나지 않게 행동했으며 주어진 임무를 놓친 적이 단 한 번도 없었다.

무엇보다도 진랑은 난화옥녀의 사랑을 한 몸에 받고 있었다.

청방십팔존자는 모두 십 세가 되기 전에 전 중원을 망라해

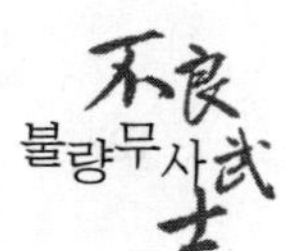

명문의 자제가 아닌 평범한 가정에서 엄정하게 가려져 선출된
인재들이었다.

그들의 출신은 다양했지만 한결같이 미천한 가문의 출신이
라는 점은 같았다.

그들의 인생은 마치 회오리바람을 탄 일엽편주처럼 극과 극
을 치달은 셈이었다. 농가의 자제에서, 혹은 어부의 자식에서
강호를 쥐락펴락할 위치에까지 오르는 삶이란 결코 평범한 것
이 아니었다.

그 중심에 항상 난화옥녀가 존재했다.

그녀는 소위 여성이 가져야 할 아름다움의 덕목을 모두 갖
춘 여자였다.

오직 그녀가 갖추지 못한 덕목이라면 지조일 것이다.

그녀는 결코 한 사내에게 모든 것을 맡기는 순종적인 여자
는 아니었다. 그녀는 흔히 바람기 많은 사내들이 그러하듯 이
꽃 저 꽃으로 날아다니며 꽃가루를 날리는 나비와도 같은 존
재였다.

그러나 그렇다 해도 난화옥녀의 침상에 오를 수 있는 사내
란 극히 드물었다.

청방십팔존자는 그녀의 침상에 오를 기회만을 바라며 할 수
있는 모든 노력을 기울이는 해바라기 같은 존재들이었다.

그 속에서 진랑은 특별했다.

그는 난화옥녀의 사랑을 독차지하는 것처럼 보였지만 오히
려 진랑이 낙화옥녀에게 다가가는 것을 항상 주저했다.

　매구방은 어쩌면 진랑은 진심으로 그녀를 사랑했는지도 모른다고 생각했다. 사랑은 고통스러운 것이니까…….

　"나는? 나 역시 진랑 못지않게 그녀를 원하지만… 풋, 그것이 과연 사랑일까?"

　매구방이 허무하게 웃었다.

　그녀를 갈구하는 자신의 마음을 사랑이라고 흔쾌하게 인정하지 못하는 이유는 달리 있지 않을 것이다. 그녀에게서 온전한 한 사내로, 의지할 수 있는 든든한 사내로 인정받기보다는 항상 주변에 달고 다니면 딱 좋을 그런 노리개 정도로만 대우받은 자신의 상처받은 자존심 때문이었을 것이다.

　"그녀는 결코 순결한 몸이 아니다. 그런데 왜 나는 그녀를 성녀처럼 보는 것일까?"

　매구방이 그렇게 중얼거렸을 때 좌측의 가시덤불이 아주 미세하게 움직인다 싶더니 이내 한 사람이 소리없이 다가왔다.

　그는 일신을 먹물 같은 검은 천으로 온통 감싸서 오로지 밖으로 드러난 것은 두 눈뿐이었다.

　그 눈조차 빛을 가리기 위해 가는 실로 짠 망사가 정교하게 덮고 있어서 어둠 속에서 그를 분간하는 것은 거의 불가능해 보였다.

　매구방은 그의 존재 자체를 이미 알고 있었고, 또한 별반 신경 쓰이지 않는다는 듯 시선조차 돌리지 않았다.

　"한 시진 동안 아무런 움직임도 감지되지 않았소이다. 확실히 팔고황은 우리의 존재를 이미 눈치 챈 듯하오이다."

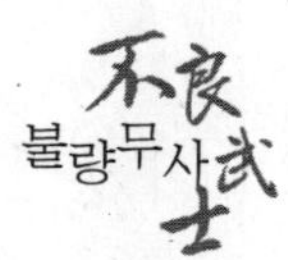

검은 천의 사내가 낮게 가라앉은 음성으로 속삭였다.

그의 음성은 결코 십 장 밖을 벗어나지 않을 것이다.

매구방이 입가에 싸늘한 냉소를 머금었다.

"탁발한은 옥단풍과 함께 이미 자취를 감추었는데… 우린 언제까지 이 짓을 하고 있어야 하지?"

매구방의 건조한 음성에 검은 천의 사내가 잠시 할 말을 잃었다. 그것은 자신도 알 수 없었다. 단지 난화옥녀는 팔고황을 감시해 탁발한과 조우하는 순간을 기다리라는 지시를 했을 뿐이다.

지금 전방에 보이는 작은 오두막은 팔고황과 진랑이 들어간 이후 반나절 동안 고요한 정적만을 유지하고 있었다.

이 오두막은 지금 물샐틈없는 포위망에 갇혀 있다. 설사 팔고황과 진랑이 날개를 달고 있다 해도 감시를 피해 오두막을 벗어나는 것은 불가능했다.

매구방이 그제야 천천히 시선을 사내에게 돌렸다. 그 두 눈은 샛별처럼 빛나고 있었고, 허무한 빛과 함께 자조의 빛을 담고 있었다.

"종 교주, 그대는 만족교가 찾아낸 팔고황을 이렇게 감시하고만 있는 것이 자랑스러운가?"

매구방의 말은 부드럽고 조용했지만 직설적이고 공격적이었다.

종 교주라 불린 검은 천의 사내는 흑림의 천리향 교주로 종방기라는 자였다.

천리향이 흑림의 세계에서 비록 최상위에 위치한 조직은 아니었지만 그는 살아오면서 이런 식의 말투를 들어본 적이 없을 것이다. 더군다나 매구방 같은 새파란 애송이에게 말이다.

그러나 종방기는 겉으로 보기에 계집처럼 예쁘고 나약해 보이기까지 하는 이 어린 애송이가 어떤 존재인지 잘 알고 있었다.

"지시받은 사항이 있기 때문에……."

종방기는 조금도 머뭇거리지 않고 즉각 대답했다. 그의 자세는 여전히 상대에 대한 예의를 잃지 않고 있었으며 매구방의 공격적인 말에는 조금도 개의치 않는 모습이었다.

그 모습을 한동안 쏘아보던 매구방이 고개를 끄덕였다.

"너도 난화옥녀의 개가 되고 싶으냐?"

"무슨 말씀이시오?"

"후후."

매구방이 허무한 웃음을 남기고는 이내 느티나무 그늘을 벗어났다.

그는 천천히 걸음을 옮겨 팔고황과 진랑이 은신하고 있는 오두막을 향해 다가갔다. 휘황하게 밝은 만월 아래 그의 전신은 환하게 노출되어 있었지만 조금도 은신하려는 자세는 보이지 않았다.

종방기가 고개를 저었다.

"저 자식, 일을 망치고 있군."

비록 매구방이 청방십팔존자 중 한 사람으로 그 위세가 하

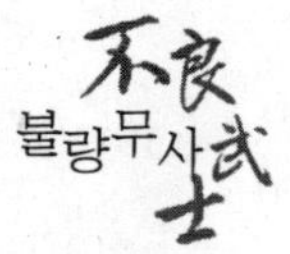

늘을 찌를 듯한 신분이지만 오늘의 일은 종방기의 지휘하에 놓여 있었다.

만약 매구방이 일을 망치려 한다면 그에게는 그것을 제지할 충분한 숫자의 수하가 주위에 있었으며, 훗날 감히 청방십팔존자를 제지한 죄에 대해 따져 물을 때 충분히 설명할 명분도 준비된 셈이었다.

"어리석은 놈, 제 무덤을 스스로 파는 꼴이야. 좌비수(左匕首), 아이들을 움직여 놈을 막아라. 칠절풍(七絶風)을 사용해도 좋다."

천리향의 교주로 이 한마디면 충분했다.

일반인들은 아무리 눈을 까뒤집고 찾으려 해도 찾을 수 없겠지만 지금 자신의 왼팔이랄 수 있는 좌비수가 그림자처럼 그의 주변에 대기하고 있으며, 좌비수가 이끄는 좌폭풍조는 쥐도 새도 모르게 요인을 암살하고 소리없이 사라지는 일로 평생을 살아온 서른두 명의 행자 급의 무사들로 구성되어 있고, 지금 그들은 전원이 이 자리에 출동해 은신하고 있는 것이다.

칠절풍은 천리향이 자랑할 수 있는 절독 중 절독이다.

천리향이 비록 조금 뒤처지는 세력을 가지고도 흑림의 세계에서 주요한 조직 중 하나로 존재할 수 있었던 절기이기도 했다.

바람을 타고 흐르는 칠절시독은 정확하게 목표로 하는 사람의 호흡 속에만 들어갈 수 있었다.

그 속에는 천리향의 오랜 비전 절기가 숨겨져 있었다.

이제 교주의 명령이 떨어졌으니 매구방은 한 걸음도 더 옮기기 전에 풀썩 하고 제자리에 쓰러질 적이었다.

그러나 정작 늘 말이 떨어지기가 무섭게 즉각 반응하던 좌비수로부터 아무런 응답이 없었다.

종방기가 미간을 깊숙이 찌푸렸다.

"좌비수."

다시 짧게 부르는 종방기의 음성에 노여움이 묻어났다.

그러나 여전히 좌비수로부터 아무런 응답이 없자 종방기가 본능적으로 고개를 돌리다가 그 자리에 석상처럼 얼어붙어 버리고 말았다.

이럴 수가 있단 말인가?

자신의 바로 뒤에 한 사내가 그림처럼 서 있었던 것이다. 그것도 겨우 반걸음도 채 떨어지지 않은, 그야말로 지척의 거리에 말이다.

종방기는 헛바람조차 들이키지 못했다.

상대가 숨을 쉰다면 그 숨결조차 이내 입속으로 들어올 지척의 거리에 서 있는 사내가 조용히 웃었기 때문이다.

"무덤을 파는 것처럼 보이나, 네 눈에는? 내 눈에는 그나마 사내다워 보이는데?"

"누, 누구냐?"

이런 거리라면 흑림에서 아무리 은신술에 뛰어난 자라 해도 기척없이 접근할 수 없는 거리다.

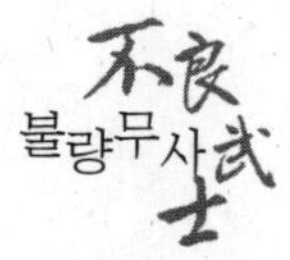

흑림의 성배자 급 인물인 종방기는 그 사실을 누구보다도 잘 알고 있었다.

"종방기, 너희 천리향은 그동안 온갖 더러운 일은 도맡아서 해왔지."

종방기는 이제 안색이 창백하다 못해 푸르뎅뎅하게 변했지만 다행히 검은 천으로 가리고 있어서 감출 수가 있었다.

"매구방 저 친구는 비록 흑림의 인물은 아니지만 너보다 판단력이 뛰어나구나. 더 기다린다면 오히려 아무런 기회도 없을 것이라는 걸 잘 알고 있지 않은가?"

상대는 어둠 속에서 흰 이를 드러내며 웃고 있었다. 그저 한담이라도 나누듯 그렇게 속삭이고 있지만 종방기는 등줄기를 스치고 한줄기 식은땀이 흘러내렸다.

이자는 흑림에 대해 소상하게 알고 있다.

흑림의 주요한 인물이거나 아니면 더더욱 위험한 인물일 것이다.

그에 생각이 미치는 순간 종방기는 두 눈을 부릅떴다. 어쩌면 지금 눈앞에 서 있는 사내가 바로 마교와 흑림이 눈을 까뒤집고 찾고 있는 문제의 인물 옥단풍일지도 모른다는 생각이 뇌리를 스친 것이다.

"그래, 내가 옥단풍이다."

사내는 마치 종방기의 마음속을 훤히 읽고 있기라도 한 듯 말했다.

종방기는 아주 짧은 순간 손아귀 안에 칠절풍의 독낭을 쥐었다.

손끝만을 아주 미세하게 움직이면서 소매의 특수한 저장낭에 들어 있는 독낭을 손아귀에 쥘 수 있는 건 천리향의 독문절예 중 하나였다.

거리가 너무 가까운 것이 마음에 걸렸지만 독낭이 손아귀에 쥐어진 이상 상대가 아무리 천하의 옥단풍이라 해도 죽은 목숨이나 다름없었다.

종방기는 독낭을 손아귀에 쥐자 한결 느긋한 자세가 되었다.

"옥단풍, 대담하기 짝이 없는 놈이로군. 과연 흑좌(黑座)에서 배출한 유일한 성배자 급 인물이었던 월영객이 바로 네놈이라더니… 후후… 네놈은 예상대로 대담하지만 무모하기 짝이 없는 놈이로구나."

흑좌는 비록 흑림의 조직 중 하나였지만 오래전부터 그 세를 잃고 존재조차 유명무실한 그런 조직이었다.

한때는 뛰어난 추적술과 암살 수법, 그리고 다양한 고문 수법으로 흑림의 주요 조직 중 하나로 맹활약했지만 언제부턴가 조직이 무너지기 시작해서 오십여 년 전부터는 아예 조직원의 숫자가 열 명을 넘긴 적이 없는 그런 조직이었다.

옥단풍이 시마와 혈수영주를 죽인 이후 마교와 흑림은 철저하게 옥단풍에 대해 조사를 진행했고, 그것은 역시 정보와 추적에서 한 수 앞서는 흑림의 차지였다.

그리고 열린 흑림 성배자 급 회합에서 옥단풍이 흑림 중 흑

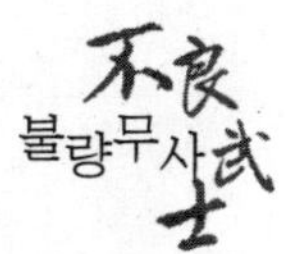

좌에 몸담았었다는 사실이 밝혀진 것이다.

종방기는 지금 전신이 흠뻑 땀에 젖고 있었지만 상대의 주의를 흩뜨리기 위해서는 상대를 자극하는 한마디를 던지는 것이 가장 좋은 방법임을 잘 알고 있었다.

옥단풍이 다시 흰 이를 드러내고 웃었다.

"그래서 흑좌를 그렇게 뒤집어놨느냐? 후후."

종방기는 바로 그 순간이라고 판단했다. 상대가 자신의 말에 반응을 보이는 순간이 가장 경계심이 취약해질 때인 것이다.

종방기의 몸이 순식간에 뒤로 일 장여를 물러났다. 마치 물 위를 미끄러지는 대나무 잎처럼 그렇게 매끄럽고 빠른 놀림이었다.

일 장을 물러서면 칠절풍을 사용할 거리가 확보되는 것이다. 종방기의 오른손이 허공을 휘저었다. 손바닥 안에 숨겨졌던 독낭이 소리없이 터지며 종방기가 뿜어낸 강기를 타고 쏜살같이 옥단풍에게 날아갔다.

그야말로 말끔하고 한 치의 오차도 없는 동작이었다.

그런데 필경 무릎을 꺾고 쓰러져야 할 옥단풍은 여전히 멀쩡하게 서서 빙글빙글 웃고 있지 않은가?

종방기의 눈이 홉떠졌다. 이럴 리가 없었다. 칠절풍은 제아무리 천하의 절대고수라 해도 한 번 흡입하면 절대로 무사할 수 없는 절독이다. 저렇게 멀쩡하다는 건 도무지 납득이 가지 않았다.

옥단풍이 성큼 다가섰다.

"네 목숨은 살려주마."

옥단풍의 한 손이 번득 어둠을 갈랐다 느낀 순간 종방기는 오른쪽 어깨에 불같은 통증을 느꼈다.

종방기는 비명도 지를 겨를이 없었다. 바닥에 떨어져 아직도 팔딱거리고 있는 팔 하나가 원래는 자신의 오른쪽 어깨에 붙어 있어야 할 것이라는 사실을 깨닫자 머릿속은 온통 텅 비어 하얗게 변해 아득하기만 했기 때문이다.

눈앞에서 옥단풍의 얼굴이 냉혹한 표정으로 바뀌고 있었다.

"가서 흑림의 성배자들에게 전해라. 나를 쫓는 것은 상관하지 않겠지만 흑좌를 건드리는 것은 절대로 용납하지 않을 것이라고 말이다. 이건 경고다."

종방기는 혼비백산해서 주위를 둘러보았다.

좌비수는 물론이고 자신이 대동하고 온 천리향의 고수들은 어디에도 흔적조차 보이지 않았다. 자신이 이렇게 되도록 아무도 모습을 보이지 않았다는 것은 한 가지 이유밖에 없다.

그들 역시 모두 당했다는 것이다.

종방기가 주춤거리며 물러섰다. 그는 옥단풍이 자신을 경고의 의미로 살려서 돌려보낸다는 사실을 알면서도 가슴 밑바닥에서 차오르는 두려움을 떨쳐 낼 수가 없었다.

옥단풍이 시마와 혈수영주를 죽였다고 했을 때도 흑림의 성배자들은 반신반의했었다.

흑림 전체가 모여 성배자 급 회의를 여는 일은 매우 드물다.

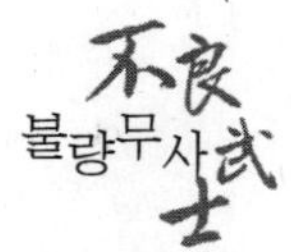

그만큼 옥단풍이 경계해야 할 인물이라는 뜻이었지만 흑림의 그 누구도 옥단풍이 이 정도이리라고는 상상도 하지 못하고 있었다.

"말도 안 돼. 이건 정말 말도 안 된다."

종방기는 연신 뒤로 주춤거리며 자신도 모르게 중얼거렸다.

그리고는 몸을 돌려 혼신의 힘을 다해 내달렸다.

한편, 그 순간 매구방은 그런 사실을 전혀 눈치 채지 못한 채 오두막 입구에 서 있었다.

매구방은 옥단풍이 탁발한 등을 구해 사라졌다는 말을 전해 듣고 납득할 수가 없었다.

옥단풍이 뛰어난 무공을 지니고 있는 것은 사실이었지만 이 미 한차례 대결해 본 적이 있는 매구방으로서는 당연한 일이 었다.

"그까짓 허접한 놈 때문에 이런 소란이라니……. 차라리 팔 고황을 잡아 놈들의 행방에 대해 실토를 받아내는 것이 더욱 간단할 것이야."

매구방은 특히 진랑이 지금 팔고황과 함께 있다는 사실로 인해 더욱 조급해지고 있었다.

진랑과 팔고황을 잡아 탁발한 등의 행방에 대해 자백을 받 아낸다면 그 결과를 놓고 난화옥녀가 어떤 표정을 지어낼지 자못 궁금했다.

매구방이 조용히 오두막의 문을 밀치고 들어섰다.

팔고황도 그렇지만 진랑은 결코 방심할 상대가 아니었다.

매구방의 오른손에는 지금 흑마검법의 운기가 모아져 있었다. 팔고황은 귀루의 루주였지만 마교의 최고위층에 자리했던 절대고수였다.

그러나 매구방에게는 그런 팔고황보다는 오히려 같은 청방 십팔존자였던 진랑이 더욱 신경 쓰이는 존재였다.

매구방은 오두막 안으로 들어서자 멈칫 동작을 멈추었다.

오두막은 텅 비어 있었던 것이다.

매구방의 안색이 급격하게 변했다.

"이런……."

짧은 순간 불길한 예감이 뇌리를 스쳤다.

매구방이 황급히 돌아서며 오두막을 나서려는 순간 입구를 가득 채우며 한 사내가 들어서고 있었다.

매구방과는 불과 한 걸음 떨어진 거리였으므로 상대는 그야말로 지척지간까지 다가온 셈인데 매구방 본인은 모르고 있었던 것이다.

더군다나 상대는 마치 길 가다 문득 주막에라도 들르듯 그렇게 흐트러지고 무방비한 자세로 오두막 안으로 들어서고 있었다.

매구방은 상대가 누구인지를 따질 겨를도 없이 출수했다.

붉은 빛이 실내에 가득 일며 날카로운 소성이 일었다.

그와 같이 가까운 거리에서 청방십팔존자의 다섯 손가락 안에 꼽히는 매구방이 전력으로 펼치는 흑마검법의 칼질을 피할 수 있는 자가 존재하리라고는 어쩌면 그 누구도 상상조차 할

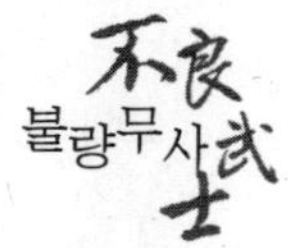

수 없는 일일 것이다.

그야말로 섬전보다도 빠른 속도로 매구방의 도가 사내의 왼쪽 어깨로부터 사선을 그리며 내리찍혔다.

파악!

마치 칼로 바닷물을 내려치는 듯한 음향이 터져 나오며 매구방의 도가 사내의 어깨를 갈랐다. 아니, 갈랐다고 생각하는 것은 매구방의 생각이었다.

매구방의 칼은 의도했던 장소까지 이동하지 못하고 애초에 격렬하게 부딪친 어깨에서 딱 멈춰 있었던 것이다.

매구방이 눈을 부릅떴다.

호신강기로 병장기의 공격을 막아내는 경우란 고수들에게는 드물지 않다. 그러나 그것은 단순히 공세를 완화하는 역할일 뿐이지 그 어느 고수도 호신강기로 병장기를 완전히 튕겨낼 수는 없다. 공력의 차이가 하늘과 땅쯤이 아니라면 말이다.

매구방은 자신과 공력에 있어서 하늘과 땅만큼의 차이를 이룰 수 있는 내가의 고수가 있다는 말은 그 자체가 어불성설임을 잘 알고 있었다. 그렇다면 뭔가?

그저 끝없이 깊고 깊은 물속을 향해 칼을 휘두른 듯한 이 기분은 도대체 뭐란 말인가?

사내가 흰 이를 드러내며 웃었다.

매구방은 그제야 사내의 얼굴을 자세히 볼 수 있었다. 그리고 입을 쩍 벌리고 자신도 모르게 탄성을 터뜨렸다.

"옥단풍……!"

사내는 바로 옥단풍이었다.

흰 이를 드러냈던 옥단풍이 굳게 입을 닫았다. 그의 시선은 차가웠고 안색은 싸늘하게 경직되어 있었다.

"붉은빛을 발하는 검법을 찾아 중원 천하를 헤맨 적이 있지."

옥단풍은 되도록 건조하게 말하려 했지만 말끝이 가늘게 떨리며 감정의 일단이 묻어 나오고 있었다.

매구방은 주춤 뒤로 물러섰다. 머릿속이 혼란스럽기 그지없었다.

이자가 자신의 칼에 의해 슬안혈이 잘리고 가슴을 관통당했던 그자란 말인가?

마교에 의해 구중뇌옥에 갇혔던, 그래서 자칫하면 평생 빛을 볼 수 없는 신세가 될 수도 있었던 바로 그 옥단풍이 지금 눈앞에 서 있는 이자란 말인가?

매구방은 극단적으로 다른 사람이 되어 있는 옥단풍을 보면서 머릿속을 정리하려고 애쓰고 있었다.

"그것을 흑마검법이라고 부른다는 사실을 안 건 그리 오래되지 않았어."

옥단풍이 한 걸음 다가왔다.

"매구방, 네가 흑마검법을 사용한다는 사실은 내겐 축복이다."

매구방이 가볍게 진저리를 쳤다. 뭔가 말로 형용할 수 없는 지독한 느낌이 평이하게 말하고 있는 옥단풍으로부터 끼쳐 왔

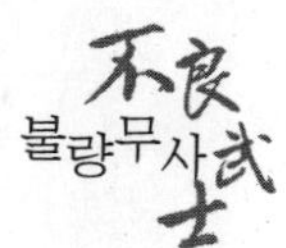

기 때문이다.

"너는 그날 옥산에 갔던 자들이 누구였는지 함께 동행한 개새끼 한 마리도 빠짐없이 불어야 할 게야."

옥단풍이 매구방을 노려보며 다시 흰 이를 드러냈다. 웃는 듯이 보였지만 매구방에겐 그것이 피를 본 맹수의 으르렁거림처럼 느껴졌다.

"물론 옥산에 가서 부엌칼이라도 한번 잡아본 적이 있는 놈이면 단 한 놈도 빠짐없이 말이다. 너는 반드시 다 불게 되어 있다."

옥단풍이 말을 이으며 양 소매를 걷어붙였다. 희고 깨끗한 그의 양손이 어둠 속에서 하얗게 드러나 보였다.

매구방이 이를 악물었다.

어떤 연유로 자신의 칼이 옥단풍의 몸을 가르지 못했는지 아직도 이해할 수는 없었지만 언제까지고 그러리라고는 믿고 싶지 않았다. 또한 청방십팔존자에서도 빛나는 상위 서열에 놓여 있는 자신이 혼신의 힘을 다해 펼치는 흑마검법의 살수가 오늘따라 유난히 그 위력을 발하지 못하리라는 징후는 어디에도 없었다 생각하니 한결 마음이 가라앉았다.

"강호엔 그런 말이 있지. 쇠 신발이 닳도록 찾아 헤매도 찾을 수 없는 원수는 항상 제 발로 찾아오는 법이다. 큭큭큭."

매구방이 칼을 고쳐 잡았다. 마음이 안정되자 한결 힘이 솟구침을 느꼈다.

"옥단풍, 네놈은 그처럼 찾아내려 해도 찾을 수 없더니 결국 네 발로 걸어왔구나. 후후, 강호의 말은 틀린 적이 없었어.”

옥단풍은 웃지 않았다. 그는 양 소매를 걷어붙인 자세로 그저 매구방은 전혀 의식조차 하지 않는 자세로 천천히 품속에서 한 뭉치의 도대말이를 꺼내 들고 있었다.

도대말이란 일종의 전대 같은 모양을 한 천 뭉치로, 그것을 활짝 펼치면 그 안에 가지런하게 꽂혀 있는 각종 칼을 볼 수가 있는 그런 물건이다.

물론 그 칼들은 대부분 특수한 목적에 사용하기 위해 제작된 것으로 전투에 활용할 수 있는 일반 병장기와는 그 크기와 모양이 다 달랐다.

이와 같은 도구는 흔히 개복술을 하는 의원들이 들고 다닌다.

그러나 매구방은 그것이 결단코 의원용이 아니라는 사실을 잘 알고 있었다.

흑림의 성배자 급들과 어울림이 잦으면서 본 적이 있었다. 그것은 고문 도구였다.

옥단풍이 얼굴을 들었다.

“안심해. 너는 오늘은 죽지 않는다. 네 심장을 떼어서 한쪽에 잠시 보관해 둔다 해도 네놈의 명줄이 필요한 만큼 붙어 있게 하는 재주가 내겐 있으니… 절대로 겁먹지 말아라.”

옥단풍이 웃으면서 말했다.

잔혹하고 스산하게 웃는 옥단풍의 얼굴에 뼛속 깊이 새겨진 원한이 서리처럼 묻어 나왔다.

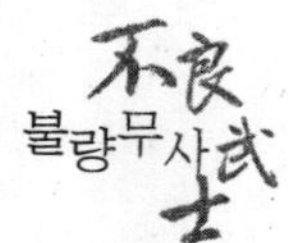

"그럼 그 수법이나 배워볼까? 일단 너를 잡은 다음 이것저것 시도해 보도록 하지!"

매구방이 싸늘하게 외치고는 번쩍 신형을 움직였다.

온 실내에 피처럼 붉은 칼 빛이 뿌려지면서 광풍폭우 같은 회오리가 매구방의 칼끝에서 터져 나왔다.

눈 한 번 깜빡할 사이에 열일곱 차례의 칼질이 번득였으며 세 번의 발길질과 두 번의 주먹이 옥단풍을 강타했다.

매구방으로서는 자신이 펼칠 수 있는 가장 강력하고 위력적인 살수를 준비한 것이었고, 그 살수는 한 치의 어긋남도 없이 그대로 옥단풍의 전신에 작렬했다.

가죽 북을 두드리는 듯한 격타음이 연이어 터진 후 실내를 가득 채웠던 선홍빛 붉은 도광이 사라졌다.

매구방은 망연자실한 얼굴로 칼을 늘어뜨리고 서서 옥단풍을 바라보고 있었다.

옥단풍은 마치 그 자리에 계속 그렇게 서 있다가 매구방이 공전절후한 흑마검법의 살수를 펼치는 그 짧은 순간 잠깐 사라졌다가 살수가 끝날 무렵 되돌아와 원래의 자리에 서 있는 사람처럼 보였다.

말이 되는가. 매구방의 살수를 온몸으로 받고도 멀쩡히 서 있을 뿐만 아니라 심지어 입고 있는 의복 한 조각, 머리카락 한 올 다치지 않은 모습으로 자신을 빤히 쳐다보고 있는 지금 이 광경이 말이다.

매구방은 칼끝에, 발길질 끝에, 그리고 주먹 끝에 아직도 잔영처럼 남아 있는 감각을 더듬었다. 바닥이 없는 깊은 물속에서 마음껏 휘젓고 난 후의 느낌이란 도대체 말로도 형용하기가 어려웠다.

매구방의 입술이 벌어지며 가늘게 떨리는 경악성이 튀어나왔다.

"금강불괴……!"

옥단풍이 흰 이를 드러냈다.

"자, 시작할까?"

不良武士

第四章

　매구방의 시신이 발견된 곳은 옥산이었다.

　지금은 폐허가 되어 주춧돌 몇 개만 잔해로 남아 있지만, 원래는 빛나는 마교의 장령을 배출한 가문으로 교주 장덕산의 태사부로 임명되면서 마교의 성지로까지 추앙되었던 옥산옥가의 장원이 서 있던 빈 터에 매구방은 무릎을 꿇은 자세로 고개를 숙인 채 죽어 있었다.

　청방십팔존자의 한 사람이고, 지금은 전 중원을 호령하고 있는 마교의 핵심적인 자리에 올라 있는 매구방의 처참한 모습은 곧 전 중원에 커다란 충격을 안겨주었다.

　강력한 마교를 상대로 무모하게만 보이는 싸움을 벌이고 있는 옥단풍이 바로 마교의 성지인 옥산옥가의 후예라는 사실은 더욱 많은 얘깃거리를 제공하고 있는 셈이었다.

그러나 당금 무림을 아우르고 있는 마교와 흑도 무림, 거기에 흑림까지 가세한 거대한 적을 향해 한 개인이 검을 겨눈다는 사실은 실로 누가 생각해도 무모하기 짝이 없는 일이었다.

그러므로 마교의 영향 아래 놓여 있는 대부분의 무림 세력들은 더욱 혈안이 되어 옥단풍을 뒤쫓고 있었지만 나머지 무림인들은 귀추를 주목하며 내심으로는 옥단풍에게 박수를 보내고 있을지도 몰랐다.

"착골분시(着骨分屍)의 수법이고… 이건… 관혈파혼(管穴破魂)의 수법, 그리고……."

검은 수염이 턱 아래쪽에만 거뭇거뭇하게 자란 중년의 사내가 심각한 얼굴로 중얼거렸다.

그는 지금 돌 탁자 위에 매구방의 시신을 반듯하게 눕혀놓고 주위를 빙글빙글 돌며 살피고 있었다. 천장에 박혀 있는 야명주는 돌 탁자 주위만 둥그렇게 비추고 있어서 매구방의 시신이 놓인 탁자만이 밝게 드러나 있고 주위는 구분할 수 없을 정도로 어두웠다.

"섬세한 수법으로 갈가리 찢긴 시신을 꿰매어 맞춘 것으로 보아 세열시(細裂屍)의 수법도 시전한 것이 분명하오이다."

착골분시는 뼈를 압축하는 고문 수법인데 뼈를 압축하면 살갗이 남게 되고, 남은 살갗을 잘게 잘라 줄어든 뼈에 맞추어 이어 붙인다.

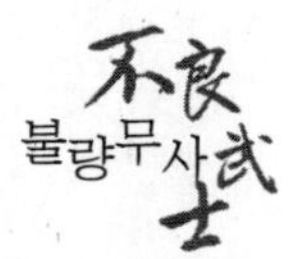

그런 상태로 점혈을 풀게 되면 뼈는 다시 서서히 원상태로 복귀하게 되는데, 그 과정에서 이어 붙인 살갗이 터져 나가며 상상할 수 없는 고통을 느끼게 된다.

참으로 지독한 고문 수법이며, 이와 같은 수법은 흑도 무림에서조차 시전할 수 있는 인물이 거의 없었다. 오로지 흑림에서도 몇몇 주요 인물만이 시전할 줄 아는 수법이었다.

그 외에도 관혈파혼이나 세열시 역시 상상을 초월하는 고문 수법임은 말할 필요도 없었다.

"매구방이 죽기 전에 혹독한 고문을 당했군."

어둠 속에서 걸걸한 듯하면서도 묘한 울림이 있는 음성이 흘러나왔다.

중년인은 음성의 방향을 향해 몸을 돌려 성실한 자세로 응답했다.

"그렇소이다. 혹독한 고문을 당했을 뿐 아니라 끝내 자백했음이 분명하오이다."

어둑한 어둠 속에서 세 사람이 모습을 드러냈다.

중앙에 백동기가 서 있었고, 그의 좌측엔 일신을 온통 검은 장포로 가린 나이를 짐작하기 어려운 자가 서 있었다.

그의 얼굴은 마치 석가모니처럼 후덕하게 보였는데, 길게 늘어진 귀가 더욱더 부처의 얼굴을 연상케 했다.

그가 바로 흑도 무림의 영도자로 오랜 세월 정도에 눌려 기를 펴지 못하던 흑도 무림을 일으켜 세우다시피 한 흑좌불(黑左佛)이라는 사실을 아는 사람은 흔치 않을 것이다.

백동기의 우편엔 심각한 얼굴의 난화옥녀가 서 있었다.

그녀는 미간을 잔뜩 찌푸린 채 돌 탁자 위의 매구방을 응시하고 있었는데, 과연 그녀가 지금 매구방의 죽음을 애도하고 있는 것인지 아닌지는 쉽게 분간할 수 없었다.

돌 탁자의 주위에서 매구방의 시신을 살피던 중년인은 흑림에서 가장 강력한 조직이라고 일컬어지는 흑점(黑店)의 방주인 구안사(九眼邪) 위처목(委處目)이라는 자였다.

흑점은 흑림에서도 가장 방대한 조직이다.

또한 흑점이 보유하고 있는 성배자 급 고수들의 숫자는 흑점을 제외한 여타 흑림 조직의 행자 급 고수의 숫자를 오히려 상회한다고 한다.

흑점을 제외한 여타의 조직들이 대부분 특정한 분야에서 강점을 발휘하며 각각 특화되어 발전해 온 데에 비해 흑점은 흑림이 활동하는 전 분야에서 항상 선두권을 형성하는 조직이었다.

추적이면 추적, 암살이면 암살.

흑점이 여타 조직에 비해 약하다고 할 수 있는 분야는 없었다.

그런고로 흑점에서 일을 의뢰하는 사람들 또한 대부분 무림에서 결코 약하다고 할 수 없는 위치에 올라 있는 자나 조직이었다.

흑점의 방주인 구안사 위처목은 무림에서는 그 존재조차 알려져 있지 않지만 흑림에서는 절대적인 신으로 추앙받는 사람

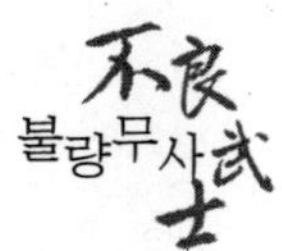

이었다.

그는 어려서 고아가 된 천민 출신으로, 강상의 거친 세파를 일찍부터 몸으로 체험하며 이 자리까지 오른 입지전적인 인물이었다.

위처목의 일신 무공은 그 끝이 어디인지 가늠할 수 없을 정도로 심오하고 높다고 알려져 있다.

"자백했다면 무엇을……?"

흑좌불이 조금 느릿한 어조로 물었다.

흑좌불은 워낙 얼굴이 그러해서 평이한 말을 해도 조금은 웃는 듯이 보인다. 그런 얼굴이 매우 인자해 보여서 마주 대하는 사람은 이내 속마음까지 모두 털어놓고 기대고 싶은 충동을 느끼는 것이다.

"그것이 무엇인지는 옥단풍 그자만이 알겠지요. 하지만 그자는 목적을 달성했음이 분명하오이다."

"흐음, 그걸 어떻게 알 수 있소?"

만약 흑좌불이 아니고 다른 누군가가 위처목을 향해 그렇게 되물었다면 돌아가는 것은 대답이 아니라 죽음이었을 것이다. 흑림에서는 그 누구도 감히 위처목에게 반문 따위는 하지 않는다. 그것이 곧 죽음을 의미한다는 것을 누구보다도 잘 알고 있기 때문에.

그러나 위처목은 이번만은 그럴 수가 없음을 스스로 잘 알고 있었다.

흑좌불이 누구인가?

무림 삼대기인 중 한 사람이다. 흑도 무림을 단숨에 통합했으며, 그가 존재하는 것만으로 모래알 같은 존재인 흑도의 무리를 똘똘 뭉쳐 단단한 진흙덩이로 만든 인물이다.

뿐이랴. 그로 인해 흑도 무림은 단숨에 정도 무림과 어깨를 나란히 했으며, 오히려 정도 무림을 압도하는 위치로까지 끌어올린 장본인이 아닌가.

위처목이 애매하게 미소 짓는 얼굴로 웃으며 답했다.

"필경 세 번째 시전했던 것으로 보이는 세류시가 끝까지 이어지지 않았기 때문이외다."

"오호, 그렇소?"

흑좌불이 새삼 놀랍다는 듯 과장된 얼굴로 응답했다.

그의 모습을 보자면 인자한 이웃집 아저씨 같은 인상이어서 그 모습만으로는 상대가 흑도 무림을 쩌렁하게 울린 전설적인 인물이라는 사실을 떠올리기가 쉽지 않아 보였다.

"과연……."

흑좌불이 매구방을 내려다보며 그럴듯하다는 듯 고개를 주억거렸다. 그리고는 힐끔 백동기의 눈치를 살폈다. 기실 위처목 또한 흑좌불에게 설명하고 있기는 하지만 말상대가 그였을 뿐 설명이 향하는 대상은 필경 백동기임을 누구라도 알 수 있는 그런 분위기를 연출하고 있었다.

백동기는 시종 굳은 얼굴로 말이 없었다. 위처목이나 흑좌불 모두 한자리에서 한 번 보기 힘든 거물들이지만 묘하게도 백동기의 앞에선 마치 상전을 모시는 수하 같은 분위기를 풍

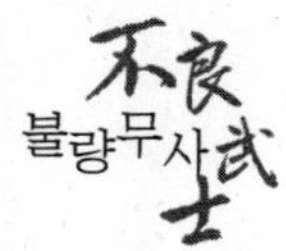

기고 있으니 누가 본다면 기절초풍할 일이었다.

문득 난화옥녀가 조심스럽게 입을 열었다.

"옥단풍이 원하는 것은 복수예요. 그러니……."

중간에 입을 다문 난화옥녀가 잠시 백동기의 기색을 살폈다. 이 자리에서 가장 처지는 신분이 분명한 난화옥녀가 섣불리 나서는 게 아닌가 하는 그런 조심스러움이 배어 있었다.

"옥산의 혈사에 관련된 인물들을 물었겠군."

백동기가 입을 열었다. 그는 여전히 아무런 감정도 드러내지 않고 있었다.

"그건… 진랑을 통해서 이미 알았을 것이옵니다."

난화옥녀가 정정하자 백동기의 시선이 처음으로 스산한 빛을 담으며 난화옥녀를 주시했다.

난화옥녀가 남몰래 숨을 삼키며 자세를 가다듬었다. 이런 자리에서의 백동기는 함께 몸을 섞은 정인이 결코 아니다.

그걸 혼동한다면 난화옥녀는 결코 지금 이 자리까지 올라오지 못했을 것이다.

난화옥녀가 마른침을 삼켰다.

"아마도 옥단풍이 알고자 했던 것은… 당시 옥산의 혈사에 관련되었던 인물의 소재일 가능성이 크옵니다."

"그렇군."

백동기가 눈빛을 누그러뜨렸다.

"교주께서는 심려하지 마십시오. 속하, 이미 예상했던 일이옵고, 만반의 준비를 갖추고 있사옵니다."

"만반의 준비라……. 그게 무엇이지?"

위처목과 흑좌불도 궁금한 듯 난화옥녀의 입을 바라보았다.

난화옥녀가 신비롭게 웃었다.

"옥산의 혈사에 참여했던 사람 중 이곳에 계신 세 분을 제외하면 나머지는 모두 청방십팔존자들이옵니다. 세 분은 모두 신출귀몰하시니 옥단풍이 설사 매구방으로부터 세 분의 행방에 대해 알아냈다 해도 걱정하실 일은 없으시리라 사료되옵니다만, 청방십팔존자는 옥단풍에게 그 위치가 훤히 드러난 셈이옵니다."

난화옥녀는 서두르지 않고 차분하게 설명을 이어갔다.

"그래서?"

"속하는 이미 청방십팔존자를 이동시켰사옵니다. 비록 옥단풍의 추적이 먼저 시작되어 위치를 완전히 감출 수는 없었사오나… 옥단풍은 그들을 잡으려면 필경 그곳까지 추적해야 가능할 것이옵니다."

백동기가 미간을 살짝 찌푸렸다. 난화옥녀가 정작 그곳이라는 단어를 설명하지 않고 빙글빙글 웃고만 있었기 때문이다.

흑좌불이 참지 못하고 불쑥 물었다.

"그곳이 대체 어디요?"

난화옥녀가 시선을 백동기에게 고정한 채 요염하게 웃었다.

"태행산."

일순 흑좌불의 얼굴에 '아' 하는 표정이 스치고 지나갔다.

그 표정은 한마디로 표현할 수 없는 묘한 것이어서 흑좌불

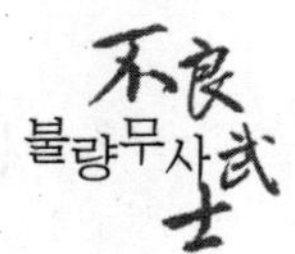

이 지금 머릿속으로 한순간 어떤 생각들을 했는지 짐작하기 쉽지 않았다. 그러나 흑좌불은 묘한 표정으로 백동기의 반응을 살피고 있었다.

백동기가 무표정한 얼굴로 난화옥녀를 쏘아보며 되뇌었다.

"태행산?"

"그렇사옵니다. 옥단풍이 청방십팔존자를 잡으려면 필경 관정봉 근처까지 쫓아야 가능할 것이옵고, 그는 끝내 지존을 만나게 될 것이옵니다."

백동기의 표정이 묘해졌다.

그가 말을 하지 않았으므로 좌중은 일시에 깊은 정적에 빠져들었다.

위처목과 흑좌불은 난처한 듯 한일자로 입을 굳게 다물고 그저 묵묵히 침묵만을 지켰다.

난화옥녀의 의도는 불을 보듯 뻔했다.

옥단풍을 관정봉으로 유인해서 지존과 직접 맞닥뜨리게 하려는 속셈이었다. 결국 그렇게 될 것이지만, 지존에 의해 직접 옥단풍을 제거할 수 있다면 백동기로서는 앉아서 코를 푸는 셈이 된다.

또한 여러 가지 부가적인 이득을 취할 수도 있을 것이다.

오랜 기간의 폐관 수련을 마친 지존의 무공 수위가 도대체 어느 경지에 이르렀는지 알아낼 수도 있을 것이다. 또한 만약 옥단풍에 의해 지존이 부상이라도 입는 의외의 결과가 초래된다면, 백동기에게는 그야말로 일석삼조의 효과를 얻는 셈이 되는 것이었다.

거기까지 생각이 미친 백동기의 입가에 가느다랗게 미소가 번졌다.

"너는 확실히 마교의 안주인이 될 자질이 충분하구나."

난화옥녀의 얼굴이 눈부시게 펴졌다.

"황공하옵니다."

그녀의 목소리는 한껏 들떠 있었다. 그 말보다 더 난화옥녀의 가슴을 떨리게 하는 말은 없을 것이다.

마교 교주의 부인이 될 수만 있다면, 그녀는 어쩌면 영혼이라도 팔았을 것이다.

"수고했다. 너는 가서 한백(寒栢)을 불러오너라. 그를 봐야겠다."

한백이라는 말에 위처목과 흑좌불이 가볍게 안색을 굳혔다.

난화옥녀 역시 이내 긴장의 빛이 역력한 얼굴로 멍하니 백동기를 응시했다.

"하, 한백이라구요?"

"그는 이미 객청에 있을 것이다. 그가 필요하니 너는 가서 그를 들라 하란 말이다."

백동기의 말에 난화옥녀가 조금은 넋이 빠진 듯한 얼굴로 서둘러 나갔다.

한백.

그 이름이 도대체 누구를 지칭하는 것이기에 난화옥녀는 물론이요, 위처목과 흑좌불마저 긴장의 빛을 띠는 것일까.

난화옥녀가 나가자 위처목과 흑좌불이 굳어진 얼굴로 백동기를 바라보았다.

백동기는 마치 그들의 의중을 알고 있다는 듯 입가에 잔혹한 미소를 지어 보였다.

"교활한 것. 저 계집은 이미 태행산에 가서 똑같은 제의를 먼저 했소."

그 말에 위처목과 흑좌불이 놀라움을 감추지 못했다.

"사부는 가타부타 대답이 없었지. 그렇지만 저 계집을 죽이지 않고 그대로 놔준 것은 사부의 의중에 저 계집의 계획이 아주 없지는 않다는 의미요."

위처목과 흑좌불이 어두운 안색이 되었다.

그들은 언제고 이런 날이 오리라는 것을 잘 알고 있었다.

지존은 마교를 장악하고 흑도 무림과 흑림을 하나로 아우르는 데 결정적인 역할을 한 절대자였다. 그러나 그 절대자의 제자 또한 야심과 자질, 능력에 있어서 결코 그 스승에 뒤지지 않는 것이 문제였다.

백동기의 싸늘한 시선이 허공을 응시했다.

"사부는 내게 분명하게 선을 그은 셈이지. 어떤 도전도 용서하지 않겠다는 뜻이오. 그는 금강불괴지체를 이루고 이제 그 무엇도 두렵지 않게 되었어."

위처목과 흑좌불은 시선을 어디에 두어야 할지 몰랐다. 그들이 지금 백동기와 함께 있는 것은 그의 쪽에 서겠다는 스스로의 의사를 분명히 밝힌 것이나 다름없다.

그러나 지존은 이미 인간의 경지를 벗어났다는 뜻이니 불안하지 않을 수 없는 것이다.

백동기가 그런 두 사람을 돌아보았다. 그의 얼굴엔 조금치의 초조함도 찾아볼 수 없었다.

"사부께서 이루신 것은 본좌 또한 모두 이루었소."

위처목과 흑좌불이 멍한 시선으로 백동기를 보았다.

"나 역시 아무것도 두렵지 않소. 그러니 사부가 난화옥녀를 나에게 살려서 보냈듯이 나도 그녀를 살려서 사부에게 보낼 것이오."

위처목과 흑좌불은 아무 말도 할 수 없었다.

"한백을 부르신 이유는 그럼……."

위처목이 조심스럽게 물었다.

한백은 신비한 존재였다. 마교의 일원이라면 그 누구라도 한백의 이름은 안다. 그러나 그 누구도 한백을 본 적은 없었다.

마교가 생긴 이래 한백은 언제나 존재했다.

한백은 죽음의 사신이다. 마교 교주가 반드시 처치해야 할 대상이 있다면, 또 그 대상으로 인해 마교가 절체절명의 위기에 빠졌다고 판단될 때 그때 비로소 교주는 한백을 불러낼 수 있었다.

한백은 상대가 누구인지를 가리지 않고 마교 교주가 명하는 자를 제거한다. 그러나 한백을 불러낸 일은 마교에서는 엄중하게 사후 관리를 받게 된다.

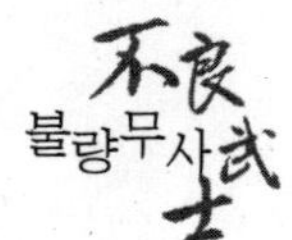

마교장령과 마교오기의 기왕들로 이루어진 위원회가 마교 교주의 한백을 불러낸 일을 감시하게 되는 것이다.

만약 한백을 불러낸 일이 합당한 처사가 아니라고 판단되면 마교 교주는 탄핵을 받게 된다.

한백을 불러낸 일이 그처럼 엄중하게 다루어지는 데에는 나름 이유가 있었다.

한백은 마교에서 엄정하게 금하고 있는 몇 가지 사악한 무공을 사용하기 때문이었다. 마교가 만들어 보유하고 있으나 그 사악함과 잔혹함 때문에 마교 교도라면 그 누구도 사용할 수 없는 절기들을 한백만이 전승해서 수련하게 되어 있었다.

한백은 일인전승으로 이어지며, 만약 교주가 한백을 불러내는 일 없이 임기를 마친다면 그 임기 동안 한백의 역할을 수행한 자는 세상의 빛을 보지 않고 강호에서 함께 사라진다.

그야말로 암흑 속에 묻힌 사악한 영혼과도 같은 존재가 한백인 것이다.

그런데 지금 백동기가 그 한백을 불러낸 것이다. 도대체 누구를 제거하기 위해 한백을 불러낸 것인가?

위처목의 질문은 바로 그것이었다.

백동기가 스산하게 웃었다.

"두고 보면 알 것이오."

지금 마교가 전력을 기울여 상대해야 할 적은 바로 옥단풍이었다. 그러나 옥단풍이 한백을 불러내야 할 정도로 난적일까?

위처목도 흑좌불도 그 말에는 동의할 수 없다는 것을 잘 알고 있었다.

위처목이나 흑좌불만 해도 그들 스스로는 옥단풍쯤은 혼자서도 충분히 처리할 수 있다고 자신하고 있는 것이다.

흑좌불이 조심스럽게 입을 열었다.

"지금 마교장령의 자리는……."

전임 마교장령은 바로 교주의 태사부였던 옥기린이었다.

그 후 새로운 마교장령을 임명하지 않았으니, 마교의 교리에 따르면 마교장령의 자리는 옥기린의 후예가 이어받게 되어 있었다.

옥단풍이 옥기린의 손자이니 결국 굳이 따지자면 마교장령의 자리는 옥단풍이었다.

"억지로 맞추자면… 옥단풍 그 애송이가 마교장령의 자리를 이어받아야 하오만……."

위처목이 주저하며 백동기의 눈치를 살폈다.

백동기는 무슨 생각을 하고 있는지 도무지 알 수 없는 얼굴로 묵묵히 허공을 응시하고 있었다.

태행산으로 이르는 길은 모두 다섯 갈래였다.

어느 길이나 모두 중원의 동서남북을 잇는 요로들이었기 때문에 태행산은 그야말로 중원 교통의 최요지에 자리하고 있다고 해도 틀린 말이 아니었다.

그중 관서 쪽에서 이어진 관도를 따라 네 명의 사내가 걷고

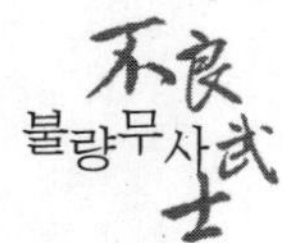

있었다.

모두 삼십대 중, 후반의 사내들은 한결같이 말끔하게 손질된 옥색 장포를 걸치고 있었다.

병장기를 갖춘 것으로 보아 무림인들이 분명한 사내들은 모두 깊은 내공을 갈무리한 눈빛을 하고 있었고, 태양혈조차 밋밋하게 가라앉아 있어 만약 그들이 범상한 자들이 아니라면 필경 상상을 초월하는 극고수들임을 알 수 있었다.

그들은 바로 청방십팔존자의 일원들이었다.

선두엔 검은 구레나룻을 짧게 손질한 중후한 인상의 사내가 나서고 있었고, 그 바로 뒤엔 창백한 안색에 가느다란 뱁새눈이 길게 찢어진 호리호리한 사내가 따르고 있다.

그 뒤로는 머리끝에서부터 발끝까지 눈을 까뒤집고 살펴도 그 차이를 찾을 수 없이 똑같은 형상을 한 두 사내가 따르고 있었다.

천하에 쌍둥이는 많으나 이들처럼 입꼬리 끝에 찍힌 점까지 똑같은 쌍둥이는 찾기 힘들 것이다.

선두에 선자는 안표(安彪)라는 자로 청방십팔존자 서열 이위의 인물이었다. 그 뒤에 따르는 뱁새눈은 서열 칠위의 서굉룡(徐宏龍), 그리고 쌍둥이는 각각 서열 십삼위와 십육위에 올라 있는 장호(張虎), 장응(張鷹) 형제였다.

그들은 마치 행운유수와도 같이 길 위를 미끄러지듯 걷고 있었는데, 그 속도가 마치 쏘아낸 화살같이 빨라서 모르는 사람이 본다면 유령이라도 만난 것으로 여겨 혼비백산할 정도였다.

관도 위엔 오가는 행인조차 보이지 않아서 이들은 마음 놓고 경공술을 펼쳐 빠르게 이동하고 있는 것이다.

문득 선두를 달리던 안표가 제자리에 딱 멈춰 섰다.

일정한 간격을 유지하며 뒤따르던 세 사내가 역시 능숙한 자세로 제자리에 멈춰 섰다. 그와 같이 빠르게 이동하다가 갑자기 멈춰 서는 것은 실로 정심한 공부가 밑받침하지 않고는 불가능한 일이었다.

서굉룡이 뱁새눈을 더욱 가늘게 하며 주위를 빠르게 살폈다. 그러나 관도의 한쪽은 야트막한 구릉으로 이어져 있었고 그 반대편은 곡식이 자라고 있는 논이었다.

그 어디에도 수상한 행적이나 살기를 느껴볼 수 없었기에 서굉룡이 의아한 표정으로 안표에게 입을 열었다.

"무슨 일이오, 이대형?"

청방십팔존자는 모두 서로의 이름을 부르기로 되어 있으나 상위 서열 오위 안의 인물들에 한해 대형, 이대형, 삼대형 등의 호칭을 붙이는 것이 불문율로 되어 있었다.

안표가 한 손을 들어 올리며 조용히 하라는 신호를 보내왔다.

필경 무엇인가를 발견했기 때문이겠지만 그것이 무엇인지는 알 수가 없었다.

장호, 장웅 형제가 신속하게 뒤쪽으로 몸을 돌려 경계의 자세를 취했다.

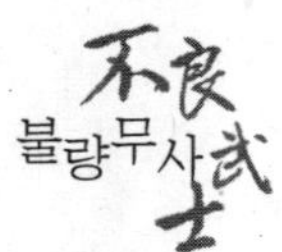

서굉룡이 조심스럽게 안표의 옆으로 다가갔다.

그제야 안표에 가려 보이지 않던 전방의 모습이 눈에 들어왔다. 서굉룡은 안색을 굳히며 놀라움을 감출 수가 없었다.

"누구입니까?"

두 사람의 시선이 머무는 정면 관도의 한복판에 한 사내가 등을 보이고 앉아 있었다.

안표와 서굉룡은 그 사내의 모습이 매우 낯익다 여기면서도 긴장의 끈을 늦추지 못하고 조심스럽게 다가갔다.

그러나 앉아 있는 사내는 그걸 아는지 모르는지 미동도 하지 않고 앉아 있었는데 그 모습이 어찌 보면 조금은 어색해 보였다.

안표가 긴장을 늦추지 못하고 조금씩 다가가다가 이내 눈을 찢어질 듯 부릅떴다.

"오삼길(吳三吉)? 아홉째 오삼길 아니냐?"

안표의 말에 서굉룡 역시 그제야 알아본 듯 화들짝 놀라며 훌쩍 몸을 날려 사내의 앞쪽으로 날아갔다.

사내의 앞에 떨어진 서굉룡이 사내를 응시하며 돌연 할 말을 잃고 안면 근육만 부들부들 떨고 있었다.

안표가 이내 서굉룡의 옆으로 날아 떨어져 내리며 외쳤다.

"왜 그러느냐?"

뒤편을 경계하던 장호, 장웅 형제가 이내 달려왔다.

네 사람은 앉아 있는 사내의 앞쪽에 나란히 서서 일제히 찢어질 듯 부릅뜬 눈길로 사내를 주시하고만 있을 뿐 그 누구도 입을 열어 말하지 않았다. 일견 보아도 모두 적지 않은 충격을 받은 모습이었다.

"오삼길 형!"

막내라 할 수 있는 장웅이 붉게 달아오른 얼굴로 버럭 고함을 내질렀다.

그들의 앞에 앉아 있는 사내 오삼길은 바로 청방십팔존자의 서열 구위에 올라 있는 인물 오삼길이 확실했다.

오삼길은 두 볼을 타고 붉은 핏물을 눈물처럼 흘리고 있었는데, 놀랍게도 두 눈은 눈동자가 사라진 채 퀭하니 뚫린 구멍만이 남아 처참한 모습이었다.

장웅이 오삼길을 향해 달려들려는 것을 안표가 제지했다.

"기다려라. 삼길이는 지금 혈도가 제압되어 있구나."

안표가 조심스럽게 다가가 오삼길의 전신을 세세히 살피더니 손가락을 곧추세워 오삼길의 요혈 몇 군데를 신속하게 찍었다.

그제야 석상처럼 굳어 있던 오삼길의 몸이 풀리며 그의 입에서 처절한 비명이 터져 나왔다.

"으아아아아!"

안표가 다시 오삼길의 안면 몇 군데를 세심하게 손가락으로 찍으며 물었다.

"어찌 된 영문이냐, 오삼길?"

안표의 조치로 인해 오삼길의 뻥 뚫린 동공에서는 더 이상 피가 흘러나오지 않았다.

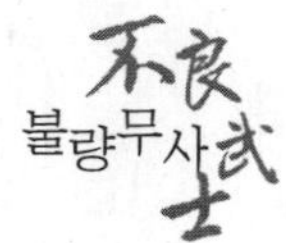

어깨를 들썩이며 참혹한 장소성을 내지르던 오삼길이 어깨를 부들부들 떨며 간신히 입을 열었다.

"지, 지금 오신 분이 혹시 이대형이신 안표 형님 아니십니까?"

"그렇다, 오 아우. 어찌 된 일인지 설명하려무나. 같이 길을 떠난 형제들은 어떻게 하고 너 혼자 이러고 있는 것이냐?"

"으흐흐흑… 이대형, 소, 소제를 죽여주시오. 제발……."

오삼길은 고통스럽게 안면 근육을 일그러뜨리며 애원했다.

안표가 그런 오삼길을 응시하다가 무섭게 표정을 굳혔다.

"환혼고(換魂苦)……!"

환혼고란 영혼을 팔아서라도 고통을 덜고 싶다는 의미에서 붙여진 이름이다. 이 수법은 그 고통이 너무나 잔혹하게 커서 비록 시전할 줄 아는 사람이 드물었음에도 강호에선 사용을 금기시하는 수법이었다.

무공을 모두 폐한 상태에서 당하는 환혼고의 수법은 스스로 목숨을 끊을 수도 없게 한다.

그저 온몸을 갈가리 찢는 듯한 고통에 시달리다가 끝내는 목숨을 잃게 된다.

서굉룡과 장호 형제가 비장한 얼굴이 되어 오삼길을 망연히 내려다보았다.

환혼고에 당했다면 달리 방법이 없다. 있다면 오삼길의 말대로 죽여주는 것만이 그나마 고통을 덜어주는 유일한 방법이었다.

안표가 이를 부드득 갈며 물었다.

"옥단풍의 소행이냐? 동행했던 형제들은 어디 있느냐?"

오삼길은 안표의 질문에도 그저 오만상을 찡그리며 고통과 싸우고 있었다. 아니, 고통과 싸운다기보다 그저 고통에 온몸을 맡기고 속수무책으로 괴로워하고 있을 뿐이었다.

안표가 그런 오삼길의 멱살을 덥석 움켜쥐었다.

"이 자식아, 네 고통은 곧 잠재워 주겠단 말이다. 네놈은 죽기 전에 우리로 하여금 그놈과 싸울 수 있도록 최대한 도움을 주는 것이 그나마 가치있게 죽는 것이다."

안표의 말은 냉정했지만 사실이었다.

오삼길이 이를 악물었다.

"놈은 악마요. 으으으… 소제와 동행했던 네 형제는 모두 처참하게 죽었소. 그들은 모두 두 눈이 파이고 전신의 혈맥이 하나하나 잘려 나갔소. 으으으……."

오삼길의 말에 안표의 두 눈이 붉게 충혈되었다.

옥산의 혈사를 생각한다면 옥단풍의 처절한 원한은 예상 밖의 일이 아니지만 그래도 너무 잔혹한 수법들이었다.

오삼길이 흐느끼듯 말을 이었다.

"놈을 막을 방법은 없소, 이대형. 소, 소제는 부끄럽게도 그자의 초식조차 제대로 보지 못했소이다."

안표가 놀라 물었다.

"초식조차 보지 못했다고?"

"아니, 어떻게 당했는지조차 모르겠소."

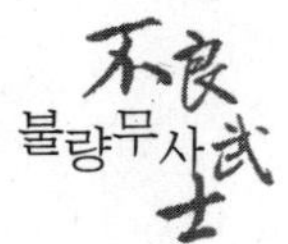

안표는 물론이고 듣고 있던 서굉룡과 장호 형제조차 믿을 수 없다는 표정이 되어 오삼길을 쳐다보았다.

오삼길이 어떻게 당했는지조차 모른 채 당할 수밖에 없는 상대가 천하에 존재한다는 사실은 상상도 할 수 없는 일이었다.

그때 나직한 음성이 들려왔다.

"너희들은 믿지 못하는 모양이구나."

장호가 즉각 반응하며 용수철처럼 튀어 오르려는 순간, 안표의 손이 장호의 손목을 잡았다.

"경거망동하지 마라."

안표는 장호의 손을 놓으며 소리가 들려온 쪽으로 몸을 돌렸다.

관도의 저만치 한복판에 한 사내가 서 있었다.

빛바랜 재색의 장포를 걸치고 긴 머리를 뒤로 늘어뜨려 중간을 역시 빛바랜 띠로 질끈 묶은 묘한 분위기의 사내, 옥단풍이었다.

옥단풍은 서릿발이 뚝뚝 떨어지는 듯한 얼굴로 스산하게 이쪽을 건네다 보고 있었다.

장웅이 선뜻 한 걸음 나서며 이를 갈아붙였다.

"이대형, 소제가 형제들의 원수를 갚는 것을 허락해 주십시오."

안표가 다급하게 만류했다.

"안 돼. 너 혼자서는 안 된다, 장웅."

장웅이 불만스러운 얼굴로 멈칫거리며 옥단풍을 잡아먹을 듯 노려보았다.

옥단풍이 스산하게 웃었다.

"원수를 갚아야 할 사람은 나다. 너희들은 모두 옥산에 갔었던 자들이니 오늘 살아서 돌아갈 생각은 꿈도 꾸지 말거라."

그때 오삼길이 듣기에도 끔찍한 비명을 내질렀다.

"으아아아! 이대형! 제, 제발… 으으으… 소제를 죽여주시오! 제발… 이대형……!"

오삼길의 얼굴은 고통에 일그러져 참혹하기 이를 데 없이 변해 있었다. 그의 얼굴 표정을 보는 것만으로도 끔찍한 고통이 느껴질 정도였다.

그러나 안표를 비롯해 청방십팔존자 네 사람은 그 누구도 감히 움직여 별다른 조치를 취할 엄두도 내지 못했다.

"으아아아아아!"

오삼길이 처절한 비명과 함께 몸부림치며 애원하는 눈빛으로 안표를 보고 있었다. 그 눈빛은 제발 자신을 죽여달라는 애절한 것이었다.

안표가 고통스러운 표정으로 묵묵히 그런 오삼길을 주시했다.

이윽고 길고 긴 신음 소리와 함께 오삼길의 몸부림이 차츰 잦아들었다. 그리고 끝내는 더 이상 움직이지 않았다.

안표가 붉게 충혈된 눈으로 옥단풍을 노려보자 일시 모든 것이 고요해지는 짧은 정적이 찾아왔다.

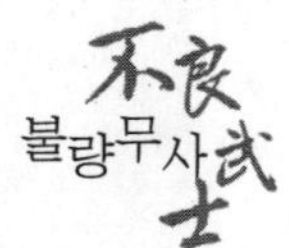

안표는 가슴속에 살기가 부글부글 끓고 있었지만 경거망동하지 않았다.

'오삼길은 셋째가 이끄는 무리에 속해 있었다. 그렇다면 대형께서 이끄는 형제들은 어찌 되었단 말인가?

원래 난화옥녀의 전갈을 받고 청방십팔존자는 모두 세 무리로 나뉘어 각기 다른 방향에서 태행산으로 향했다.

그중 오삼길은 셋째인 사마태랑이 이끌고 이동했다.

그렇다면 첫째인 완주온이 이끄는 무리는 어떻게 되었는지 궁금할 수밖에 없었던 것이다. 기실 청방십팔존자의 핵심 고수들은 모두 그 무리에 남아 있었다.

대형인 완주온은 청방십팔존자 중에서 가장 고강한 무공을 지니고 있는 인물로, 그는 침착하고 완강하며 패배를 모르는 인물이었다.

"완 대형이라면… 그라면 어쩌면 무슨 방법이 있을 것이야. 그라면……."

안표는 그렇게 중얼거리며 서굉룡을 돌아보았다. 서굉룡 역시 이심전심인 듯 안표를 보고 있었다. 그들은 수많은 전투를 치르며 생사고락을 함께했던 사이다. 눈빛만으로도 서로의 의중을 읽고도 남음이 있었다.

지금 안표의 눈빛은 연수 합공으로 최대한 시간을 끌자고 말하고 있었다. 만약 완주온이 살아 있다면 그가 당도할 때까지 무슨 수를 써서라도 시간을 끌자는 뜻은 이내 장호와 장웅 형제에게도 전해졌다.

이내 안표를 중심으로 좌측엔 서굉룡, 우측엔 장호, 장웅 형제가 포진하는 반월진을 형성했다.

그 모습을 본 옥단풍이 다시 한 번 스산하게 웃었다.

"그래, 한꺼번에 덤벼라. 하나하나 상대하기엔 시간이 아깝다."

옥단풍이 미소를 지우고 두 눈에 시퍼런 불꽃을 피웠다.

"단 일각이라도 너희들에게 참혹하고 처절한 고통을 주는 데 써야 하니까 말이다."

장웅이 옥단풍의 그런 모습을 보며 한차례 진저리를 쳤다.

살기와 원한이 이처럼 절절하게 전달되어진 적은 없었다. 장웅은 가슴 한구석이 싸늘하게 얼어붙는 것을 느꼈다. 어쩌면 그의 말대로 우린 오늘 처절한 고통을 안고 죽어가야 할지도 모른다는 방정맞은 생각이 뇌리를 스친 후였다.

옥단풍의 신형이 건듯 건너왔다.

건너온다는 뜻은 대개는 한가롭게 걸어서 이편으로 다가올 때 쓰는 말이다. 분명 옥단풍의 자세는 일합을 내지르며 지면을 차고 오르지도, 그렇다고 궁신탄영처럼 굴신하여 한순간에 몸을 내쏘는 그런 수법의 자세를 취하고 있는 것도 아니었다.

그러니 그저 한가롭게 건듯 건너온 것은 확실한데……

놀랍게도 옥단풍은 이미 네 사람이 둥그렇게 반월형을 그리고 있는 대형의 중앙에 서 있었다.

믿을 수 없는 빠르기여서 어쩌면 네 사람 중 누구에게 묻는다 해도 옥단풍이 어떤 수법으로 움직였는지 확실히 보았다

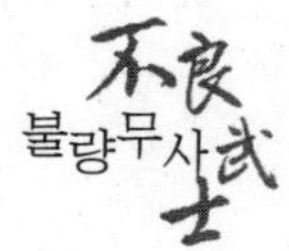

대답하지 못할 것이다.

그나저나 반월형 대형의 중앙이라면 기실 가장 위험한 지점이다.

반월형 진이 작동된다면 모든 힘이 모아지는 곳이기도 하려니와, 각 네 명과의 거리가 일정하게 같다는 것은 동시에 출수해 올 때 공격을 받는 사람이 시차의 이득을 보아 차례로 대처할 수 없는 유일한 장소이기도 하다.

그런데 옥단풍은 지금 그 가장 불리한 장소에 스스로 찾아와 태연하게 서 있는 것이다.

저의가 무엇이든 이런 호기를 놓치는 것은 바보나 하는 짓이다.

안표의 눈짓이 빠르게 던져졌고, 네 사람은 동시에 전력을 다해 출수했다.

꽈르릉!

엄청난 폭음이 일며 일순간 사위가 선홍빛으로 물들었다.

각각 그 수위가 미묘하게 차이가 나지만 네 방향에서 발출된 흑마장법은 마치 천지를 붉게 핏빛으로 물들이기라도 하려는 듯 노도처럼 옥단풍을 향해 몰려들었다.

그 선홍빛이 옥단풍의 표정을 더욱 스산하게 했다.

"죽일 놈들."

옥단풍이 곧장 몸을 틀어 안표를 향해 다가갔다.

네 줄기의 선홍빛 흑마장력 중에서 안표의 장력이 가장 강력했다. 옥단풍은 그 장력을 향해 아예 가슴을 활짝 펴고 다가

드는 것이다.

서굉룡이 어이없다는 표정을 지으며 더욱 공력을 끌어올렸다.

설사 안표의 장력이 옥단풍을 어찌할 수 없다 해도 적어도 자신이나 장호 형제의 장력에 공력을 분산할 겨를은 더욱 없을, 그런 선택을 하고 있는 것이다. 옥단풍이!

콰아아!

서굉룡과 장호 형제의 선홍빛 흑마장력이 먹이를 따라 선회하는 매처럼 방향을 틀며 옥단풍의 배후를 노리고 날아들었다.

동시에 퍽 하는 소리와 함께 안표의 장력이 옥단풍의 가슴에 작렬했다.

"갔다!"

서굉룡이 떨리는 목소리로 부르짖으며 양팔에 더욱 힘을 주었다.

그러나 그는 이내 망연자실한 얼굴이 되었다.

놀랍게도 가슴에 안표의 장력을 받은 옥단풍이 아무렇지도 않은 듯 내쳐 다가와 안표의 옆을 스치듯 지나치고 있는 것이 아닌가?

안표가 돌연 뼈가 없는 사람처럼 그 자리에 풀썩 무너졌다.

안표가 무너지는 모습이 시야에 들어온 바로 그 순간 서굉룡은 옥단풍의 모습을 시야에서 놓쳤고, 산들바람 한 가닥이 얼굴을 스치고 지난다 싶은 순간 어깨가 따끔하며 이내 온몸

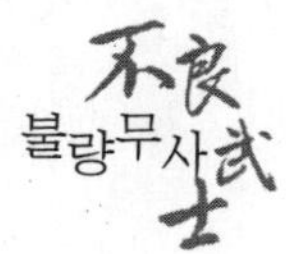

에서 힘이 빠져나갔다.

서굉룡 역시 안표와 똑같은 모습으로 그 자리에 휴지조각처럼 무너져 내렸다.

그와 거의 동시에 장호, 장웅 형제 역시 같은 모습으로 구겨지듯 쓰러지는 모습은 서굉룡으로서 볼 수가 없는 것은 당연했다.

네 명의 청방십팔존자가 저항 한 번 제대로 해보지 못하고 무너지고, 사위를 선홍빛으로 가득 물들이던 네 줄기의 흑마장력이 흔적조차 없이 사라지고, 또 옥단풍의 신형이 선회하는 돌개바람처럼 다시 제자리로 돌아와 서기까지 불과 눈 두어 번 깜빡일 짧은 순간밖에 소요되지 않았다는 사실을 그 누가 믿을 것인가.

옥단풍이 쓰러져 꼼짝도 하지 않고 있는 안표에게 다가갔다.

"너는 옥산에서 누구를 죽였느냐?"

안표는 꼼짝도 할 수 없었지만 두 눈만은 붉게 충혈된 채 완강하게 옥단풍을 노려보고 있었다. 비록 몸은 제압당했지만 어디 해볼 테면 해보라는 눈빛이었다.

"대답해도 죽고 대답하지 않아도 죽는다. 아니……."

옥단풍이 냉기가 풀풀 날리는 스산한 얼굴로 잠시 안표를 노려보았다.

"누굴 죽였는지는 중요하지 않아. 옥산에 갔었다는 것만으로 충분하다."

옥단풍의 양손이 안표의 양어깨를 잡았다.

우두두둑!

뼈마디가 부서지는 기묘한 소리가 터져 나오며 안표의 양어깨가 인간의 몸이 구부러질 수 없는 각도로 구부러졌다.

극심한 고통에 안표의 얼굴이 땀으로 번들거렸다.

그러나 옥단풍은 눈썹 하나 까딱하지 않고 손놀림을 계속했다.

계속해서 뼈마디가 부서져 나가는 소리가 이어지며 안표의 몸이 인간 본연의 모습을 잃어가고 있었다. 팔은 등 뒤로 돌려져 이상한 각도를 가리키는 자세가 되었고, 두 다리는 바깥 방향으로 구부러져 여덟팔 자를 그리며 벌어졌다.

안표는 이런 단순하고 무식한 방법이 이처럼 커다란 고통을 주는 것인지 난생처음 깨달았다. 무인의 삶을 살아오며 상처를 두려워한 적도, 부상을 걱정한 적도 없었지만 단순한 방법으로 신체가 본래의 모습을 잃어가는 것은 참을 수 없는 고통을 수반하고 있었다.

옥단풍이 마지막으로 안표의 혈도 세 곳을 차례로 눌렀다.

"으아아아아!"

안표가 더 이상 참지 못하고 참혹한 비명을 내질렀다.

오삼길을 고통 속에서 죽어가게 했던 바로 그 환혼고의 수법이었다.

서굉룡과 장호, 장웅 형제가 안표와 크게 다르지 않은 신세가 되기까지는 채 반 각도 걸리지 않았다.

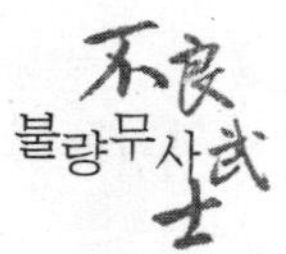

네 사람의 참혹한 비명 소리가 합창을 하듯 관도 위에 울려 퍼졌다.

옥단풍은 그 모습을 지켜보며 스산하게 웃고 있었다.

그 모습을 조금 떨어져 지켜보고 있는 일단의 무리가 있었다.

탁발한과 혁무린, 소미 남매, 그리고 사마추와 굉초초 등이었다.

팔고황과 진랑까지 일행에 합세했으므로 이젠 제법 대식구가 되어 있었다.

진랑은 한때는 자신의 형제 같은 자들이었던 청방십팔존자의 일이었으므로 어디론가 모습을 감추었다가 모든 일이 다 종료된 후에야 모습을 보였다.

탁발한이 무거운 얼굴로 혼잣말처럼 중얼거렸다.

"뼈에 사무친 원한을 생각한다면 충분히 이해가 가고도 남지만… 너무 잔혹한 게 아닌가?"

"잔혹한 게 사실이지만 말릴 수는 없어요."

사마추가 옆에서 말을 받았다. 그녀는 한결 편안해진 모습이었지만 왠지 마음 한구석이 비어 있는 듯 공허한 모습을 감추지 못하고 있었다.

"그렇지. 말릴 수는 없겠지."

모든 것을 지켜보고 있던 혁무린이 무겁게 입을 열었다.

"우린 지금 태행산의 영역 안에 들어와 있소. 장덕산 교주의 시절에도 태행산은 금지였소."

탁발한이 안색이 어두워지며 혁무린을 돌아보았다.

"지존이 있는 곳이지. 우린 지금 범의 아가리 속에서도 바로 송곳니 앞에 머리를 들이밀고 있는 셈이여."

탁발한이 스스로 말해놓고도 표현법이 흡족한 듯 혁무린을 돌아보았다.

모두 무표정한 얼굴로 모르는 체했지만 마음 착한 굉초초만이 방그레 웃는 얼굴로 탁발한을 마주 보았다. 그녀는 구중뇌옥에서 옥단풍과 함께 생활한 이후 많은 것이 달라져 있었다.

탁발한은 그런 굉초초를 보며 고개를 갸웃했다.

'확실히 추한 용모인데… 어째서 저 웃는 모습이 이리 해맑게 느껴지는 거지?'

실제로 굉초초의 웃는 모습은 아름다웠다. 겉으로 눈에 드러나는 그런 화려한 꽃의 아름다움이 아니라 보면 볼수록 그 은은함이 느껴지는 잡초의 아름다움이라고나 할까?

탁발한이 고개를 절레절레 저었다.

'내가 늙었나? 젊은 것은 다 예뻐 보이는 거여? 젠장할.'

그때 옥단풍이 다가왔다.

그는 스산한 표정은 감추고 있었지만 여전히 무표정한 얼굴이었다.

누구도 선뜻 먼저 말을 걸지 못했다. 순식간에 무거운 분위기가 장내를 휘감았다. 옥단풍의 처절한 원한을 잘 알고 있는 일행은 어쩌면 그 순간 옥단풍의 원한에 자신들도 모르게 동화되고 있는지도 몰랐다.

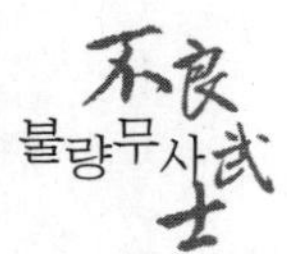

"그들은 어디쯤 가고 있지?"

옥단풍이 진랑을 보며 건조하게 물었다.

진랑이 진중한 얼굴로 즉각 대답했다.

"지금 우등봉(牛騰峰)을 지나고 있소."

둘의 대화 내용으로 보아 옥단풍은 이미 진랑에게 무언가를 지시해 놓은 상황임이 분명했다.

옥단풍이 고개를 끄덕이며 다시 물었다.

"우등봉을 지난다면 가능한 방향은?"

진랑이 무슨 소리인지 안다는 듯 주저없이 대답했다.

"관투봉, 승리평, 관정봉. 이 세 곳만이 우등봉을 지나야 갈 수 있는 곳이오. 관투봉은 잡목 하나 없는 민둥산이기 때문에 그곳일 리는 없고… 아마도 지존의 거처는 승리평이나 관정봉 둘 중 하나일 것이오."

그제야 탁발한이 고개를 끄덕였다.

기실 태행산으로 향하는 셋으로 나뉜 청방십팔존자 중 가장 먼저 공격했어야 할 자들이 대형인 완주온이 이끄는 무리였다. 그런데 옥단풍은 그들은 건드리지도 않고 나머지 두 무리를 공격한 것이다.

진랑의 말을 들어보건대 진랑은 그들의 뒤를 쫓아 행적을 추적했음이 분명했다.

태행산에 지존이 기거하고 있다는 것은 진랑과 탁발한, 그리고 팔고황을 통해 알 수 있었지만 정확한 위치는 알지 못했던 것이다.

팔고황이 나섰다.

"승리평이라면 대오를 잘 짜 맞춰서 진을 형성해 돌파하는 것이 유리하고, 관정봉이라면 조를 나누어 소수의 침투조를 만들어 공략하는 것이 유리한데……."

탁발한이 거들었다.

"어느 쪽이든 어느 정도 희생은 감수해야 할 겁니다. 지존의 주위엔 비록 많은 수의 수하들이 있는 것은 아니지만 사천왕이 버티고 있으니 말이오."

옥단풍이 궁금한 듯 탁발한을 바라보았다.

"지존은 아무도 믿질 않는 성격이지. 심지어는 제자인 백동기조차 언제든 적이 될 수 있다고 생각하는 사람이야. 별난 성격이지."

"사천왕이 어떤 자들이오?"

옥단풍의 잘라 묻는 질문에 탁발한이 머쓱한 얼굴이 되었다.

"그들은 오로지 지존만을 위해 살아온 자들이야. 지존의 그림자라고 해도 과언이 아니지. 천하의 일에는 아무런 관심도 없고 오로지 지존의 주변에서 지존을 지키는 사명에만 전념하는 자들이다."

옥단풍이 새삼스러울 것도 없다는 듯 되물었다.

"지존의 주위에 아무도 없으리라고는 생각하지 않았잖소? 그 이름이 무엇이든 간에."

탁발한이 얼굴을 굳혔다.

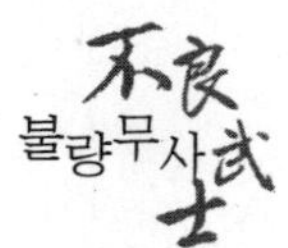

"호교대나 금의위 따위라면 물론 그렇지만… 사천왕이라면 얘기는 달라지지. 그들은 청방십팔존자 따위와는 비교도 할 수 없는 초극강의 고수들이니까."

탁발한의 말은 과장되이 들렸다. 청방십팔존자를 따위라 칭하는 사람은 아마 탁발한 말고는 없을 것이다.

문득 진랑이 떠오른 듯 탁발한은 머쓱한 얼굴로 진랑을 되돌아보았다.

비록 지금은 옥단풍에게로 왔지만 그 역시 청방십팔존자의 다섯 고수 중 하나였지 않은가.

모두의 시선이 진랑에게로 쏠렸다.

진랑이 마른 헛기침을 하고는 불쑥 입을 열었다.

"맞소. 사천왕에 비한다면… 우린 따위라 칭해도 크게 틀리지 않는 말이 될게요. 아니, 어쩌면 틀린 말일지도. 사천왕에 비한다면 따위도 황송한 표현이니까."

진랑의 말에 모두 질린 기색이 되어 입을 다물었다.

지존을 모시는 사천왕.

그들이 어떤 존재인지 생소했지만 탁발한과 진랑의 표현만으로도 사천왕이 얼마나 무서운 존재들인지 실감으로 다가오는 것이다.

옥단풍이 침묵을 깼다.

"조를 나누도록 합시다."

그는 사천왕에 대해서는 아무 말도 하지 않았다. 그렇지만 그들을 두려워하거나 궁금해하는 기색은 찾아볼 수 없었다.

탁발한이 긴장되어 말을 받았다.

"그럼 조를 어떻게 나누지? 또 사마 낭자와 굉 낭자는 어떻게 하고?"

사마추와 굉초초는 무공을 모르는 관계로 어디에 속하든 짐만 될 것이다. 그러나 전 중원이 혈안이 되어 이들의 뒤를 쫓고 있으니 섣불리 그 둘을 떼어놓을 수도 없었다.

"사마 낭자와 굉 낭자는 나와 함께 움직일 거요."

옥단풍의 말에 아무도 이의를 제기하지 않았다. 달리 선택의 여지가 없었다.

"진랑이 한 조를 이끌어주시오."

옥단풍은 진랑과는 눈을 마주치지 않으며 말했다. 진랑 역시 옥산의 혈사에 직접 개입했던 인물이다. 지금은 비록 변심하여 과거를 뉘우치고 새 삶을 살고자 하고 있으나 옥단풍으로서는 여전히 말끔하게 용서할 수 없는 어떤 응어리가 가슴에 맺혀 있는 것이다.

진랑 역시 그것을 모르지 않는다.

진랑은 언젠가는 속죄할 길이 있으리라 생각하고 있었다. 그전에 지존과 백동기 일당을 처단하는 데에 미력하나마 도움을 주고 싶었던 것이다. 그 길만이 그의 마음 가득한 죄책감을 조금이나마 줄일 수 있는 길이었다.

"알겠소."

혁무린이 뭔가 하고 싶은 말이 있는 듯 나서려다 머뭇거렸다.

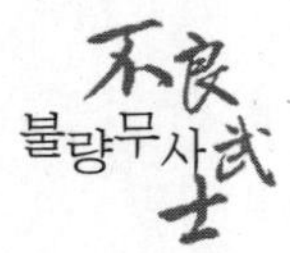

"매복과 침투는 팔고황과 탁발한이 도와줄 것이고, 후방은 혁무린에게 맡기면 될 거요."

옥단풍의 말에 팔고황과 탁발한이 고개를 끄덕였다. 적절한 배합이라 생각된 것이다.

그때 혁소미가 불쑥 소리를 질렀다.

"나는?"

그녀는 당돌한 성격답게 불만이 가득한 눈으로 옥단풍을 노려보았다.

옥단풍이 씨익 웃었다.

"중간에서 전위와 후위의 연결 역할을 하는 것도 매우 중요하다. 아주 막강한 조가 될 수 있겠군."

그러나 혁소미는 입을 삐쭉 내밀며 볼멘소리를 했다.

"싫어."

혁무린이 민망한 얼굴로 동생을 만류했다.

"소미야, 무슨 짓이야. 다른 선배님들도 모두 군말없이 지시를 따르는데……."

"싫어. 난 옥 공자 조에 들어갈 거야. 아님 난 혼자 행동할 테니 그렇게 알아요."

혁소미는 막무가내였다.

혁무린이 난감한 표정이 되어 이러지도 저러지도 못하는 사이 탁발한이 슬쩍 거들었다.

"흐음… 그것도 일리있는 생각이군. 옥 공자는 무공을 모르는 두 낭자와 동행할 텐데 혁 낭자를 데리고 가는 것도 도움이 될 것 같군."

혁소미가 탁발한을 보며 까르르 웃었다.

"깔깔깔, 그렇죠? 역시 생강도 늙은 것이 깊은 맛이 있다더니……."

혁소미의 당돌한 말에 탁발한이 미간을 찌푸렸다.

"저, 저… 말버릇 하고는. 쭛."

그러나 함께 죽음의 고비를 넘긴 두 사람은 마치 오랫동안 알고 지낸 사람처럼 스스럼없이 느끼고 있었다.

옥단풍이 무표정한 얼굴로 혁소미를 응시했다.

"날 따라오려면 말을 잘 들어야 할 게야."

"그까짓 거 뭐. 정말이지? 나도 끼워주는 거지?"

혁소미가 천진난만한 얼굴로 활짝 웃으며 소리쳤다.

혁무린이 혁소미의 철없는 언동에 가늘게 한숨을 내쉬었다. 기실 혁소미가 누군가로부터 지시를 받으며 행동한 적이 있었던가? 홍기왕의 손녀로 누구에게서도 간섭받지 않고 제멋대로 자라온 아이였다.

혁무린은 자신을 돌아보았다.

한때는 하늘 높은 줄 모르고 천하가 손아귀 안에서 쥐락펴락할 수 있는 하찮은 것이라 여기며 기고만장했었다. 그러나 지금 단순히 옥단풍과 자신을 비교해도 자신은 초라하기 그지없었다.

어쨌든 백동기의 손아귀에 통째로 들어간 마교홍기를 되찾는 일이 시급했다. 그 후에 절치부심한다면 천하를 쥐락펴락

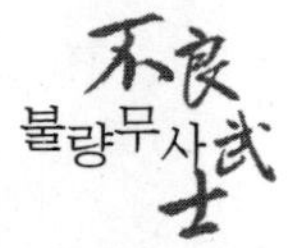

하는 위치로 다시 돌아갈 수 있을 것이라 굳게 믿고 있었다.

그때 옥단풍의 냉랭한 음성이 들려왔다.

"우선 그 말버릇부터 고쳐라."

"피이, 그럼 뭐 누가 무서워할 줄 알고?"

혁소미가 옥단풍을 향해 혀를 날름 내밀며 귀엽게 웃었다.

그러나 옥단풍은 더욱 무표정한 얼굴로 혁소미를 똑바로 쳐다만 보았다.

혁소미의 웃음이 잦아들었다.

"아, 알았어. 그럼 그러지 뭐."

옥단풍이 여전히 무표정하게 보고 있자 혁소미가 머쓱한 얼굴이 되어 마지못해 덧붙였다.

"요…….."

不良武士

第五章

일행은 두 개 조로 나뉘어 길을 떠났다.

태행산은 수많은 봉우리와 협곡이 광범위하게 펼쳐져 그 넓이가 상상을 초월하는 거산이다.

그런 만큼 평지에서 보통 하루 걸이의 거리라 해도 태행 산중에서는 삼 일이 걸린다.

옥단풍은 굉초초와 사마추, 그리고 아까부터 계속 입이 퉁퉁 불어서 후미를 따르고 있는 혁소미를 한차례 돌아보고는 걸음을 멈추었다.

해가 서산 중턱에 걸린 이후 주위는 급격히 어두워지고 있었다.

목표로 하고 있는 승리평까지는 아직도 하루 정도 더 이동해야 도착할 수 있는 거리였다.

"여기서 노숙을 해야겠어. 각자 편한 자리를 골라 알아서 쉬도록. 단, 내 눈에서 벗어나지 말 것."

옥단풍이 일부러 그러는 것처럼 딱딱한 어조로 말했다.

옥단풍의 말에 사마추가 주위를 둘러보았다. 울창한 숲으로 둘러싸인 작은 공지였다. 공지는 부드러운 잔디로 뒤덮여 있어서 노숙하기엔 안성맞춤이었다.

꾕초초가 말없이 걸음을 옮겨 근처의 숲으로 들어갔다. 그녀는 사람들 틈에서도 있는 듯 없는 듯 늘 조용했다. 옥단풍은 그 모습을 지켜보기만 할 뿐 만류하지 않았다.

사마추가 피곤한 듯 적당한 자리를 골라 엉덩이를 붙이고 앉았다. 그녀는 표현하지 않았지만 심신이 지쳐 있었다.

혁소미가 발길로 바닥을 툭툭 차며 옥단풍에게 다가왔다. 여전히 불만스러운 표정이었다.

"기습을 하면서 노숙이라니… 요?"

옥단풍이 웃지도 않고 사마추와 조금 떨어져 자리를 잡았다. 혁소미의 말에는 신경조차 쓰지 않는 모습이었다.

샐쭉해진 혁소미가 바싹 따라붙어 옥단풍의 옆에 앉았다.

"이렇게 꾸물거리는 사이에 적이 눈치 못 챌 것 같아요? 참내, 한심하구먼."

옥단풍은 말없이 지그시 눈을 감았다. 오랜만에 취하는 휴식이었다.

"원, 짐 나르는 하인도 아니고 쉬긴 뭘 쉰다고. 지존은 고사

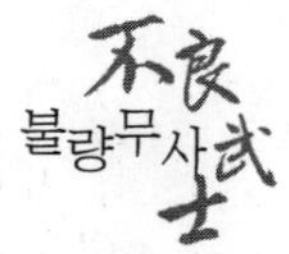

하고 사천왕조차도 얼마나 무서운 존재인지 몰라서 그런 거지."

옥단풍이 여전히 눈을 감은 채 대꾸도 하지 않자 혁소미는 도저히 더는 못 참겠다는 듯 벌떡 몸을 일으켰다.

"아무래도 나 혼자서라도 가야겠어."

"앉아."

옥단풍이 눈은 뜨지 않고 나직이 말했다. 낮은 음성이었지만 옥단풍의 음성엔 거역할 수 없는 어떤 위엄이 실려 있었다.

혁소미가 종소리에 놀란 새처럼 화들짝 제자리에 주저앉았다.

옥단풍이 건조한 시선으로 혁소미를 보았다.

"네 멋대로 하는 건 네 집에서나 해라. 네 할아버지에게는 통했을지 모르지만 밖에선 안 돼."

혁소미가 당돌하게 시선을 마주 받다가 생글 웃었다.

"왜 안 되죠?"

옥단풍은 일시 말문이 턱 막혔다. 왜 안 되냐니?

너무도 당연한 대답을 끌어낼 터무니없는 질문이었지만 막상 답하려니 딱히 떠오르는 말이 없었다.

이런 젠장할……. 밖에서 제멋대로 구는 건 그냥 안 되는 거지 왜 안 되는 게 어딨나?

"할아버지는 봐주는데 왜 당신은 안 봐주냐구요?"

"당신?"

옥단풍이 어이없단 표정으로 혁소미를 쳐다보았다.

이제 열여덟의 꽃봉오리 같은 얼굴이 생글생글하며 당돌하게 쳐다보고 있었다.

옥단풍은 당신이라는 말에도 기가 턱 막혔지만 역시 뭔가 딱히 대응할 만한 말은 쉬이 떠오르지 않았다.

"허험, 험……."

그저 마른 헛기침만 연신 뱉어내며 옥단풍이 시선을 돌렸다. 이럴 땐 그저 상대 안 하는 것이 상책이다.

그런 옥단풍의 모습을 보고 혁소미가 까르르 웃음을 터뜨렸다.

비록 당돌하고 제멋대로였지만 티 하나 없는 얼굴로 웃음을 터뜨리는 혁소미의 모습은 싱그럽고 천진난만해 보였다.

'끄응, 괜히 벌집 건드리지 말자. 아서라, 단풍아. 참아라, 참아.'

시선을 돌리자 이름 모를 산나물을 한 아름 품에 안고 돌아오고 있는 굉초초의 모습이 보였다.

굉초초의 모습이 보이자 옥단풍은 한결 마음이 가라앉았다.

그녀는 볼수록 대단한 여자였다. 구중뇌옥의 일이 있은 후 옥단풍은 굉초초와의 대화가 줄어들었다. 스스로 느끼지 못하는 사이에 그렇게 되었지만 옥단풍은 그녀와의 사이에 감정이 더욱 각별해지는 것을 깨달았다.

굉초초 역시 옥단풍이 더욱 말수가 적어지고 눈을 마주치는 경우가 줄어들었지만 조금도 불안해하거나 옥단풍을 시험하려 들지 않았다.

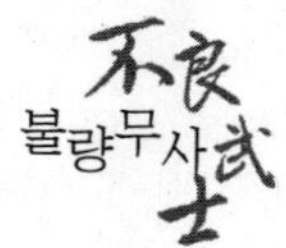

그녀는 그저 있는 듯 없는 듯 항상 옥단풍의 주위에서 옥단풍의 세세한 것들까지 챙겨줄 뿐이었다.

지금도 노숙지를 정하자마자 그녀는 부지런히 저녁 식사 준비를 하고 있었다. 건육포와 말린 쌀이 있었으니 굳이 음식을 만들지 않아도 한 끼 식사는 걱정할 일이 없었다.

굉초초가 그것을 모르는 바는 아니지만 가능하면 옥단풍에게 더운 식사를 제공하려는 그녀의 마음이 더욱 갸륵하게 느껴졌다.

굉초초는 한편에 돌을 모아놓고 가지고 다니는 작은 솥단지를 걸었다.

눈을 비벼가며 불을 피우고 소매를 걷어붙인 채 산나물과 건포를 다듬는 그녀의 손길은 보고 있자면 한없이 아늑한 느낌을 주었다.

어머니의 품속에 안겨 있다면 아마 그런 느낌이었을까?

옥단풍은 어머니를 떠올리자 선혈 속에 남겨진 어머니의 잘린 손목이 떠올랐다. 그러자 이내 가슴 가득 원한이 차올랐다.

'지존… 백동기. 너희들의 심장에 반드시 비수를 꽂으리라.'

옥단풍이 붉게 충혈된 눈으로 망연히 허공을 응시했다.

"쳇, 저게 무슨 번거로운 짓이람? 그냥 건육포나 좀 뜯으면 허기는 가실걸."

혁소미가 굉초초의 하는 양을 보며 입을 삐쭉거렸다.

그녀는 처음엔 굉초초에게 더할 수 없이 호의적이었다. 마치 친자매인 양 언니, 언니 하며 따르고 항상 굉초초의 손을 잡고 다녔었다.

그런데 언제부턴가 혁소미는 굉초초를 까닭없이 미워하기 시작했다. 이유도 없는 트집을 잡기 일쑤였고, 심지어는 위험한 이동 길에도 결코 굉초초를 보호하려는 기색을 찾아볼 수 없었다.

어쨌든 굉초초의 맵시 있는 솜씨로 산중에서 조촐한 저녁 식탁을 차릴 수 있었다.

산나물과 건육포를 이용한 식탁이었지만 음식은 훌륭했고 먹음직스러웠다. 그렇지 않아도 허기를 느끼던 네 사람은 옥단풍이 구해온 평평한 바윗돌을 식탁 삼아 게걸스럽게 먹어치웠다.

식사를 마친 네 사람은 기분 좋은 포만감에 취해 느긋한 자세로 휴식을 취했다.

울창한 숲 사이로 간간이 보이는 밤하늘엔 별이 촘촘히 박혀 금방 쏟아지기라도 할 듯 일렁거렸다.

모두 느슨하게 몸을 눕히고 있는 중에도 굉초초는 소리없이 뒤치다꺼리를 하고 있었다. 그럴 때의 그녀를 보고 있자면 부모를 한꺼번에 잃은 동생들을 돌보는 큰누이 같은 느낌이었다.

사마추가 옥단풍의 옆으로 다가왔다.

"소녀는 줄곧 그 생각을 지울 수가 없군요."

옥단풍이 활짝 웃었.

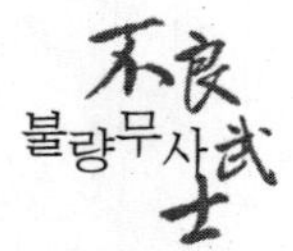

“그렇소. 그녀는 마치 손이 따뜻한 큰누이 같아……. 정말 좋은 여자요.”

사마추가 어리둥절한 얼굴이 되어 옥단풍을 바라보았다.

옥단풍은 아차 싶어 황급히 입을 다물었지만 붉어진 얼굴까지 감출 수는 없었다.

사마추가 놀라움과 섭섭함, 그리고 묘한 질투심까지 마구 뒤섞인 그런 눈빛으로 옥단풍을 한동안 응시했다.

“그랬군요. 소미가 두 사람 사이가 수상쩍다고 할 때도 반신반의했는데… 사실이었군요.”

옥단풍이 마른 헛기침만 했다.

사마추가 쓸쓸하게 웃었다. 밤공기를 가르고 불어오는 훈풍이 그녀의 머리카락을 부드럽게 뒤로 쓸어 넘기자 그녀의 용태는 눈부시게 아름다웠다.

아주 짧고 어색하기 그지없는 침묵이 두 사람 사이를 휘감았다.

그때 굉초초가 그런 두 사람의 모습을 눈여겨보고는 혁소미에게 다가갔다.

“동생, 우리 잠깐 산책이나 하지 않겠어?”

포만감에 졸음이 쏟아질 것 같은 얼굴을 한 혁소미가 의아한 얼굴로 굉초초를 바라보았다.

“잠깐이면 돼. 어서.”

굉초초가 그런 혁소미를 강제로 끌다시피 자리를 떠났다.

굉초초는 사마추를 만나고부터 옥단풍을 홀로 독점한다는

것은 어리석은 욕심임을 잘 알고 있었다. 그녀는 실로 경국지색의 아름다움을 간직하고 있었으며 어느 것 하나 흠잡을 데 없는 완벽한 규수였다.

간혹 옥단풍이 사마추를 대할 때마다 두 사람 사이에 이상한 어색함이 흐르는 것을 굉초초는 놓치지 않았었다. 사마추는 필경 옥단풍에게 특별한 감정을 느끼고 있음이 분명해 보였지만 백동기와의 일로 인해 그런 감정은 더욱 내면 깊숙이 감추고 있음이 확실해 보였다.

옥단풍은 굉초초가 혁소미를 데리고 시야에서 벗어나자 몸을 일으켜 그들을 부르려다가 이내 그만두었다. 비록 시야에서 벗어났다 해도 그들에게 무슨 일이 생긴다면 옥단풍의 청각을 벗어나지는 못할 것이다.

사마추가 착 가라앉은 음성으로 입을 열었다.

"그렇게 되었군요."

"무, 무슨 말이오?"

옥단풍은 심지어는 팔고황이나 탁발한에게도 하대를 하였지만 사마추에게만은 이상하게 그렇게 할 수가 없었다.

"축하드려요. 굉 낭자는 정말 보기 드문 규수예요. 옥 공자께는 훌륭한 내조를 할 수 있는 배필이 필요해요. 정말 잘됐어요."

말끝을 흐리는 사마추의 표정은 말처럼 정말 잘됐다는 뜻과는 거리가 있어 보였다. 그녀는 마치 맥이라도 풀린 사람처럼 그렇게 길게 한숨을 내쉬었다.

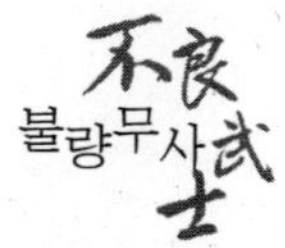

"험험… 그, 그게 말이오. 그러니까… 으음……."

옥단풍이 붉어진 얼굴로 무슨 말을 해야 할지 모르는 듯 얼버무렸다.

사마추가 고개를 떨군 채 옷고름만 매만지다가 차분하게 가라앉은 음성으로 말을 이었다.

"사람의 일이란 정말 마음대로 되지 않는군요. 기회가 주어졌을 땐… 엉뚱한 곳을 보고 있었고, 이제 다시 시선을 돌리니 기회는 저만치 가버렸군요."

옥단풍은 가슴이 답답해짐을 느꼈다. 뭔가 말을 해야 한다고 생각했지만 아무 말도 할 수가 없었다.

"이리저리 먼 길을 돌아오고서야… 누가 소녀의 마음의 주인인지를 깨달았지만… 너무 늦었겠지요?"

사마추가 그윽한 시선을 들어 옥단풍을 응시했다. 그 눈빛 속엔 절절한 안타까움이 넘칠 듯 가득했다.

옥단풍은 그 시선을 대하자 선주에서 처음 사마추를 만났던 광경에서부터 주마등처럼 지난 일들이 떠올랐다.

그러자 가슴 한편이 아릿하게 아파왔다. 여인으로 인해 마음이 흔들린 적이 거의 없다고 해도 과언이 아닌 옥단풍에게 최초로 마음속에 파문을 던졌던 여인이다.

그 여인이 백동기에게 온통 마음이 빼앗겨 있는 동안 옥단풍은 아주 조금씩 마음속 파문을 지우고 있었는지도 모른다. 그런데 지금 그 여인이 다시 옥단풍의 잔잔한 마음에 파문을 일으키고 있었다.

　사마추는 꾕초초에 비견할 수 없는 아름다움을 지니고 있었다.

　옥단풍이 아무리 외모의 미추에 연연하는 경박한 사람은 아니라 해도 사마추의 아름다움은 그것을 넘어서는 특별함이 있었다. 꾕초초가 비록 비단결 같은 내면의 아름다움을 지니고 있다 해도 사마추의 아름다움은 그것을 넘어서고도 남을 그런 것이었다.

　"상공……."

　사마추가 옷고름을 매만지다가 어렵게 다시 입을 열었다가 옥단풍이 돌아보자 얼굴을 붉히면서 고개를 떨구었다.

　"정혼의 약조를 하신 건가요?"

　꾕초초를 가리키는 말이었다. 옥단풍은 일시 대답할 말이 떠오르지 않아 잠시 머뭇거렸다.

　사마추가 그런 옥단풍을 지켜보다가 얼굴 가득 실망의 빛을 띠며 한숨을 내쉬었다.

　"두 분이… 행복하시길 빌게요."

　"아… 그게 그러니까……."

　옥단풍이 다급한 마음에 아니라고 말하려 했지만 차마 그 말이 입 밖으로 나오지 않았다.

　사마추가 상심이 가득한 얼굴로 몸을 일으켰다. 그녀는 처연하게 허공을 응시하며 잠시 서 있다가 힘없이 걸음을 옮겼다.

　상심이 큰 나머지 걸음걸이조차 금방이라도 쓰러질 듯 비칠

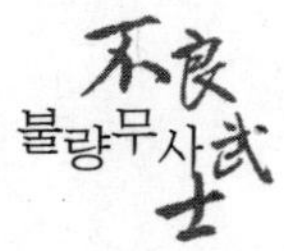

거렸다.

옥단풍이 급히 그녀를 따라가 붙잡았다. 사마추를 붙잡아 세울 때까지만 해도 절대 그런 게 아니라고, 정혼의 정 자도 꺼내본 적이 없다고 말하려 했지만 말이 되어 나온 건 다른 소리였다.

"어딜 가려는 거요?"

사마추가 처연하게 옥단풍을 돌아보았다.

"소녀가 이곳에 남아 있는 것은 오직 공자에게 짐이 될 뿐이라는 생각이 드네요."

"절대로 그렇지 않소."

"아니에요. 더 이상 구차하게 부담을 드리고 싶지 않아요."

옥단풍은 난감한 입장이 되었다. 기실 옥단풍의 마음 한편에 사마추에 대한 감정이 전혀 없다고 말할 수는 없었다. 그러나 이미 굉초초에게 장부의 마음을 준 이상 어찌 또 한눈을 팔수 있겠는가?

옥단풍이 말없이 얼굴만 굳히고 있자 사마추가 가벼운 한숨과 함께 입을 열었다.

"그동안 백동기 그 사람이 소녀를 사랑한다고 굳게 믿고 있었지만 그 믿음은 한순간에 모래알처럼 흩어지고 말았어요."

"……."

"그래서 생각해 봤죠. 그 사람이 왜 소녀를 그처럼 특별하게 대했을까. 왜 소녀를 둘러싸고 처음부터 모든 분쟁이 시작되었을까……."

옥단풍이 정색을 했다.

"그것은 소생도 몹시 궁금하던 차였소."

"이제야 깨달았어요. 백동기가 소녀를 그토록 중시했던 이유는 장덕산 교주 때문이었어요."

옥단풍이 가볍게 놀랐다.

"낭자가 장 교주의 행방을 알고 있다는 뜻이오?"

그건 사실 좀 이해하기 어려운 일이었다. 만약 사마추가 장덕산 교주의 행방을 알고 있었다면 지금까지 일언반구도 없었다는 것이 그렇고, 백동기의 입장에서도 사마추를 잡아 모진 고문을 가해서라도 장 교주의 행방을 알아내면 그만이었을 것이다.

"아뇨. 소녀가 알았다면 왜 지금껏 가만히 있었겠어요."

"그럼……?"

"장덕산 교주가 반드시 소녀를 찾아오게 되어 있었기 때문이에요."

사마추의 말에 옥단풍은 두 눈만 끔뻑일 뿐 말이 없었다. 여전히 이해할 수 없는 말이었기 때문이다.

"장덕산 교주가 갑자기 행방을 감춘 것은 이제까지 교주 스스로 청방의 압박을 피해 잠적한 것으로 알려져 왔지만 사실은 백동기의 암산에 당해 종적을 감춘 것이었어요."

"암산……?"

"아주 장시간 동안 서서히 무형지독(無形之毒)에 중독된 것이죠."

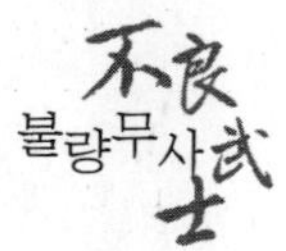

"아……!"

"이제 생각해 보니 백동기는 그 무형지독을 제게 만들어달라고 했어요. 그땐 그것이 장덕산 교주에게 사용될 것이라고는 꿈에도 생각지 못했고요."

"아, 그 무형지독이라는 것이 특별한 것이오?"

사마추가 잠시 말을 멈추고 옥단풍을 응시했다.

"음양구지독(陰陽九池毒)은 천하에 제조하는 방법을 아는 사람이 없어요. 그러니 자연 해독하는 방법도 아는 사람이 없지요."

"낭자를 제외하고는 말이지요?"

"네, 그래요."

옥단풍은 그제야 전후의 사정을 이해할 수 있었다.

백동기는 사마추로 하여금 음양구지독을 만들어 장덕산 교주에게 오랜 시간 공을 들이며 그것을 사용해 왔고, 끝내 장덕산이 눈치 챌 즈음엔 이미 손을 쓸 수가 없을 정도여서 최후의 수단으로 스스로 잠적했다는 것이다. 원하던 바를 달성한 후에도 백동기가 사마추를 살려두었던 이유는 바로 스승인 지존을 견제하기 위해 장덕산이 다시 살아날 가능성을 열어둘 필요가 있었기 때문이고, 그런 목적으로 사마추를 계속 살려두었던 것이다.

"이미 중독되었다면 장덕산 교주는 더 이상 회생이 불가능하지 않겠소?"

"그건 공자께서 장덕산 교주님을 잘 모르시기 때문에 하실 수 있는 말씀이에요."

"……?"

"백동기가 다시 십 몇 년을 허비하면서 철저하게 준비해 마교를 접수했단 사실을 보더라도, 또 지존이 그동안 십 년 폐관을 통해 금강불괴의 경지를 획득하려고 애썼다는 사실을 보아도 그들이 장덕산 교주를 얼마나 경계해 왔는지 아실 수 있을 거예요."

"아……!"

"장덕산 교주는 지존도 쉽게 생각할 수 없는 극강의 고수였어요. 물론 지금에 와서는 많은 것이 변했지만……."

"만약 장덕산 교주가 어딘가에서 재기를 위해 노력하고 있다면 반드시 낭자를 찾아올 것이라는 말이군요."

옥단풍의 말에 사마추가 고개를 끄덕였다.

"지금에 와서 백동기는 더 이상 장덕산 교주를 이용할 가치를 느끼지 못하므로 낭자를 찾는다면 즉시 죽이려 들 거요."

"그렇겠죠."

사마추가 처연하게 대답했다. 그녀는 이미 의욕을 상실한 표정을 감추지 못하고 있었다.

사마추는 더 이상 할 말이 없다는 듯 처연한 걸음을 옮겨 다시 멀어지기 시작했다. 옥단풍 또한 답답한 마음이었으나 이러지도 저러지도 못하고 그저 멍하니 사마추의 뒷모습만을 바라보았다.

그때 숲 속에서 불쑥 굉초초와 혁소미가 튀어나왔다.

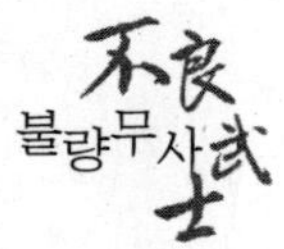

“가긴 어딜 간다는 거예요, 언니?”

굉초초는 붙임성있게 사마추의 소매를 잡고 놓지 않았다.

“동생, 나는 공연한 짐이 되고 싶지 않아. 그러니 이 손을 놓아줘.”

사마추는 처연한 표정을 감추지 못하고 있었다.

“언니가 짐이 된다니 그 무슨 말도 안 되는 소리예요? 아……!”

굉초초가 갑자기 배를 부여안고 허리를 숙이며 고통스러운 비명을 질렀다.

“왜 그러지, 동생?”

사마추가 걱정스러운 얼굴로 굉초초를 부축했다.

옥단풍이 놀라 성큼 다가가며 물었다.

“왜 그러시오, 굉 매?”

굉초초가 고개를 들어 옥단풍을 흘겨보며 소리를 높였다.

“저리 가요! 여자들끼리만 아는 병이란 말이에요!”

옥단풍은 무슨 말인지 몰라 어리둥절한 표정을 지으면서도 걱정스러운 눈빛을 감추지 못했다.

“괘, 괜찮으시오?”

사마추가 잠시 굉초초의 몸을 살펴보더니 씁쓸하게 웃으며 옥단풍을 가볍게 밀어냈다.

“그래요. 공자는 물러나 있으세요. 동생은 소녀가 잘 돌볼 테니까 걱정하지 마시구요.”

웃고는 있었지만 굉초초를 걱정하는 옥단풍의 반응에 사마추는 마냥 좋은 기분만은 아니었다.

굉초초가 고통스러운 듯 배를 움켜쥐고 사마추를 올려다보았다.

"언니, 내 곁에서 좀 돌봐주실 거죠? 난… 처음이라… 두렵단 말이에요."

사마추가 쓸쓸하게 웃으며 고개를 끄덕였다.

"누구나 첫 번째 아이를 임신하는 일은 쉽지 않은 일이야. 보아하니 조금 무리한 거 같아."

사마추의 말에 옥단풍은 크게 놀라지 않을 수 없었다.

"임신이란 말이오?"

굉초초가 수줍은 듯 옥단풍을 흘겨보았다.

사마추도 혁소미도 모두 굉초초의 임신을 따뜻한 미소로 축하해 주었다.

옥단풍은 기쁨을 주체할 길이 없어 밤하늘을 향해 길게 장소성을 터뜨렸다. 그 소리에 놀란 듯 밤하늘 가득하게 일렁이던 별들이 금방 쏟아져 내릴 듯 한꺼번에 반짝였다.

난화옥녀는 밤하늘에 울려 퍼지는 장소성에 화들짝 놀라 걸음을 멈추었다.

"걸어라. 계속."

난화옥녀의 등 뒤에서 얼음장 같은 낮은 음성이 들려왔다.

난화옥녀는 장소성에 놀랐던 때와는 비교도 할 수 없을 만큼 크게 기겁을 하며 황급히 걸음을 재촉했다. 그녀는 차마 뒤

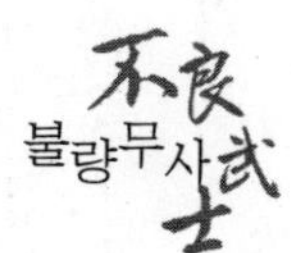

를 돌아볼 엄두조차 내지 못했다.

　백동기는 한백을 데려오라고 했지만 난화옥녀는 그 말을 듣는 순간 이미 그 말이 의미하는 바를 알고 있었다.

　배고픈 사자 우리에 먹이를 던져 넣는 것이다.

　그 말을 하는 순간 백동기는 이미 난화옥녀를 버린 것이었다. 한백을 만나는 순간 자신의 생사여탈은 온전히 한백의 손아귀에 넘겨진다는 사실을 본능적으로 깨달은 것이다.

　그녀의 직감은 정확했다.

　난화옥녀는 나오자마자 한백을 찾기는커녕 최대한 멀리 도망가기 위해 전력을 다해 경신술을 펼쳤지만 그것은 불과 차한 잔 마실 시간 정도도 지속되지 못했다.

　그리고 한백의 손에 잡혀 지금 태행산으로 끌려오고 있었다. 행선지가 태행산임을 알게 된 후 그녀는 한백이 수행해야 할 암살의 대상이 지존임을 깨달았다.

　한백은 교주의 명령만을 듣는 특별한 암살자다. 그리고 마교의 역사를 통틀어 한백이 주어진 임무를 실패한 적은 단 한 번도 없었다.

　한백이란 바로 그 단 한 번의 암살을 위해 살아가는 존재였다.

　다리를 스치는 풀숲이 차가웠다. 밤이슬이 맺히는 시각이었다.

　난화옥녀는 방금 들은 장소성의 주인공이 매우 낯익은 음성의 소유자임을 되새겼지만 한백은 전혀 관심이 없어 보였다.

　한백은 자신을 지존 앞에 던지는 미끼로 사용할 심산처럼 보였다. 그는 단 한 번의 필살격이 성공할 확률을 높일 수만 있다면 무엇이든 할 것이다.

　난화옥녀는 장소성을 들으며 어쩌면 자신이 살아날 유일한 기회가 될지도 모른다고 생각했다.

　문득 등 뒤에서 싸늘한 살기가 강해졌다. 한백이 뿜어내는 기운이었다.

　"잔머리 굴리지 마라. 귀찮아지면 널 버리고 갈 테다."

　한백의 음성은 만년빙굴의 얼음장보다도 차가웠다.

　난화옥녀가 움찔 걸음을 멈추었다. 두렵고 심장이 두방망이질 치고 있었지만 실낱같이 찾아온 유일한 기회를 놓칠 수는 없었다.

　난화옥녀가 과감하게 돌아섰다.

　그녀의 앞에 그녀보다 키가 머리통 하나는 작아 보이는, 중원의 어느 촌구석에 가도 흔히 볼 수 있는 평범하기 짝이 없는 사십대의 농부 하나가 서 있었다.

　농부는 한쪽 다리는 무릎까지 걷어 올리고 다른 한쪽 다리는 발등까지 덮는 낡은 바지를 입고 있었고, 살갗이 거칠게 탄 손아귀엔 녹슨 낫이 하나 들려 있었다.

　농부가 매우 겸손하게 웃으며 난화옥녀를 향해 입을 열었다.

　"여기서 죽을래?"

　풍기는 분위기나 인상은 영락없는 촌구석의 농부였으나 음

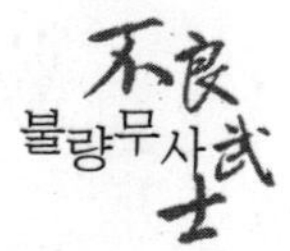

성은 바로 그 얼음장이었다.

난화옥녀는 깊은 숨을 들이키며 입술을 깨물었다. 자꾸만 움츠러드는 자신을 다잡아 세우며 턱을 치켜들었다.

"도대체 왜 자꾸 다그치는 거죠? 내가 뭘 어쨌다고?"

이 사내는 여자들에겐 정말 인기없는 외모를 갖추고 있었지만 미인계는 턱도 없는 소리라는 것을 난화옥녀는 잘 알고 있었다. 만약 눈웃음이라도 친다면 눈알부터 사라지게 될 것이다.

농부 한백이 다시 한 번 겸손하게 웃었다.

"장소성을 내지른 놈이 누구지? 너는 지금 조금씩 방향을 그쪽으로 바꾸고 있다."

난화옥녀는 가슴이 덜컥 내려앉았다. 눈치 채지 못하게 아주 조금씩 방향을 바꾸었지만 한백은 어느새 귀신같이 알고 있는 것이다.

난화옥녀는 다시 찬바람을 들이켰다. 어차피 죽을 목숨이다.

"그는 옥단풍이라고 해요. 한백 당신은 그를 마주칠 담력도 없나요? 그와 마주치게 될까 봐 두려운 거죠?"

한백이 희미하게 웃었다.

"난 계집의 잔머리가 제일 싫어."

말이 채 끝나기도 전에 난화옥녀는 눈앞에 한줄기 찬바람이 번개처럼 스치고 지나가는 것을 느꼈다. 이어 얼굴에 조금씩 축축한 무언가가 흘러내렸다.

　그러고 나서야 불로 지진 듯한 통증이 이마에서 미간을 거쳐 코끝, 그리고 왼쪽 턱까지 일직선으로 이어졌다.

　난화옥녀는 입술을 피가 나도록 깨물었다. 한백의 낫이 자신의 얼굴에 사선을 그었음을 알았다. 생명과도 같은 얼굴이다. 가슴 밑바닥에서부터 두려움과 공포, 그리고 동시에 살기가 치솟았지만 조금도 내색하지 않았다.

　한백이 그런 난화옥녀를 유심히 보다가 입술을 비틀었다. 그리고는 불쑥 손을 내밀어 난화옥녀의 가슴을 움켜쥐었다.

　"아……!"

　난화옥녀가 자신도 모르게 신음을 토해냈다. 한백의 손길은 거칠었지만 의외로 뜨거웠다.

　"네년은 제법 구미가 당기는 계집이로구나."

　난화옥녀는 한백의 두 눈에 욕정이 이글거리는 것을 똑똑히 보았다. 그러나 그 욕정의 불길은 순식간에 사라졌다.

　그러나 한백의 손은 여전히 난화옥녀의 엎어놓은 사발 같은 가슴을 거세게 움켜쥐고 있었다. 열기보다는 고통이 느껴졌다.

　한백이 다시 얼음장이 되어 말했다.

　"앞서라. 그놈을 먼저 죽여야겠다."

　혁소미는 잠이 오지 않아 눈을 말똥말똥 뜨고 밤하늘만 올려다보고 있었다.

　공지의 가장 부드러운 풀밭을 골라 자리를 마련하고 세 여

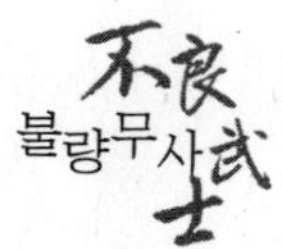

인은 나란히 누웠다. 옥단풍은 조금 떨어져 나무 등걸에 등을 기대고 앉아 있었다. 잠이 들었는지 아무런 기척도 느껴지지 않는다.

혁소미는 다른 일행을 따라간 오빠를 생각했다. 오빠인 혁무린은 얼마 전까지만 해도 천하에 두려울 것이 없는 존재였다. 그의 자긍심은 하늘을 찔렀고 천하의 일인자에 오르는 것은 시간문제였을 뿐이다.

그러나 지금의 그의 처지는 집도 절도 없이 모든 것을 잃고 옥단풍에게 의지하는 신세로 전락하고 말았다.

그러고 보니 옥단풍은 참으로 알 수 없는 존재였다. 그를 떠올리면 그저 아득한 먹지가 떠오른다. 그에 대해 알 수 있는 것은 아무것도 없었다. 그런데 끌린다.

이제 갓 스물을 바라보는 소녀의 방심은 어쩌면 설명할 길이 없는지도 몰랐다.

혁소미는 누운 채로 고개를 돌려 옥단풍 쪽을 보았다. 그는 여전히 나무 등걸에 등을 기대고 앉아 지그시 눈을 감고 있었다.

혁소미가 옥단풍의 옆으로 다가갈까 말까 잠시 망설이는 그 순간, 시야에 나뭇잎 하나가 팔랑거리는 모습이 들어왔다.

그저 나뭇잎 하나가 팔랑이는 것은 매우 흔한 일이었지만 역시 상승의 무공을 익힌 혁소미에게는 그 안에 담긴 아주 작은 느낌 하나도 매우 미세하게 감지되는 법이다.

다만 그것이 무엇인지 머릿속에서 채 정리되기도 전에 몸이 먼저 반응했다.

혁소미의 신형이 허공으로 떠올랐다. 부운약월(浮雲躍月)이라는 경공 수법이었지만 수법이 채 마무리되기도 전에 혁소미의 신형은 등평도수의 수법으로 수평으로 방향을 바꾸었다.

그녀의 손엔 어느새 뽑아 든 한 자 반 길이의 중검이 들려 있었고, 그녀가 노리는 곳은 나뭇잎의 궤적을 따라 소리없이 움직이는 보이지 않는 한 그림자였다.

나뭇잎 뒤에 몸을 숨긴다는 것은 어불성설이지만 실제로 그와 흡사한 효과를 내는 수법이 지금 눈앞에서 펼쳐지고 있으니 믿지 않을 수 없는 일이었다. 다만 상대는 혁소미가 깨어 있으리라는 생각을 못한 것이 실수라면 실수였다.

"차앗!"

혁소미가 어슴푸레한 그림자를 향해 일검을 내지르며 우렁찬 기합을 토해냈다. 일행에게 경고하는 의미이기도 했다.

사마추와 굉초초가 그 소리에 잠에서 깨어나 상체를 일으켰다. 다만 옥단풍만은 깊은 잠에 빠진 듯 애초의 자세에서 조금도 움직이지 않고 있었다.

혁소미의 검이 막 어슴푸레한 그림자를 베어가려는 순간 얼음장보다도 차가운 한 가닥 예기가 혁소미의 옆구리를 파고들었다.

"헉!"

혁소미는 그야말로 심장이 밖으로 튀어나올 정도로 놀랐다. 공격이라는 것은 제아무리 놀라운 절기라 해도 그 튀어나오는

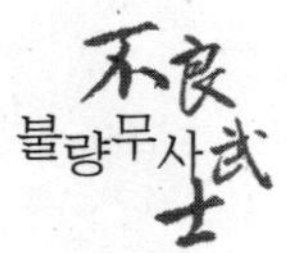

방향과 빠르기 따위가 한정되는 것이 정설이다. 등짝 한복판에서 손이 튀어나올 수는 없는 법이다.

그런데 지금 어슴푸레한 그림자는 움직이는 궤적과 형체로 보아 도저히 상상도 할 수 없는 방위로부터 공격이 튀어나온 것이다. 게다가 그것이 무엇인지도 채 알아볼 수 없을 만큼 빠르고 정확했다.

혁소미는 황급히 천근추의 신법을 펼쳤다. 오직 그것만이 혹시라도 이 기상천외한 공격을 피할 수 있을지도 모를 유일한 방법이었다.

수평으로 이동하던 혁소미의 몸이 순간 수직으로 떨어져 내렸다.

날카롭고 얼음장 같은 예기는 그 순간 이미 혁소미의 옆구리를 깊숙이 파고들 기세였다.

혁소미가 절망하며 눈을 질끈 감는 순간 쩡 하는 금속성이 귓전을 울렸다.

혁소미는 지면에 내려서고서야 자신의 옆구리가 여전히 멀쩡하다는 사실을 깨달았다.

자는 듯이 앉아 있던 옥단풍은 어느새 지금 자신의 앞을 가로막고 서 있으며, 그 맞은편에 초라하고 왜소한 농부 차림의 중년인이 낫을 들고 서 있었다.

한백이었다.

한백은 지금 매우 놀란 얼굴을 하고 있었는데, 그가 그와 같은 표정을 지은 것은 어쩌면 일생에 있어 손가락에 꼽을 정도로 드문 일일 것이다.

"놀랍군. 방금 그 수법이 뭐지?"

한백이 얼음장 같은 음성으로 차분하게 물었다.

옥단풍은 말없이 한백을 응시했다. 그의 표정으로 보아 그
역시 상대의 예측을 불허하는 높은 무공에 조금 놀란 눈치였
다.

한백이 이내 예의 평온한 얼굴을 되찾았다.

"말하기 싫은 놈은 무슨 짓을 해도 입을 열지 않는 법이지.
그냥 죽여주마."

그 말은 매우 평이해서 그저 친구끼리 주고받는 의미없는
말처럼 들렸다. 그러나 그 말이 끝나자마자 장내는 이내 거센
폭풍 속에 휘말렸다.

마치 천지를 뒤집어엎을 듯한 거센 회오리바람이 한백으로
부터 뿜어져 나와 온통 주위를 뒤흔들고 있었다.

엄청난 회오리로 인해 주위의 흙더미가 모두 뒤집혀 허공으
로 마구 춤추듯 솟구쳐 올랐다. 아름드리나무조차 뿌리째 뽑
히며 하늘로 날아올랐다.

"어머머!"

"까아악!"

굉초초와 사마추가 서로를 부둥켜안고 비명을 내질렀다. 무
공을 익히지 않은 두 여인은 거센 회오리에 몸을 가누지 못하
고 위태롭게 흔들렸다. 혁소미가 황급히 굉초초와 사마추에게
다가가 두 여인을 붙잡았다.

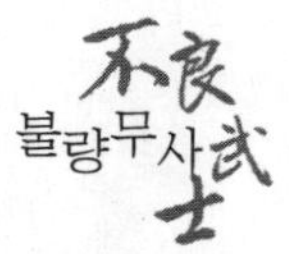

거센 회오리 속에서 애초의 모습대로 서 있는 사람은 오직 한백과 옥단풍뿐이었다.

옥단풍은 거센 회오리 속에서도 신기하게도 옷자락 하나, 머리카락 한 올 휘날리지 않았다.

한백의 두 눈에 뇌전이 일었다.

"부동심지경(不動心至境)! 놀랍구나. 천하에 너와 같은 자가 존재하고 있었다니……."

한백이 서서히 다가왔다.

지금과 같은 대치 상태에서 천천히 다가오는 것은 그야말로 미친 짓이 아니라면 경천동지할 암수를 감추고 있다는 의미였다. 한백의 경우라면 필경 후자일 것이다.

옥단풍은 티끌 하나 없는 시선으로 한백의 일거수일투족을 응시하고 있었다. 거센 회오리는 한백이 옥단풍에 비해 결코 뒤지지 않는 내공을 지니고 있음을 반증하는 것이었다.

옥단풍은 지하 뇌옥에서 나온 이후 가장 강한 상대와 맞닥뜨리고 있음을 느꼈다. 전신의 혈맥을 타고 팽팽한 긴장감이 소용돌이처럼 흘렀다.

한백은 낫을 비스듬히 늘어뜨린 채 아주 느린 속도로 다가오고 있었다.

누가 먼저 출수하든 출수하는 쪽은 상대의 보다 강력한 반격을 각오해야 할 것이다.

옥단풍은 한백의 어깨와 손끝을 동시에 보고 있었다.

극강의 고수들끼리의 싸움에선 결코 초식의 우월로 승부가 갈리지 않는다. 내공 또한 차이가 있다 해도 승부를 가를 만큼의 차이는 결코 있을 수가 없다.

결국 승부를 가르는 것은 마음의 공부다. 극단으로 무공을 익힌 자들의 마지막은 항상 마음의 공부인 것이다. 마음의 벽을 넘고 나면…….

문득 한백의 어깨가 미세하게 움직였다. 동시에 손끝이 폭풍처럼 분출하며 낫이 날아들었다.

옥단풍은 용호권의 용추호망을 펼쳤다.

상대의 움직임과 자신의 움직임을 마치 허공 높은 곳에서 한눈에 내려다보는 그런 심정이 되지 않고는 결코 머리카락 한 올 차이의 미세한 간격으로 이루어지는 승부에서 우위를 점할 수 없다.

옥단풍의 상체가 크게 호선을 그리며 왼쪽으로 기울었다.

그러나 그의 오른쪽 다리는 중단을 횡으로 가르며 반대 방향으로 내저어지고 있었다.

슈캉! 슈캉! 슈캉!

한백의 낫이 허공을 가르는 날카로운 쇳소리가 연이어 울려 퍼졌다.

두 사람의 공격은 그야말로 한 치의 빈틈도 없었고, 너무도 빨라서 옆에서 보고 있는 혁소미의 눈에도 두 사람이 동시에 상대의 요혈을 무참하게 무찌르며 동귀어진하는 것처럼 보였다.

"아……!"

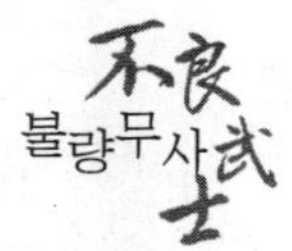

혁소미는 자신도 모르게 짧은 비명을 내질렀다.

한백의 낫이 그 순간 현란하게 옥단풍의 상반신 요혈을 헤집고 날아다니는 것처럼 보였던 것이다.

일순 한백과 옥단풍의 몸이 실체가 없는 그림자처럼 서로를 지나치며 엇갈렸다.

그리고 두 사람은 서로에게 등을 보이며 꼼짝도 하지 않고 서 있었다.

모든 것을 날려 버릴 것만 같던 폭풍이 잠잠하게 잦아들고 있었다.

혁소미와 사마추, 그리고 굉초초는 초조한 심정으로 전장을 지켜보았다. 꼭 쥐고 있는 손바닥엔 어느새 땀이 축축하게 배어 있었다.

문득 한백의 낫 끝에서 또로록 하고 한 방울 선혈이 흘러내렸다.

혁소미가 그것을 발견하고는 낙담하여 신음에 가까운 비명을 내질렀다. 한백의 낫 끝으로 핏방울이 흘러내렸다면 그것은 필경 옥단풍의 것이기 때문이었다.

그러나 옥단풍은 마치 석상이라도 된 양 굳건하게 서 있었다.

한백의 어깨가 파르르 떨렸다.

또로르 하고 굴러 내리던 핏방울은 이제 줄기가 되어 주르륵 낫 끝을 타고 흘러내렸다.

"아……!"

혁소미가 안도의 한숨을 내쉬었다. 선혈의 주인이 옥단풍이었다면 저처럼 차츰 양이 많아지며 빗줄기처럼 쏟아져 내리지는 않을 것이기 때문이었다.

한백의 낫을 쥔 손끝이 파르르 떨리다가 끝내 힘을 놓았다.

툭 하고 한백의 낫이 지면에 떨어진 후에도 선혈은 마치 굵은 빗줄기처럼 한백의 소매를 타고 떨어져 내렸다.

"여, 역시 그렇지? 그것이… 용추호망이었던가?"

옥단풍이 고개를 끄덕였다.

그러나 서로 등을 보이고 있는 두 사람은 서로의 모습을 보지 못하고 있을 것이다.

한백이 희미하게 웃었다.

"용호권을… 진정으로 용호권의 진수를 시전하는 자를 만나면… 결코 싸우지 말라 했는데……."

한백의 음성이 차츰 힘을 잃어가고 있었다. 그의 몸은 기울어가는 석탑처럼 조금씩 앞으로 기울고 있었다.

"사부께서 말이다……."

마지막 말은 거의 기어들어 가듯 작았다.

그에 따라 한백의 몸도 더욱 앞으로 기울어 이제는 곧 웅크린 자세로 지면에 코를 박고 엎어질 그런 자세였다.

"그, 그땐 미, 믿지 않았… 는……."

한백의 몸이 끝내 쿵 하는 소리와 함께 지면에 엎어졌다. 그는 새우처럼 몸을 웅크리고 있었는데, 매우 불편해 보였지만 자세를 바꿀 엄두도 내지 못하고 있었다.

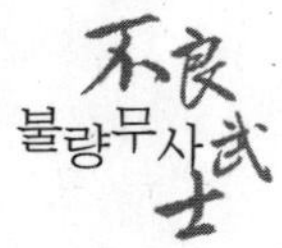

몸 어딘가에 있을 상처에서 피가 흥건하게 흘러 바닥을 적시고 있었다.

그제야 옥단풍이 몸을 돌려 차가운 시선으로 한백을 응시했다.

한백은 차츰 경련이 잦아들더니 끝내 새우처럼 웅크린 자세 그대로 절명하고 말았다.

사마추와 굉초초, 그리고 혁소미가 일제히 옥단풍의 옆으로 달려왔다.

옥단풍이 굳은 얼굴로 암천을 응시하다가 세 여자를 돌아보았다. 한백의 놀라운 무공에 세 여자는 모두 기가 질린 얼굴이었다.

"혁소미."

옥단풍이 굳은 얼굴로 혁소미를 보았다.

"네."

혁소미는 죽을 뻔한 고비를 넘겼고, 만약 옥단풍이 아니었다면 지금쯤 한백의 낫에 갈가리 찢긴 신세가 되었으리라는 것을 잘 알고 있었다. 그녀는 한백의 공격을 전혀 피할 수도 막을 수도 없었던 것을 똑똑히 기억했다.

그녀는 이제 더 이상 기고만장하지도 오만방자하지도 못했다.

"굉 낭자를 네게 맡길 테니 지금 길을 떠나라."

옥단풍의 말은 단호했고 거역할 수 없는 어떤 힘이 있었다.

잠시 망설이던 혁소미가 고개를 떨구며 얌전히 대답했다.

“알겠어요.”

“굉 낭자의 본가로 가거라. 일을 마친 후 내가 곧바로 찾아갈 테니.”

“네에.”

혁소미는 또다시 선선히 대답했다. 얌전한 그녀는 마치 딴 사람처럼 보였다.

그때 사마추가 조심스럽게 나섰다.

“저는 어떻게 하죠?”

“사마 낭자는 당연히 같이 가야 하오. 그녀는 지금 의원의 보살핌이 필요한 상태 아니오?”

사마추가 막연한 표정으로 고개를 떨구었다. 어쩌면 옥단풍의 관심이 온통 굉초초에게만 집중되어 있는 것이 섭섭하면서도 내색하기 어려운 상황이 그렇게 만든 것일 것이다.

“부탁하오.”

옥단풍의 말에 사마추 역시 선선히 수긍했다.

굉초초가 걱정스러운 얼굴로 옥단풍을 바라보았다.

“어디 다친 곳은 없으시죠?”

그녀는 초극강 고수들끼리의 대결이 어떤 것인지 모른다. 그야말로 머리카락 한 올의 차이로 승부가 갈렸던 그 순간이 굉초초에게는 그저 험악한 악몽 같기만 한 것이다.

“괜찮소.”

옥단풍이 부드럽게 대답했다. 그리고는 재촉하는 시선으로 혁소미를 바라보았다.

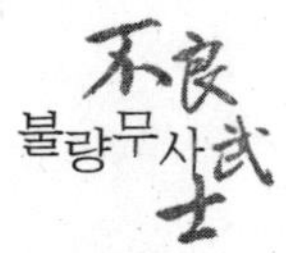

혁소미가 옥단풍의 의중을 읽고는 서두르는 기색을 보였다.

"자, 언니, 이왕 떠나기로 한 거, 한시라도 빨리 가는 게 좋아요. 갑시다."

굉초초는 못내 뭔가 아쉬운 얼굴이었지만 혁소미가 이끄는 대로 따를 수밖에 없었다.

사마추가 옥단풍을 한동안 응시하다가 가벼운 한숨을 내쉬고는 몸을 돌렸다.

세 여자가 떠나자 옥단풍도 이내 몸을 날렸다.

모두가 떠난 공지에 한백의 시신만이 덩그마니 남아 을씨년스러운 분위기를 연출하고 있었다.

문득 수풀이 움직이며 한 사람이 나타났다. 난화옥녀였다.

그녀는 지금 자신이 눈으로 보고 들은 일들이 믿겨지지 않는다는 얼굴로 망연히 한백의 시신을 응시하고 있었다.

"부, 분명 시작은 용추호망이었어. 용호권의 용추호망…….
그런데… 한백이 어떻게 당했는지는 나조차도 보지 못했다.
아아, 옥단풍……."

그녀는 얼굴이 파리하게 질려 있었다.

"한백을 단 일 합에 제압하다니… 그렇다면 지존도 백 교주도 안심할 수만은 없는 상황인데……."

난화옥녀는 놀람을 추스르며 잠시 허공을 응시하다가 이내 시선을 굉초초 등이 사라진 방향으로 돌렸다.

어느새 그녀의 입가엔 요염하면서도 음험한 미소가 감돌고 있었다.

不良武士

第六章

칠흑 같은 어둠은 은신에 도움이 되기도 했지만 지금처럼 험악한 지형을 통과하는 데엔 장애가 되기도 했다.

탁발한은 손을 더듬거려 칡덩굴을 잡으며 튀어나온 돌출부를 딛고 있던 오른발을 이동시켰다.

거의 수직으로 세워진 절벽이었다.

벽호공을 사용한다면 그리 어렵지 않게 오를 수 있는 곳이었으나 장시간 벽호공을 사용한다면 진기의 고갈을 막을 수 없고, 언제 있을지 모를 적의 기습에 속수무책으로 당하게 될 것이 분명했다.

선두에 선 탁발한의 몸이 다시 일 장여 위로 이동하자 그 뒤를 팔고황이 따라 이동했다.

절벽은 짙은 안개구름에 휩싸여 한 치 앞도 안 보이는 어둠에 잠겨 있었다. 지형의 특성상 상승의 경공술을 지닌 일행이 이런 방법으로 이동할 수밖에 없는 곳이었다.

절벽을 하나 타고 넘으면 활인봉이고, 거기서 다시 두 개의 봉우리를 더 지나야 목표인 관정봉에 도달할 수 있었다.

팔고황이 탁발한의 궤적을 따라 이동하자 이내 그 뒤를 혁무린이 따랐다.

맨 후미는 진랑의 몫이었다.

일행은 소리없이 그렇게 더디게 이동하며 절벽을 타고 올랐다. 절벽의 아래쪽은 거센 협곡을 따라 물이 흐르고 있었고, 좌우 어디에도 의지하여 몸을 숨길 곳조차 없었다.

문득 탁발한의 몸이 움찔하며 이동을 멈추었다.

그러자 마치 용수철의 진동이 전달되듯 아래로 물결처럼 움직임이 전달되어 차례로 동작을 멈추었다.

흙과 돌 부스러기가 소리를 내며 쏟아져 내렸다. 그 소리는 칠흑 같은 어둠 속에선 유난히 크게 울렸다.

"젠장할. 뱀이었어."

탁발한이 투덜거리며 다시 움직이기 시작했다.

긴장한 일행은 길게 안도의 한숨을 내쉬며 탁발한의 움직임에 따라 이동하기 시작했다. 그야말로 진땀이 흐르는 순간들의 연속이었다.

만약 지금 이 순간 일행을 공격하는 자가 있다면, 설사 그가 강호 하오문의 삼류무사라 해도 이들에게 치명상을 입히는 것

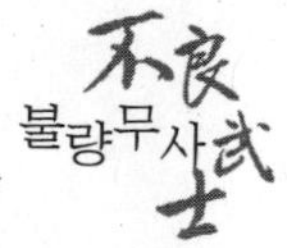

은 식은 죽 먹기보다 쉬울 것이다.

드디어 탁발한의 몸이 절벽의 정상에 올랐다.

좌우는 가파른 비탈로 이어지고 건너편 봉우리까지는 낡고 긴 외줄 다리가 연결되어 있었다. 거리는 대략 오십 장이 넘어 보였으며, 거센 바람이 회오리가 되어 몰아치고 있었기 때문에 낡은 외줄다리는 이리저리 어지럽게 흔들리고 있었다.

"죽여주는군."

탁발한이 진흙과 땀이 범벅이 된 이마를 손등으로 씻어내며 중얼거렸다.

일행이 모두 절벽의 정상에 올라서자 어디선가 길게 까마귀 우는 소리가 들려왔다.

진랑이 날카로운 시선을 돌려 소리가 들려온 쪽을 노려보았다. 그러나 보이는 것은 아득한 어둠 속에 흐르고 있는 검은 안개뿐이었다.

"까마귀까지 울고, 아주 좋은 밤이야. 큭큭."

탁발한이 여유를 잃지 않으려는 듯 입을 열었다. 그는 언제 어디서고 가벼운 마음을 유지하는 법을 알고 있는 듯이 보였다.

"죽기에 말이야. 킬킬킬."

탁발한이 덧붙이며 웃었지만 누구도 따라 웃지 않았다.

"외줄 다리로군."

혁무린이 바람에 춤추고 있는 외줄 다리를 보며 중얼거렸다.

진랑이 혁무린의 옆에 붙어 섰다.

"매복이 있다면 우린 한꺼번에 까마귀밥이 되겠군."

"그렇다고 하나씩 건너서 전력이 분산된다면 위험하긴 마찬가지요."

"역시 그렇지?"

진랑이 어둠을 노려보았다.

탁발한이 다가왔다.

"무슨 비밀 얘기를 그렇게 속삭이고 있나?"

진랑이 힐끔 탁발한을 보았다.

"건넙시다."

탁발한이 잠시 진랑과 혁무린의 얼굴을 둘러보았다. 설명이 필요없었다. 상황은 누가 보아도 역시 같은 생각을 안겨주었다.

탁발한이 장난기 어린 얼굴을 굳히며 고개를 끄덕였다.

"그래야겠지? 하지만 불길하구먼. 예감이 안 좋아."

"예감이 좋은 적이 있었소?"

"헐헐헐… 그건 그렇군. 이번에도 내가 앞장서지."

탁발한이 외줄 다리 위에 올라섰다. 거센 바람에 심하게 출렁이는 외줄 다리 위에서 탁발한은 위태위태해 보이기 그지없었다.

외줄 다리 위에서 서너 걸음 옮긴 탁발한이 난간 줄을 잡고 뒤를 돌아보았다.

"뭐 하고 있어, 빨리 오지 않고?"

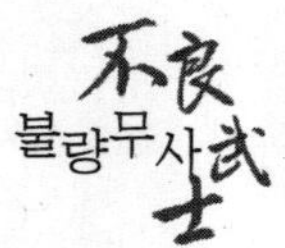

일행이 탁발한의 뒤를 따라 외줄 다리 위에 올랐다.

외줄 다리는 거센 바람에다 네 사람의 무게까지 얹어져서 금방이라도 끊어질 듯 흔들렸다.

"최대한 빨리 이동합시다!"

진랑이 뒤에서 외쳤지만 그건 필요없는 말이었다. 그 누구도 외줄 다리 위에서 시간을 끌고 싶은 사람은 없었다.

일행이 외줄 다리의 중간쯤에 이르렀을 때, 문득 건너편 봉우리에 반짝하고 횃불이 타올랐다.

탁발한이 멈칫하며 붉게 충혈된 눈으로 불빛을 노려보았다.

이어 여기저기서 횃불이 타올라 주위를 점점 밝히기 시작했다.

건너편 봉우리 위엔 검은 경장을 차려입은 무사들이 가득했다. 그들은 모두 관솔불을 하늘 높이 치켜들고 있었는데, 그것은 마치 네 사람을 기다리고 있는 저승사자들의 모습처럼 섬뜩한 분위기를 연출하고 있었다.

"젠장할… 이놈의 예감은 왜 이리 안 틀리는 거여?"

탁발한이 남은 거리를 가늠하며 중얼거렸다. 만약 저쪽 편에서 외줄 다리를 끊기라도 한다면 네 사람은 한줄기 밧줄에 의지해 대롱대롱 매달릴 수밖에 없었다.

"밧줄을 끊지는 않을 거요! 저편에서 기다리고 있는 것은 우릴 사로잡을 생각이 있다는 뜻이고, 밧줄을 끊고 나면 저들도 우리를 어쩌지 못할 상황이 될 것을 잘 알게요!"

진랑이 외쳤다. 네 사람은 더욱 걸음을 빨리 하기 시작했다.

밧줄을 끊지 않는다 해도 외줄을 다 건너면 발 디디고 내려설 곳조차 없다.

일행이 외줄 다리의 끝 오 장 거리까지 이르렀을 때 가장 후미에서 진랑의 몸이 밧줄을 차고 허공으로 솟구쳤다.

"뛰어듭시다. 닥치는 대로 죽일 수밖에."

진랑의 날렵한 신형이 세 사람의 머리 위를 넘어 곧장 기다리고 있는 흑의경장들 속으로 떨어져 내렸다.

뒤이어 혁무린의 몸이 허공을 갈랐다.

"차라리 잘됐소. 쥐새끼처럼 몰래 숨어드는 것도 이젠 지겹소."

혁무린 역시 검을 뽑아 들고 있었다.

탁발한이 팔고황을 돌아보았다.

"젊은것들이라 역시 혈기가 방장하군요."

팔고황이 멀끔하게 탁발한을 응시했다.

"이 늙은것부터 가라는 말이냐?"

"어이쿠, 무슨 섭섭한 말씀을. 헐헐. 속하는 아직 그렇게 늙지는 않았소이다."

탁발한이 말과 함께 훌쩍 흑의경장 속으로 뛰어들었다. 그와 거의 동시에 팔고황 역시 뛰어들며 양팔을 거칠게 휘두르기 시작했다.

봉우리 위는 제법 넓었지만 흑의경장의 숫자가 많았으므로 매우 비좁아 보였다.

네 사람은 좌충우돌하며 닥치는 대로 베어 넘기기 시작했다. 흑의경장들은 죽음을 두려워하지 않고 덤벼들었다.

네 사람의 전신은 이내 온통 선혈로 붉게 물들었다.

두 명의 흑의경장을 일검에 베어버리며 진랑이 혁무린을 돌아보았다.

"뭔가 이상하지 않나?"

"글쎄……."

"사천왕이 안 보여. 이런 떨거지들만으로 우릴 어쩔 수 없다는 건 누구보다 잘 알 터인데."

"어찌 됐든 우린 당장 이놈들을 떨쳐 버리고 어디로든 갈 수는 없는 상황이 분명한데……."

탁발한이 발길로 무사 하나의 턱을 질러내며 소리쳤다.

"놈들이 외줄 다리를 끊었어. 이 자식들은 우리가 후퇴할 거라고 생각하는 모양이지?"

팔고황이 쌍장을 내밀며 흑의경장 하나를 날려 버렸다.

"그게 아니야. 놈들은 우릴 여기에 묶어두려는 의도다. 앞을 봐."

팔고황의 말대로 퇴로는 차단되었고, 전방의 유일한 통로인 좁은 소로는 수를 셀 수 없이 많은 흑의경장들로 가득했다. 도대체 그 끝이 어디인지 알 수 없는 흑의경장의 대열이 소로를 가득 메우고 기다리고 있는 것이다. 앞의 동료가 죽어 넘어가면 이내 그 자리를 뒤의 흑의경장이 채우고 있었다.

진랑이 그제야 탄식을 터뜨렸다.

"사천왕은 천지평 쪽으로 갔어. 놈들은 옥 공자를 노리고 있는 것이오."

"그렇군. 놈들은 이미 오래전부터 우리들의 일거수일투족을 모두 꿰뚫어보고 있었어."

그들의 대화는 더 이상 이어지지 않았다.

끈질기게 달려드는 흑의경장들을 베어 넘기기에 그럴 겨를조차 없어졌기 때문이다.

옥단풍은 협곡과 협곡 사이에 형성된 습지를 지나고 있었다.

습지는 무릎 깊이까지 칙칙하게 나뭇잎 썩은 검은 물로 채워져 있었지만 옥단풍은 그 물 위를 평지처럼 자유롭게 걷고 있었다.

여기저기 말라 비틀어져 뿌리등걸만 남은 고목들이 물에 잠긴 채 흉물스러운 모습을 드러내 보이고 있었다.

습지 위는 독장과도 같은 악취를 풍기는 안개가 흐르고 있었다.

문득 옥단풍이 걸음을 멈추었다.

그는 썩은 물을 밟고 있었지만 발바닥 위로는 물기조차 올라오지 않고 있었다.

옥단풍은 주위를 둘러보았다. 지형으로 보자면 좌우로 절벽이 가파르게 올라가 있고 그 사이로 습지가 이어지고 있다. 전방엔 커다란 봉우리가 자리하고 있었고, 후방 역시 첩첩산중으로 이어진 봉우리였다.

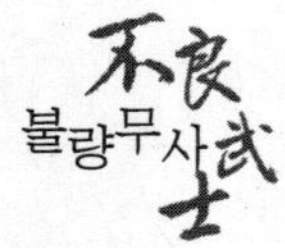

옥단풍은 직감적으로 이곳이 누군가를 기다렸다가 기습한다면 가장 적합한 장소가 될 것임을 느끼고 있었다.

고오오오오.

알 수 없는 살기가 독장을 타고 흐르고 있었다.

문득 우렁우렁한 음성이 독장을 비집고 들려왔다.

"눈치가 빠른 놈이구나. 몇 걸음만 더 왔어도 좀 더 수월했을 것을……."

음성은 마치 지하에서 들려오듯 깊은 울림을 가지고 있었지만 음성의 주인의 모습은 찾아볼 수 없었다.

"클클… 귀찮은 놈이군."

또 다른 방향에서 역시 지하를 울리는 듯한 음성이 흘러왔다.

옥단풍은 조금씩 물러서 절벽을 등지고 섰다. 원래 옥단풍이 멈춰 선 장소는 습지에서도 유일하게 절벽을 등질 수 있는 곳이었다. 만약 포위 공격을 받는다면 배후 정도는 안심할 수 있는 곳이었다.

옥단풍은 직감적으로 상대가 초극강의 고수들임을 느끼고 있었다.

음성의 위치를 아직도 파악하지 못하고 있는 것이다. 어지간한 고수라면 옥단풍의 이목을 피해갈 수 없었다.

이런 고수들이 등장했으니 어쩌면 지존에게 그만큼 가까워졌다는 의미일 수도 있었다.

이윽고 뿌연 안개를 헤치고 세 사람이 다가왔다.

세 사람은 일정한 간격을 두고 부챗살처럼 퍼져서 옥단풍을 향해 다가왔는데, 서로 다 다른 차림새를 하고 있었지만 뚜렷하게 전해져 오는 극강고수의 존재감은 똑같았다.

옥단풍이 아연 긴장하며 그들을 하나하나 살펴보았다.

그들은 한결같이 육십이 넘는 나이의 노인들이었다.

맨 좌측엔 호랑이의 머리처럼 커다란 머리통에 짧은 다리를 하고 있는 매우 우스꽝스럽게 생긴 노인이 서 있었다.

부리부리한 눈썹과 눈, 그리고 형형한 안광은 영락없는 숲 속의 제왕 호랑이를 닮아 있었다.

중앙엔 그야말로 버들가지처럼 호리호리한 노인이 서 있었다.

노인은 가느다란 눈이 귀밑까지 길게 이어져 있었는데, 얼핏 보아서는 두 눈을 감고 있는지 뜨고 있는지조차 분간하기 어려울 지경이었다.

키는 훌쩍 커서 옆의 호두옹과 비교해 본다면 머리통 두 개는 더 커 보였다. 그러나 너무 호리호리한 몸매 탓에 장포의 자락이 마치 깃발처럼 나부끼고 있었고, 부는 바람에 금방이라도 날려가 버릴 것만 같은 모습이었다.

맨 우측의 노인은 그저 평범한 촌노와 같은 인상을 지니고 있었다. 무엇 하나 특징이라고 할 것이 없는 그런 평범한 모습은 한 번 보고는 결코 그 모습을 쉽게 기억해 낼 수 없는 그런 인상이었다.

그러나 옥단풍은 그 노인에게 시선이 가자 가슴이 철렁했다.

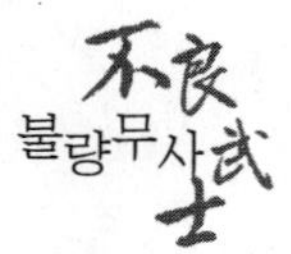

'이들 중 가장 고강한 고수를 꼽으라면 바로 저자다.'

무공의 수위, 즉 고수의 성취도를 구분하여 물살로 비교한다면 보다 이해하기 쉽다.

작은 개울물은 매우 요란하게 흐른다. 그러나 그렇다고 그 소리가 귀청을 찢을 만큼 크지도 않다. 하수의 경지와 같다.

물살이 좀 더 세지고 물의 양이 많아지면 그야말로 흐름이 거칠어지고 소리도 우레 같은 소리를 내게 된다. 고수가 되어가는 것이다.

그리고 진정 큰물이 된다면 물살은 겉으로 보기엔 평온하고 아늑해 보인다. 물소리도 결코 요란하지 않다. 무심히 보자면 물살이 흐르고 있는지 아닌지도 분간하지 못한다.

그러나 그 수면 아래 진실로 무서운 소용돌이를 간직하고 있게 된다.

그것이 진정한 고수의 경지에 비유되는 것이다.

지금 세 번째, 지극히 평범한 노인이 바로 그와 같았다.

겉으로 보기에 그 어떤 특별한 점도 눈에 띄지 않고 그저 평범하기 그지없는 모습. 그러나 그 안을 들여다보면 경천동지할 재간을 간직하고 있는 것이다.

그러한 점은 보통 사람의 눈으로는 보이지 않는다.

옥단풍과 같이 극한의 경지에 이른 사람만이 그것을 구별하고 알아볼 수 있는 것이다.

"과노는 어째서 우리 셋이 함께 저 녀석을 상대해야 한다고 했지? 클클."

중앙의 하늘하늘한 노인이 음산하게 입을 열었다.

"세노(細老), 모두들 우릴 일컬어 사천왕이라 하지만 그건 불공평한 처사다. 과노는 우리완 달라. 그놈은 지존의 총애를 한 몸에 받고 있지 않느냐?"

호랑이 머리가 퉁명스럽게 말했다.

"그건 그래. 과노 그놈은 언제나 우릴 은근히 얕잡아본단 말이여. 그놈과 함께 사천왕이라고 불리는 걸 우리보다 그놈이 더 싫어하잖아."

평범한 인상의 노인이 웃으며 말을 받았다.

옥단풍은 이들이 바로 사천왕 중 삼 인이라는 사실을 알게 되자 차라리 잘되었다고 생각했다. 그들을 하나하나 찾아가야 한다면 오히려 더욱 번거로운 일이 될 것이다. 그러나 그것은 옥단풍이 이들을 손쉽게 제압할 수 있다는 전제하에서나 가능한 말이다.

옥단풍은 세 노인을 가늠하면서 이들이 결코 숲에서 겨루었던 한백에 비해 뒤지는 자들이 아님을 느끼고 있었다.

셋이 한꺼번에 덤빈다면 아마도 큰 낭패를 보게 될 것이 분명했다.

진랑의 말이 떠올랐다.

"맞소. 사천왕에 비한다면… 우린 따위라 칭해도 크게 틀리지 않는 말이 될 게요. 아니, 어쩌면 틀린 말일지도. 사천왕에 비한다

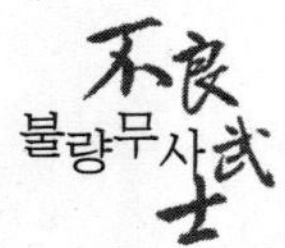

면 따위도 황송한 표현이니까."

　이들은 확실히 진랑이 그렇게 말해도 좋을 극강의 고수들임
을 옥단풍은 어렴풋이나마 느끼고 있었다.
　"클클클… 젊은 놈을 보아하니 제법 야물게는 생겼다만, 아
무래도 과노 그놈이 좀 허풍을 떤 게 확실하구먼."
　호랑이 머리가 옥단풍을 위아래로 함부로 쓸어보며 음산하
게 웃었다.
　"그럼 네놈이 먼저 해봐라, 호노(虎老). 내가 보기엔 저 어린
것은 제법 많은 가시를 품고 있는 거 같은데?"
　하늘하늘한 노인이 역시 옥단풍을 쓸어보며 부추겼다.
　"세노, 만약 이 어르신이 저놈의 코를 꿰어서 끌고 오면 네
놈은 앞으로 노부를 형님이라 불러야 할 게다. 클클클."
　"흘흘… 형님 아니라 할아버지라 불러주마. 끌고나 오거
라."
　세 노인은 바로 사천왕 중 세 사람이었다. 나머지 일인은 바
로 지존을 지척에서 모시는 과노였다.
　세 노인은 옥단풍은 아예 안중에도 없는 듯 자기들끼리 낄
낄거리며 여유를 보이고 있었다.
　그러나 호노는 정작 옥단풍을 향해 집중하기 시작하자 언제
그랬냐는 듯 진중하기 짝이 없는 자세를 보이기 시작했다.
　호노가 공력을 일으키자 전신의 모발이 하늘을 향해 곧추서
기 시작했다.

옥단풍이 용호권의 기수식을 취했다.

한눈에 보아도 어설프기 짝이 없는 용호권의 기수식이었지만 지켜보고 있던 평범한 인상의 노인의 안색이 대번에 변했다.

호노는 오른 주먹을 가슴 높이에서 몸에 붙이고 왼손은 좌악 펴서 쭉 뻗어 지면을 향한 자세로 순식간에 공간을 좁히고 다가들었다.

옥단풍이 긴장을 풀지 못하고 한쪽 발을 들어 경중 왼편으로 옮겨 디뎠다. 용호권의 용추호망이 펼쳐지고 있는 것이다.

옥단풍이 강호에 출도한 이래 상대가 공격을 펼치기도 전에 다가드는 것만으로 용호권의 초식을 발동한 적은 한 번도 없었다. 공간을 좁히며 다가드는 것만으로 말할 수 없는 압박을 느꼈다는 반증이다.

"클클, 용호권? 이놈이 아예 재롱을 부리는구나."

호노가 일갈을 터뜨리며 무서운 속도로 오른 주먹을 뻗어왔다. 소리도 없고 잔영도 보이지 않는다. 그저 순식간에 호노의 주먹과 옥단풍 사이의 공기를 압축해 버리며 날아드는 주먹은 그 궤적조차 보이지 않았다.

"아, 무영풍(無影風)!"

옥단풍이 다시 건듯 다리를 옮기며 자기도 모르게 외쳤다.

무영풍은 권법도 장법도 아니라고 알려졌다. 실제로 무영풍을 시전했다는 고수는 근 백 년래에 단 한 사람도 없었다. 그러나 무영풍은 전설처럼 전해지며 권법과 장법을 수련하는 무

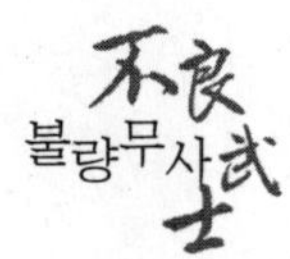

림인들의 꿈이자 목표가 되어왔다.

빠바박.

공기가 찢어지는 듯한 굉음이 터지며 옥단풍은 어깨에 강한 충격을 느끼고 휘청 뒤로 반걸음을 물러서야 했다.

용추호망의 움직임으로 직격은 피했지만 스치는 여파에 그런 충격을 느낀 것이다.

옥단풍의 상체가 반원을 그리며 묘한 각도로 세워졌다. 그 순간 또다시 호노의 무영풍이 이어졌다. 이번엔 활짝 편 왼손이 일으키는 장풍이었다.

"클클, 이 자식이 아주 단단히 돌았구나. 감히 노부를 상대로 용호권 따위를……."

그러나 옥단풍은 오직 그 초식 하나밖에 모르는 사람처럼 또 용추호망의 자세로 운신했다.

건듯 옥단풍의 오른발이 들렸다가 옆으로 옮겨졌다.

그러나 이번엔 여파조차도 옥단풍의 털끝 하나 건드리지 못했고 속절없이 허공을 관통하고 말았다.

아주 짧은 순간 호노의 퉁방울 같은 두 눈이 부릅떠졌다.

"으잉?"

순간 옥단풍의 주먹이 느릿한 듯 날아들었다.

궤적조차 보이지 않는 호노의 주먹과 손바닥에 비한다면 차라리 곰의 발짓이라고 해도 과언이 아닐 만큼 느릿한 옥단풍의 주먹은 그러나 호노가 이러지도 저러지도 못하는 어정쩡한 자세를 취한 속에서 거의 무방비 상태의 상대를 가격하듯 날아들었다.

"어라?"

호노가 크게 놀라며 몸을 풍차처럼 회전하며 뒤로 빠르게
물러섰다.

빠바박!

실밥이 터지는 듯한 소리가 연이어 울려 퍼지며 호노가 뒤
로 물러나는 서슬에 휘청거리며 내동댕이쳐지려다 간신히 균
형을 잡고 몸을 세웠다.

간이 튀어나올 정도로 놀란 호노가 멍청하게 서서 옥단풍과
자신의 가슴을 번갈아 내려다보았다.

호노의 가슴 옷자락은 옆으로 길게 찢어져 있었고, 그 안에
드러난 살갗엔 붉은 주먹의 흔적이 길게 새겨져 있었다.

놀라기는 옥단풍도 마찬가지였다.

들어오고 나가는 틈을 정확히 보고 찔러 넣은 주먹을 호노
가 도저히 피할 수 없는 상황에서 피해낸 것이다.

세노가 가는 눈을 더욱 가느다랗게 하고 옥단풍을 노려보았
다. 분명 어깨에 작지 않은 타격을 받았을 텐데 옥단풍의 모습
은 전혀 타격을 입지 않은 모습이었다.

게다가 용호권의 용추호망 따위의 허접 쓰레기 같은 무공으
로 지금 호노를 뒤로 다섯 걸음이나 물러나게 했을 뿐 아니라
가슴에 작은 상처까지 입힌 것이니 어찌 놀라지 않을 수 있겠
는가.

호노가 이를 갈아붙이며 몸을 날렸다.

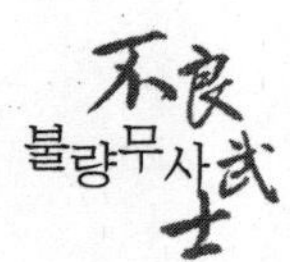

호노의 땅딸한 몸이 허공으로 솟구치며 한 덩어리의 바람이 되어 쏜살같이 옥단풍을 향해 날아들었다.

쩡! 쩡!

공기가 갑자기 압축되었다가 풀리는 소리가 종소리처럼 고막을 울렸다.

무영풍이 최상승 경지에 이르면 아무런 소리도 들리지 않는다. 지금처럼 공기가 압축되었다가 풀리는 소리는 바로 그 전 단계인 팔성의 경지에 이르러야 가능하다.

옥단풍은 호흡을 가라앉혔다.

그의 뇌리는 조금 전 용추호망이 호노를 공격하다가 어긋나던 순간을 되새기고 있었다.

용추호망은 용호권에서도 초반부에 해당하는 초식이다. 그러나 심득의 경지에 이른 후 옥단풍은 후반부의 초식과 전반부의 초식이 아무런 차이가 없음을 깨닫고 있었다. 초식이란 그 운용에 따라 공전절후한 절초가 되기도 하고 평범한 초식이 되기도 한다는 사실을 잘 알고 있었다.

옥단풍은 마음을 티끌 하나 없는 잔잔한 호수처럼 가라앉혔다.

그러자 폭풍 같은 회오리에 휩싸여 날아드는 호노의 모습이 뚜렷이 보였다.

마치 사물이 갑자기 정지한 듯 호노의 손등에서 팔꿈치, 그리고 어깨에 이르는 동선이 뚜렷하게 보였다.

옆에서 보자면 그야말로 폭풍우 앞에 아슬아슬하게 서 있는 가느다란 나뭇가지처럼 보이겠지만 지금 옥단풍은 물처럼 고요하게 가라앉은 마음으로 천천히 오른손을 들어 올리고 있었다.

용추호망이 그려내는 주먹의 궤적이 먼저 머릿속에 그려졌다.

와라.

내겐 보인다. 동굴처럼 뻥 뚫린 빈틈이……

서두르지 않고, 흥분하지 않고 그 속에 내 주먹을 꽂아 넣으면 끝이다.

옥단풍의 발이 건듯 옮겨졌다. 그와 동시에 들어 올려졌던 주먹이 호선을 그리며 내뻗어졌다.

거센 폭풍같이 몰아치는 호노의 무영풍에 맞서 어설프게 손을 내미는 옥단풍의 모습은 그야말로 거대한 곰이 달려드는데 나뭇가지 하나 들고 맞서는 어린아이처럼 보였다.

그 순간 평범한 인상의 노인이 안색이 급변하며 황급히 몸을 날렸다.

"호노, 안 돼!"

일순 번쩍하며 평범한 인상의 노인의 쌍장에서 엄청난 강기가 뿜어져 나와 옥단풍을 휩쓸어갔다.

천지가 개벽하는 듯한 굉음이 지축을 뒤흔들었고, 사방의 썩은 물이 출렁이며 하늘로 솟구쳐 어지럽게 흩어졌다.

그 속에서 한줄기 마른 장작 쪼개지는 소리가 날카롭게 울려 퍼지고, 호노의 몸이 거세게 뒤로 내팽개쳐졌다.

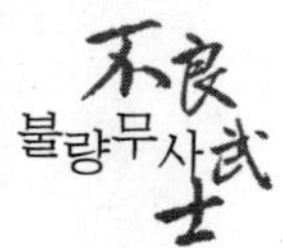

"우욱!"

호노의 입에서 묵직한 신음이 울려 퍼지며 허공에 한줄기 선혈을 긴 궤적으로 남겼다.

좌르르르!

일순간에 움직임이 정지되고 마구 날뛰던 썩은 물도 비가 쏟아지듯 떨어져 내리며 잦아들었다.

옥단풍은 애초의 자리에 그대로 서 있었으며, 평범한 인상의 노인은 애초에 호노가 서 있던 자리에 서서 얼굴을 붉게 물들이고 있었다.

호노는 썩은 물속에 몸을 반쯤 담근 채 뒤로 큰대 자를 그리며 쓰러져 있었다.

세노가 호노를 더 이상 살펴볼 필요도 없다는 듯 살기가 가득한 눈으로 옥단풍을 노려보며 이를 갈았다.

"으드득! 애송이 놈이 감히 호노를……?"

말은 그렇게 나왔지만 그건 정확한 말이 아님을 세노 스스로도 알고 있었다. 상대는 결코 애송이가 아니며 평범한 인상의 노인, 즉 범노(凡老)가 전력을 기울여 호노를 구하려 했지만 그마저 낭패를 당하고 말았다는 사실은 세노도 알고 범노도 알고 있는 사실이었다.

범노가 힐긋 세노를 돌아보았다.

그 시선은 명백했다. 체면이고 뭐고 가릴 처지가 아니었다.

세노 또한 범노의 뜻을 알아차리고는 양손에 가득 공력을 일으켰다.

그러자 금방이라도 날아갈 듯 펄럭이던 장포가 갑자기 팽팽하게 부풀었다.

그러자 버들가지처럼 하늘하늘하던 세노가 한 덩어리의 공처럼 부풀어 보였다. 동시에 범노가 품속에서 한 자루의 판관필을 꺼내 들었다.

두 명의 사천왕이 동시에 공격을 시작하려고 하는 순간이었다. 그야말로 경천동지할 위력을 동반한 협공이 시작되는 것이다. 이제껏 지존의 사천왕이 단 한 번이라도 함께 손을 써서 공격해야 할 적이란 전무했다.

무림의 역사를 기술하는 사관이 있다면 오늘의 이 결투를 기록하지 않고는 결코 역사를 써 내려갈 수 없으리라.

범노의 판관필이 허공에 무수한 붓 그림자를 만들어내기 시작했다.

붓 그림자는 그저 환영처럼 시각적인 효과만이 아니라 실제로 그 각각이 가공할 경력을 싣고 있었다.

그와 동시에 세노의 둥그렇게 부풀은 몸이 일직선으로 옥단풍을 향해 돌진했다.

세노는 하늘하늘한 외양과는 달리 일단 공력을 일으키자 불덩어리가 모든 것을 태우며 굴러가듯 강력하고 양강한 기운을 내뿜기 시작했다.

그야말로 옥단풍을 둘러싸고 천지가 개벽하고 하늘이 두 쪽이라도 날 듯 엄청난 공세가 펼쳐지고 있는데, 옥단풍은 정작 물처럼 고요하게 가라앉아 있었다.

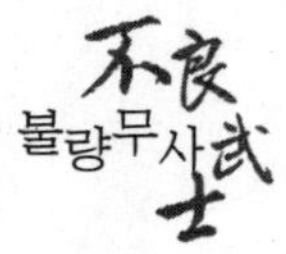

　옥단풍은 허공 어딘가를 응시하고 있었지만, 그것은 딱히 불덩어리처럼 모든 것을 파괴하며 돌진해 오는 세노를 향한 것도 아니었고, 그렇다고 온갖 현란한 변화를 내보이며 종횡무진하는 범노를 보고 있는 것도 아니었다.

　다만 빈 허공을 보며 마음을 그와 같이 텅 비우고 있는 것이다.

　"이놈아, 변화란 아무리 빨라도 변화일 뿐이니라. 네놈은 한 번 찌르는 시간 동안 다섯 번을 찌르다면 그것이 필시 우위를 점하리라 생각하느냐?"

　그땐 사부의 말을 이해하지 못했다.

　찌르기란 그 정확도와 빠르기, 그리고 세기에 따라 좌우된다.

　정확하면서 세기가 같게 할 수만 있다면 한 번 찌르는 동안 다섯 번을 찌르는 것이 어째서 나쁘단 말인가?

　그 후로도 오랫동안 옥단풍은 사부의 말을 수긍하지 못했다.

　그러나 지금은 모든 것이 확연했다.

　달리 설명할 길은 없다. 다만 한 번 찌르기가 완벽하다면 결코 다섯 번을 찌르는 것으로 그것을 당할 수가 없으며, 완벽하게 한 번 찌르기 위해서는 절대로 다섯 번씩이나 찌르겠다는 어이없는 욕심은 반드시 버려야 가능하다는 것을……．

옥단풍은 머릿속으로 용호권 후삼식 중 첫 번째인 용형호형을 떠올렸다.

용형호형의 기괴하리만치 어색한 몸놀림은 용호권의 후삼식을 오히려 전반부보다도 효용이 없는 우스갯거리로 만들어 버린 원인이었다.

그러나 옥단풍의 뇌리엔 인간의 몸이 도저히 흉내 내기조차 어려운 그 원래의 후삼식 용형호형이 그려지고 있었다.

범노는 더욱 변화에 박차를 가하며 옥단풍을 죄어가고 있었고, 세노는 이제 불길이 활활 타오르는 것 같은 태양강을 옥단풍의 상단전에 꽂아 넣으려는 찰나에 놓여 있었다.

옥단풍의 왼발이 좌측 삼 보 전향으로 움직였다. 동시에 옥단풍의 상체는 그와는 정반대의 방향으로 약 육십 도가량 기울어졌다.

그러자 놀랍게도 천지사방을 가득 메우고 활개를 치던 범노의 붓 그림자 중 약 칠 할이 전혀 쓸모없는 것이 되고 말았다.

범노의 안색이 급변했다.

그와 거의 동시에 옥단풍의 오른 주먹이 전혀 예상치 못한 각도에서 느릿하게 뻗어 나왔다.

옥단풍의 지금 자세를 조금 떨어져 관조한다면 한마디로 우스꽝스러운 곡예사의 그것과 같았다. 그러나 그 우스꽝스러운 자세가 그 자체로 얼마나 조화로운지, 얼마나 아름다운지 깨닫고는 넋을 놓게 될 것이다.

쾅!

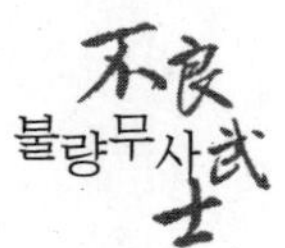

불덩어리처럼 부풀은 세노의 구분할 수 없는 어릿어릿한 면상의 한복판에 옥단풍의 주먹이 꽂혔다.

강한 충격을 받으며 뒤로 튕겨지는 세노의 자리에 환영처럼 범노가 파고들었다.

그의 판관필은 이제 삼 할 정도의 변화만을 가지고 혼신의 힘을 다해 옥단풍의 삼대요혈을 찔러가고 있었다. 세노가 이미 당했지만 그의 상세를 살펴볼 겨를조차 없었다.

옥단풍의 오른발이 이번엔 우 측방으로 움직였다. 동시에 옥단풍의 상체가 그 반대 방향으로 급격하게 선회했다. 그러자 삼대요혈을 노리던 붓 그림자 중 또다시 칠 할이 무용지물이 되어버렸다.

동시에 옥단풍의 좌측 허리에서 주먹이 나온다.

기괴하리만치 상상을 불허하는 각도에서 나오는 주먹은 결코 빠르지도 현란한 변화를 내포하지도 않았다.

그러나 범노는 자신을 향해 날아드는 이 기괴한 각도의 주먹을 그저 멍청하게 보고만 있었다. 그는 그 순간, 그동안 숱하게 번민의 밤을 보내며 넘으려 했던 그 보이지 않는 마음의 마지막 벽이 그 주먹을 보는 순간 확연하게 무너지는 것을 느꼈다.

"아, 그것이구나……!"

깨달음은 한순간에 섬광처럼 온다.

범노의 입가에 미소가 머금어졌다.

그 미소의 한복판을 옥단풍의 주먹이 가르고 지나갔다.

빠지직!

마른 장작이 으스러지는 소리와 함께 범노의 몸이 뒤로 날려갔다.

허공엔 한줄기 선혈이 길게 궤적을 그리고 있었지만 완전히 함몰되어 으스러진 범노의 얼굴은 여전히 웃고 있었다.

범노의 신형이 썩은 물 위로 물보라를 일으키며 떨어질 때까지도 옥단풍은 주먹을 내뻗은 자세를 유지하고 있었다.

이제 모든 것이 고요해졌다.

사위는 여전히 독장 같은 안개가 뒤덮고 있었고, 사천왕 중 삼 인의 시신을 삼킨 습지의 썩은 물은 다시 또 썩어갈 것이다.

옥단풍이 그 물 위에 한 가닥 들풀처럼 섰다.

깨달음을 얻은 후에 그는 연이어 최강의 적수들과 맞섰다. 한백과 사천왕의 삼 인.

승부는 단 한순간에 결정되었고, 호사가가 본다면 옥단풍의 일초지적도 안 되는 자들이라고 호들갑을 떨겠지만 옥단풍은 잘 알고 있었다.

그 일 초의 순간에 얼마나 많은 공부가 떠올랐다 사라지는지.

옥단풍은 세 사람의 시신을 내려다보며 그동안 평생을 통해 가슴에 들끓던 원한이 다스려졌음을 깨달았다. 단 한순간도 어머니의 잘린 손목을 잊은 적이 없었다.

그러나 지금 세 사람의 시신을 보면서 그는 덧없음을 느끼

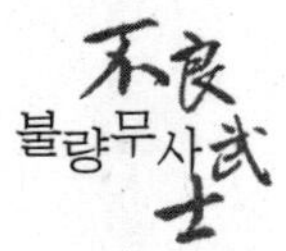

고 있었다. 인생이란 무엇인가…….

집착과 욕망이 무엇을 만들어내는가…….

복수의 집념도 생존에 대한 욕망도 그 모든 것이 얼마나 부질없는 것인가…….

옥단풍의 고개가 들려졌다. 그의 얼굴은 마치 옥으로 깎아놓은 듯 부드럽게 빛나고 있었다.

깨달음의 오의를 얻은 부처의 얼굴이 이러했을까?

아주 잠깐 옥단풍의 전신이 눈부신 빛에 휩싸였다가 그대로 환영처럼 사라졌다.

옥단풍이 딛고 서 있던 썩은 물은 마치 그가 없었던 존재라고 항변하듯 잔물결조차 일지 않고 있었다.

不良武士

第七章

숲은 고요했다.

주검을 안고 있지만 숲은 지난 천 년을 그렇게 고요했듯 여전히 도도하게 그렇게 자리하고 있을 뿐이었다.

천 년이 흘러도 변하지 않을 것 같은 것은 숲만이 아니었다.

새우처럼 웅크리고 있는 한백의 시신을 내려다보는 두 눈동자 역시 천지개벽이 일어난다 해도 언제까지나 그럴 것처럼 고요했다.

"용추호망… 용호권의 용추호망이군요."

그 눈동자 옆에서 흑점의 방주인 위처목이 입을 열었다.

눈동자의 주인의 또 다른 쪽 옆에서 흑좌불이 서 있다가 고개를 끄덕였다.

“주먹의 각도와 공격점을 보니 틀림없어 보이오.”

눈동자의 주인은 바로 백동기였다. 그는 지금 한백의 시신 앞에 서 있었다.

어이없는 일이다.

한백이라 해서 언제고 죽지 않는다는 법은 없다. 그러나 난화옥녀를 딸려 보내 사부인 지존을 목표로 보냈던 한백이 관정봉 근처에도 가보지 못하고 숲의 공지에 죽어 있는 것이다.

그것도 용추호망이라는 말도 안 되는 초식에 의해.

“옥단풍의 소행이란 말이지?”

백동기가 시선을 한백의 시신에서 떼지 않고 물었다. 그는 한백의 시신에서 격전의 순간에 있었던 작은 움직임 하나라도 놓치지 않고 찾아내려는 듯 유심히 보고 있었다.

“보고에 의하면 옥단풍 일행은 둘로 나뉘어 이동했다 하옵니다.”

흑점의 정보망은 천하의 그 어느 조직보다도 뛰어나다.

“팔고황 등은 우심봉 정상에서 지존의 호교대 무사들에 의해 붙잡혀 있사옵니다. 호교대의 무사들 따위로 그들을 어쩔 수는 없지만 적어도 그곳에 묶어둘 수는 있는 듯하옵니다.”

“과노의 계략이겠지. 과노는 사천왕 중에서도 가장 뛰어난 자야.”

백동기는 이제 사부를 완전히 적으로 놓고 말하고 있었다.

“옥단풍은 나머지 여자들을 데리고 천지평을 향해 출발했다 하온데… 그 후의 행적은 아직 보고가 들어오지 않고 있사

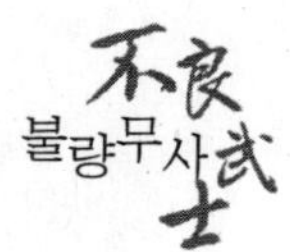

옵니다."

"여자들을 데리고… 그 친구는 아직도 좀 더 멋을 부리고 싶은 겐가? 모든 짐을 스스로 지겠다는 것이 이런 순간 얼마나 어리석은 판단인지 모르는 모양이군."

그러나 백동기의 얼굴에선 옥단풍을 경시하는 그 어떤 표정도 찾아볼 수 없었다.

그때 숲이 움직이며 검은 경장을 한 사내 하나가 머뭇거리며 현신했다.

위처목이 사내를 발견하고는 미간을 깊숙이 찌푸렸다.

"무슨 일이냐?"

사내는 흑점의 행자였다.

"행자들이 숲에서 난화옥녀를 잡았사옵니다."

행자의 보고에 백동기가 관심을 보였다.

"난화옥녀?"

"데려오너라."

위처목이 지시하자 행자가 머뭇거렸다.

"그런데… 함께 잡힌 여자들이 있사옵니다."

"함께 잡힌 여자들……?"

위처목이 백동기의 눈치를 보며 행자를 향해 더욱 미간을 찌푸렸다. 한꺼번에 간결하게 보고하지 않는 행자가 못내 못마땅한 것이다.

그때 숲이 소란스러워졌다.

"놔라, 이놈들! 본녀가 누군 줄 알고 감히! 교주를 직접 뵙고 말씀드리겠다 하지 않느냐?"

소란이 잠시 이어지다가 이내 난화옥녀와 사마추 등이 모습을 드러냈다. 흑점의 행자들이 급히 만류하려다 포기하고 한쪽으로 물러서 있었다.

백동기가 의외라는 시선으로 난화옥녀를 쏘아보았다. 한백에게 딸려 보냈을 때 난화옥녀는 이미 죽은 목숨이었다. 그런데 지금 멀쩡히 살아서 사마추, 꾕초초, 그리고 혁소미를 대동하고 나타난 것이다.

난화옥녀가 당당하게 고개를 곧추세우며 백동기를 향해 미소를 지어 보였다.

"소녀는 잡힌 게 아니옵니다. 사마추와 옥단풍의 부인인 꾕초초, 그리고 홍기왕의 손녀 혁소미를 잡았기에 스스로 교주를 찾아온 것입니다."

사마추와 꾕초초 등은 긴장의 빛이 역력한 얼굴이었지만 백동기를 쏘아보는 눈빛에는 적개심이 가득했다.

백동기가 저간의 사정을 짐작한다는 듯 희미하게 웃었다.

"그랬구나. 너는 커다란 공을 세웠구나. 그러니 상을 줘야겠지?"

난화옥녀의 얼굴이 밝아졌다.

"소녀는 항상 교주에게 충성을 다한다는 사실만 알아주시면 족해요. 호호호호!"

백동기가 뱀처럼 웃었다.

"그 마음, 영원히 변치 말도록."

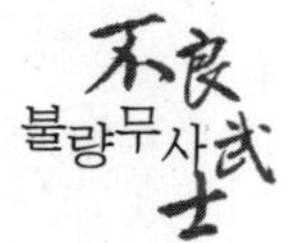

순간 백동기의 손가락이 허공을 짚었다. 동시에 난화옥녀의 몸이 풀썩 화살 맞은 사슴처럼 쓰러졌다.

그녀의 미간엔 동전만 한 구멍이 뚫려 허연 뇌수를 흘리고 있었다.

장내가 일시에 쥐 죽은 듯한 정적에 휩싸였다.

백동기가 사마추를 응시했다. 그 눈빛 속엔 여러 가지 복잡한 감정이 뒤섞여 있었다.

"잘 왔소, 추. 지난 일은 불문에 붙이겠소. 이제 제자리로 돌아온 게요. 후후."

사마추는 창백해진 얼굴로 말없이 백동기를 쏘아보았다. 그 시선은 뱀을 보듯 했다.

백동기가 위처목을 돌아보았다.

"자, 그럼 우리가 가장 유리한 고지에 서게 된 셈인가? 옥단풍의 식구들을 데리고 있으니 이제 옥단풍이 지존과 싸워 이기든 지든 결국 최후의 승자는 우리가 되겠지?"

위처목이 비릿하게 웃었다.

"이런 일이 아니라 해도 교주께선 이미 천하제일인이십니다."

백동기가 뱀 같은 시선으로 허공을 응시했다.

"천하제일인이라……. 거 나쁘지 않은 칭호로군."

한줄기 바람이 숲을 뒤흔들며 지나갔다.

새들조차 숨을 죽이고 있는 듯 날갯짓 소리조차 들려오지 않았다.

관정봉의 정상에 작은 텃밭이 있다는 사실은 참으로 의외였다.

도지히 생물이라고는 무엇 하나 살 수 없어 보이는 바위 봉우리의 정상에 잘 손질된 작은 텃밭은 여느 비옥한 밭에 비해도 풍성하게 맺은 작물로 가득했다.

그 안에 지존이 쪼그리고 앉아 호미를 쥐고 있었다.

"콩은 작년에 비해 부실하군."

지존이 호미질을 하며 중얼거리자 한편에 조용히 서 있던 과노가 황송한 듯 입을 열었다.

"비가 많이 안 온 탓인 듯하옵니다."

"비가 적었던가?"

지존이 고개를 들고 이마의 땀을 씻었다. 그런 모습은 영락없는 텃밭을 가꾸는 촌노의 모습이었다.

지존이 호미를 놓고 몸을 일으켰다.

저 멀리 펼쳐진 험산준봉들을 응시하는 지존의 얼굴엔 평화로움 이외에 다른 그 무엇도 찾아볼 수 없었다.

"숲이 소란하구나."

과노가 지존의 옆에 따라붙었다.

"흑점 아이들이 보입니다, 지존."

"흑점? 흑점은 누가 이끌고 있지?"

"위처목이라는 자이온데… 송구하오나 백 공자와 가깝게 지내고 있사옵니다."

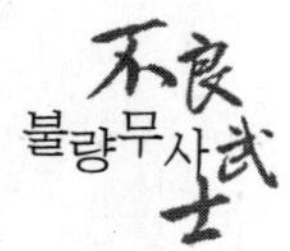

"흐음."

지존은 여전히 평화로운 얼굴이었다.

"사천왕은 아직 돌아오지 않았더냐?"

"곧 돌아올 것입니다. 사천왕 셋이 나가서 처리하지 못할 일
은 없사옵니다, 지존."

과노의 말에 지존이 처음으로 표정이란 걸 만들며 과노를
보았다.

"정말 그렇게 생각하느냐?"

과노가 입을 다물며 고개를 떨구었다. 과노는 천하에 두려
운 자가 없다. 오직 지존 앞에만 서면 모든 것이 작아졌다. 과
노가 진심으로 지존에게 탄복하는 건 특별한 이유가 없다. 다
만 운명일 뿐이라고 생각했다.

지존의 시선이 다시 첩첩산중으로 돌려졌다.

"어디에도 사천왕의 기운이 느껴지지 않는구나."

"예?"

과노가 놀라 고개를 들었다.

"죽었구나, 그 아이들은."

지존이 말을 마치고는 천천히 몸을 돌려 텃밭을 지나 움막
안으로 들어갔다.

과노는 멍청히 서서 놀란 얼굴을 감추지 못하고 있었다. 옥
단풍에 대해서는 이미 알 만큼 안다고 생각했다. 옥단풍 하나
는 사천왕 세 사람이면 충분할 것이고, 팔고황 탁발한 등은 신
경 쓸 상대도 아니었다.

그런데도 만전에 만전을 기하기 위해 팔고황 등을 묶어두었던 것이다.

그런데 그들이 죽었다고?

지존의 말은 언제고 옳았다. 이제껏 단 한 번도 틀린 적이 없었으니 의심할 여지조차 없었다.

과노는 얼굴이 붉게 달아올랐다.

옥단풍. 처음으로 상황을 잘못 판단한 것이다.

과노는 길게 한숨을 들이켰다. 그의 시야에도 첩첩산중이 드넓게 펼쳐져 있지만 지존처럼 사천왕의 기척을 감지하는 것은 불가능했다.

숲의 여기저기엔 흑점의 행자들이 포진하고 있을 것이다.

또 어딘가에 백동기와 흑좌불, 그리고 위처목이 도사리고 있을 것이다.

백동기가 반기를 드는 순간은 언제고 올 것이라 예측했지만 옥단풍이라는 생각도 못했던 변수가 모든 예상을 뒤집으며 압박해 오고 있는 지금은 최악의 순간이었다.

그때, 움막 안에서 지존의 음성이 고요하게 흘러나왔다.

"가거라. 옥단풍 그 아이를 상대해 보렴. 너는 예전부터 호승심이 강했지. 네 스스로 부딪쳐 봐야 벽이 어떠한지 알 수 있는 법이다."

과노는 마음속을 들켜 버리기라도 한 양 얼굴을 붉혔다.

지존은 더 이상 말이 없다. 그는 항상 덧붙이는 법이 없다.

과노가 움막을 향해 공손히 머리를 조아렸다.

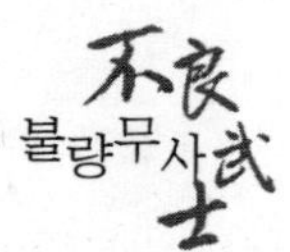

"흑점의 아이들이 숲을 장악하고 나면 백 공자가 들이닥칠 것이옵니다. 옥체를 보존하소서."

움막 안에선 여전히 말이 없었다.

과노가 마지막 인사처럼 삼배를 올리고는 몸을 일으켰다.

절대로 그래서도 안 되고 그럴 수도 없겠지만 마음 한구석에서 어쩌면 지금이 지존을 알현하는 마지막이 될지도 모른다는 방정맞은 생각이 없지 않았다.

과노는 입술을 굳게 깨물며 지면을 찼다. 그의 신형이 환영처럼 거꾸로 솟구치며 관정봉의 주봉과 외봉 사이에 난 공간을 훌쩍 뛰어넘었다.

지존의 텃밭에도 소슬바람은 불어오고 있었다.

과노가 사천왕의 삼 인이 이미 죽었다는 사실을 확인하는 것은 반드시 그들의 시신을 두 눈으로 확인해야 할 일은 아니었다.

관정봉에서 불과 한 봉우리 사이를 두고 과노가 마주친 사람이 바로 허름한 차림에 긴 뒷머리를 질끈 동여맨 신비로움과 범상함이 묘하게도 혼재한 듯한 인상의 사내 옥단풍이었기 때문이다.

과노는 계곡을 이루며 거칠게 내려가고 있는 물살 사이에 우뚝 솟은 바위 하나를 밟고 있었고, 옥단풍은 계곡의 거친 물살을 밟고 서 있었다.

"놀랍구나. 사천왕이 당하다니……."

옥단풍은 심연한 시선으로 과노를 응시할 뿐 말이 없었다.

"추적자를 따돌리기 위해 흔적을 지울 수 있는 계곡의 물살을 타고 온 것만으로도… 네놈이 얼마나 용의주도한 놈인지 알겠다."

과노는 감탄의 표정을 감추지 않았다.

온 숲을 흑점의 행자들이 장악하고 있었지만 그 누구도 옥단풍을 발견하거나 흔적을 찾지 못했던 것이다. 관정봉에 이토록 가까이 다가오는데도 말이다.

과노는 양심공(兩心功)을 평생 수련했다.

양심공은 기본적으로 수련하기 힘든 무공 중 하나였다. 진척은 더디고 수련에 더욱 많은 공을 들여야 하는 것이다.

과노는 한쪽 발로 바위를 딛고 다른 한쪽 발로는 허공을 디뎠다.

멀리서 본다면 그는 바위 위에 두 발을 딛고 서 있는 것 같지만 그 차이는 극강의 고수들 싸움에서는 많은 것을 다르게 만든다.

한쪽 발을 자유롭게 허공에 두고 있는 순간은 그의 양심공이 가장 영민하게 발휘될 수 있는 상태였다. 왼손으로 팔쾌번천장을 펼치면서 오른손으로 섬도를 펼칠 수 있는 사람이 바로 과노였다.

옥단풍이 호수처럼 맑게 가라앉은 눈으로 과노를 응시했다.

"양심공이라……. 좋은 공부가 되겠군."

옥단풍의 말에 과노는 자신의 귀를 의심할 만큼 놀라고 말

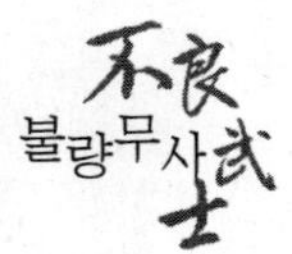

았다. 옥단풍은 한눈에 알아본 것이다. 그것이 의미하는 바는 컸다.

과노의 양심공을 이렇게 한눈에 알아볼 수 있는 사람은 천하에 지존밖에 없었다.

옥단풍이 지존과 같은 등급의 고수라면 탈인지경을 넘어 섬일의 경지에 이르렀을 터이다.

"태양을 가를 수 있단 말인가?"

생각 끝에 불쑥 자신도 모르게 그 말이 과노의 입을 통해 튀어나왔다.

옥단풍이 심연하게 웃었다.

"사람 사이에 태양이 어디 있는가? 사람은 다 같은 사람일 뿐."

과노는 얼굴을 붉히며 양손에 공력을 모았다. 태양을 가른다는 말을 옥단풍은 '감히 태양 같은 존재인 지존에게 검을 내밀겠다는 말인가?' 정도로 잘못 알아들은 모양이었다. 그러나 부지불식간에 내뱉은 말을 다시 설명하고 싶진 않았다.

상대를 얼마나 의식하고 있는지 반증하는 것이기 때문에 과노는 오히려 부끄러웠다.

"범노는 어떻게 죽었지?"

과노가 나머지 사천왕 중 가장 높게 평가하는 사람은 범노다. 어쩌면 범노와 과노가 대결을 펼친다면 적어도 삼천 초수는 넘어가야 승부가 갈릴 것이라 생각하고 있었다.

"그냥… 죽었소."

옥단풍은 무심한 듯 말했다.

과노는 더 묻지 않았다. 그냥 죽었다는 말 한마디 속에 무수히 많은 설명이 이미 내포되어 있었음을 과노도 감지하고 있었다.

어떻게 공격해 와서 어떻게 피하고, 반격은 어떤 초식이었는데 범노가 어떻게 피하다 당했다 하는 설명 따위는 그렇고 그런 하수들의 얘기일 뿐이었다.

과노는 어쩌면 오늘 최후를 장식할 사람은 자신이 될지도 모른다는 불길한 예감에 사로잡혀 있었다.

"번천지복(飜天地伏)은 팔쾌번천장에서도 이제껏 단 한 번도 펼쳐진 적이 없는 초식이다."

옥단풍은 그저 심연하게 듣고만 있었다.

"쾌일섬(快一閃) 역시 한 번도 펼쳐진 적이 없는 것은 같은데… 다만 쾌일섬을 오른손으로 펼칠 때 훨씬 더 위력적이라는 것을 설명하고 싶군."

"그렇다면 오른손으로 펼치지 그러시오?"

옥단풍이 웃으며 되물었다.

과노가 얼굴을 붉혔다.

"왼손으로 펼쳐도 막을 수 없기는 마찬가지다. 난 적어도 네가 어떤 초식에 당했는지 정도는 알고 가길 바란다."

"고마운 얘기로군."

옥단풍은 고개를 끄덕였다.

"나는 용호권 중에서 용형호형을 펼칠 생각이오."

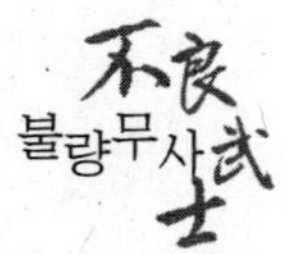

과노의 미간이 깊숙이 찌푸려졌다.

"용호권?"

"범노도 세노도 그 초식에 죽었소."

과노의 얼굴이 붉어졌다. 용호권에 당하다니 믿을 수가 없는 것이다.

"빌어먹을… 용호권……. 그래, 용호권이었군. 크크크크……."

과노가 어이없는 얼굴로 헛웃음을 터뜨렸다. 그러나 이내 더할 수 없이 진지한 얼굴이 되어 자세를 취했다.

그의 오른손은 가슴 높이로 들려 활짝 펼쳐졌고, 왼손은 손끝이 가지런하게 모아져 단전 부근에 한 뼘 정도 떨어져 놓여 있었다.

옥단풍이 고요한 시선으로 그 모습을 지켜보았다.

상대는 지금 혼신의 힘을 모아 최후의 일초를 시전하려는 것이다. 결국 승부란 바로 그 한순간에 가름되는 것이다. 정점으로 끌어올려진 집중력과 그동안 갈고닦은 내공의 힘으로 단 한 번에 모든 것을 쏟아낼 수 있는 경지란 결코 쉬운 게 아니다.

상대는 한백이나 삼천왕에 비해 한 수 위의 경지를 이루고 있음이 틀림없었다.

콰아아!

과노의 신형이 허공으로 떠올랐다. 그의 오른손은 벌써 번천지복을 펼치고 있었다. 얼마나 위력이 극강했으면 하늘을 뒤집고 땅이 엎드린다는 이름을 붙였을까.

일순 하늘이 잠시 빛을 잃었다. 주위가 갑자기 칠흑 같은 어둠에 휩싸였다.

그 속에서 한줄기 눈부신 일직선이 소리없이 떠올랐다.

쾌일섬이 펼쳐진 것이다.

옥단풍은 이미 물처럼 고요한 상태를 유지하고 있었다. 발 밑으로 끊임없이 물살이 소용돌이치며 지나갔지만 그것을 딛고 서 있는 옥단풍의 머리카락 한 올도 흩뜨리지 못하고 있었다.

스윽 하고 옥단풍의 발이 움직였다. 예의 우스꽝스럽기만 한 용형호형이 펼쳐지기 시작했다.

어둠과 빛은 서로 상극이지만 칠흑 같은 어둠 속에서 쾌일섬의 밝은 한줄기 빛은 자유롭게 움직였다.

옥단풍은 숨이 막혀왔다.

용형호형의 투로를 타고 상체를 휘저어 일으키며 주먹을 그러쥐었다.

안 보인다.

언제나 커다란 동굴처럼 입을 벌리고 있던 상대의 빈틈이 지금은 안 보인다.

주먹이 빈틈을 찾지 못하고 쾌일섬의 밝은 빛을 향해 날아갔다.

우두두둑!

옥단풍의 양어깨에서 옷자락이 뜯겨져 나갔다.

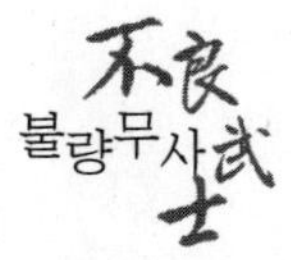

빠각!

옥단풍의 주먹과 맞부딪친 과노의 쾌일섬이 흩어지며 빛을 잃었다. 과노의 왼손은 이제 너덜너덜하게 부서져 형체를 알아볼 수 없는 지경이 되었다.

그러나 바로 그 순간, 과노의 오른손이 펼친 번천지복은 옥단풍을 휩쓸어 삼 장 밖으로 날려 보내고 있었다.

옥단풍의 몸이 마치 무게가 없는 솜털처럼 팔랑팔랑 허공에서 나풀거리다가 또 다른 거센 물살 위에 내려섰다.

그의 상의는 갈가리 찢겨져 너덜너덜했고, 상체의 근육이 그대로 드러나 보였다.

그러나 그의 상반신 나신은 티끌만큼의 상처도 찾아볼 수 없이 매끄러웠다.

과노가 절망의 빛을 띠었다.

"아, 금강불괴……."

그렇다. 지존이 이미 올라서 있는 단계인 금강불괴다.

저놈은, 저 애송이놈은 지존과 대등한 자리에 이미 서있었던 것이다.

과노의 전신에서 힘이 빠져나갔다. 싸워볼 필요도 없는 싸움이다. 그러나 끝내 패배를 인정하고 싶지 않은 과노였다.

"차앗—!"

과노의 몸이 한줄기 화살이 되어 옥단풍을 향해 쏘아왔다.

그의 온전한 오른손이 아까 천명한 대로 쾌일섬을 다시 뿜어냈다. 왼손이 뿜어낸 쾌일섬에 비해 배는 강력한 공격이었다.

옥단풍이 고요한 자세로 그 공격을 맞이했다.

피하지 않을 것이다.

용형호형의 전반부를 생략했다. 그의 발은 우스꽝스럽게 옮겨지지도 않았고 상체는 더욱 우스운 각도로 움직이지도 않았다.

다만 매우 정직하고 감춤이 없는 주먹이 내뻗어졌다.

두 사람은 이미 변화란 변화는 거의 다 섭렵한 무인들이다. 변화가 이 순간 무슨 필요가 있으랴.

빠지직!

과노의 쾌일섬과 옥단풍의 주먹이 맞부딪쳤다.

그리고 과노의 오른팔은 옥단풍의 주먹이 나아가는 대로 부서지면서 길이가 줄어들어 끝내는 어깨에 가서 멈췄다.

콰쾅!

그제야 지축을 흔드는 듯한 폭음이 울려 퍼지며 과노의 몸이 올 때보다 더욱 빠르게 뒤로 튕겨졌다.

그 궤적을 따라 길게 선혈이 허공에 선을 그었다.

첨벙 하고 물방울을 튀며 과노의 몸이 계곡의 물살 속으로 떨어졌다. 그는 더 이상 움직이지 못하고 그저 물살이 흐르는 대로 아무렇게나 흘러가기 시작했다. 여기저기 돌출한 바위에 그의 몸이 사정없이 부딪쳤지만 그는 아무런 반응도 보이지 않았다.

옥단풍은 고요한 자세로 서서 그렇게 흘러가는 과노의 몸을 바라보았다.

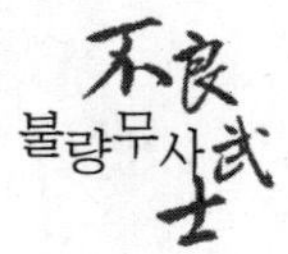

저렇게 흘러가서는 어쩌면 태화강을 거쳐 동해로 나갈지도 모른다. 바다에 이른 과노의 몸은 더 이상 인간의 육신이 아닐 것이고, 자연은 그것을 물고기와 바다 생물들의 먹이로 제공하게 될 것이다.

옥단풍은 마음 한구석이 텅 비어왔다.

삶이 무엇일까. 살아가는 것이 무엇일까.

물처럼 고요한 옥단풍의 눈 끝에 반짝하고 맑은 액체가 비쳤다 사라졌다.

탁발한은 거의 진기가 고갈되어 감을 느꼈다.

지금도 무작정 달려드는 흑의경장 하나를 떡으로 만들어 때려눕히며 길게 한숨을 내쉬었다.

이대로 가다간 지쳐서 당할지도 몰랐다.

탁발한이 잠시 틈이 생겨 시선을 돌렸을 때 진랑은 여전히 처음과 조금도 다를 바 없는 자세로 붉은 빛을 뿌리는 검을 휘두르고 있었다. 흑마검법이다.

"저 자식, 무서운 놈이군."

탁발한은 옆구리를 찔러오는 검 한 자루를 황급히 튕겨내며 중얼거렸다.

팔고황도 자신과 크게 다르지 않았다. 지친 모습으로 거칠게 흑의경장들을 물리치고 있었다.

혁무린은 검을 휘둘러 역시 흑의경장들을 쓰러뜨리며 진랑의 옆으로 다가갔다.

“진 형, 이런 식이면 끝이 안 보일 거 같소.”

“좋은 방법이라도 있소?”

진랑 역시 흑의경장 둘을 한꺼번에 베어버리며 되물었다.

“저 두 분은 아무래도 여기 계속 계시는 게 좋겠지만 진 형과 나만이라도 여길 빠져나가서 옥 형을 도와드리는 게 어떻겠소?”

혁무린은 옥단풍을 도와준다고 했지만 기실 옥단풍과 함께 간 혁소미가 궁금해 미칠 지경이었다.

“좋은 생각이군.”

진랑이 무뚝뚝하게 대답하고는 힐끔 탁발한을 보았다.

마침 탁발한이 이쪽을 보고 있었으므로 두 사람의 눈길이 마주쳤다.

진랑이 무언의 눈빛으로 한차례 고개를 끄덕였다.

“잘 버티쇼.”

탁발한이 기겁을 하는 얼굴이 되었다.

“뭔 소리여? 잉? 이, 이봐.”

그러나 탁발한은 더 이상 말을 잇지 못했다. 또다시 달려드는 흑의경장들을 물리치기에 급급해야 했기 때문이다.

“갑시다.”

혁무린이 지체할 것 없다는 듯 몸을 뽑아 올렸다.

흑의경장들이 벌 떼처럼 달려들었지만 혁무린은 어렵지 않게 그들을 물리치며 이미 저만치 내달리고 있었다.

진랑이 다시 한 번 탁발한을 향해 눈짓을 주고는 몸을 뽑아

올렸다.

"야, 이 자식들아! 니들, 그렇게 그냥 가면 우리 늙은이들은 어쩌라고?"

탁발한이 고래고래 고함을 내질렀지만 혁무린과 진랑은 들은 척도 하지 않았다. 아니, 그들은 이미 비탈 아래로 내려가면서 달려드는 흑의경장들을 물리치느라 여념이 없었다.

팔고황이 지친 얼굴로 흑의경장 하나의 면상을 후려치며 소리쳤다.

"어쩌면 저놈들 생각이 옳을지도 모르겠다. 우리야 뭐, 살 만큼 살았잖아?"

탁발한이 팔고황의 말에 입을 삐쭉 내밀었다.

"살 만큼 살긴, 누가 살 만큼 살아요?"

팔고황이 피식 웃었다.

"너도 이제 늙었다, 탁발한."

"이런 젠장할!"

두 사람의 대화는 더 이상 이어지지 않았다. 진랑과 혁무린의 빈자리를 채우고 흑의경장들이 꾸역꾸역 몰려들었기 때문에 그들의 손발은 아까보다 더욱 바빠져야 했던 것이다.

진랑과 혁무린의 모습은 아예 보이지도 않았다.

봉우리 위에서 사방의 비탈로 죽은 흑의경장의 시체들이 아무렇게나 굴러 떨어지고 있었다.

진랑과 혁무린은 흑의경장들의 추격권에서 멀어지자 전력

을 기울여 숲을 통과하고 있었다.

방향을 잡고 달리다 보면 어디서고 한바탕 격전을 치르고 있을 옥단풍과 일행을 만날 수 있을 것만 같았다.

그러나 그들의 전진은 얼마 가지 않아 막히고 말았다.

앞서 달리던 혁무린이 돌연 허공에서 용수철에 튕겨지듯 위로 급격하게 솟구쳤다가 공중제비를 돌며 떨어져 내렸다.

뒤따르던 진랑의 눈썹이 꿈틀하며 경각심을 높이는 찰나, 뒤통수를 노리고 날카로운 예기가 날아들었다.

달리던 서슬에 방향을 바꾸는 것은 극도로 어려운 일이다. 그러나 혁무린이 허공으로 튕겨 올라간 수법은 최상승의 경신술 중 하나였다.

진랑은 그보다 한술 더 떴다.

돌연 뚝하고 허공에서 몸을 멈춰 버린 것이다.

날아들던 예기가 뒤통수 한 치 앞까지 엄습하던 순간 진랑의 고개가 앞으로 푹 숙여졌다.

동시에 진랑의 몸이 옆으로 튕겨지며 숲 속으로 뛰어들었다.

진랑의 검이 붉은 빛을 뿌리자 두 명의 검은 야행복을 걸친 사내가 피를 뿌리며 나동그라졌다. 그들은 비명조차 지르지 않았으며 그보다 그 자리에 있던 또 다른 두 명의 검은 야행복이 몸을 굴려 숲의 음영 속으로 사라졌다.

동료의 죽음도 돌보지 않고 죽어가면서 비명도 지르지 않는 자들.

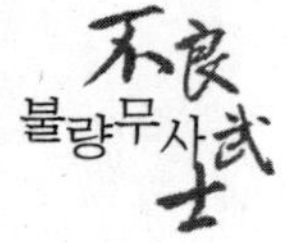

어둠 속에서 그처럼 날카로운 암기를 자유자재로 발출할 수 있는 자들, 흑림의 행자들이었다.

"흑점의 개들이군."

진랑이 바닥에 쓰러진 행자 두 명을 내려다보며 중얼거렸다.

저만치서 혁무린이 보이지 않는 곳에서 수시로 드나들며 공격하는 행자들에 둘러싸여 연신 검을 휘두르고 있는 모습이 보였다.

"흑점의 행자들이라면… 만만치 않은데……."

진랑이 혁무린 쪽으로 다가가려다 잡목 숲에서 갑자기 튀어나온 두 자루 검에 기겁을 하며 뒤로 몸을 물렸다.

그 순간 지면이 터져 오르며 두 명의 검은 야행복이 좌우에서 검을 휘둘러 왔다.

진랑이 황급하게 붉은빛이 도는 흑마검법을 펼쳤다.

소리도 없이 두 명의 야행복이 어깨와 가슴이 갈라지며 나동그라졌다.

비명도 기합도 없는 치열한 싸움이란 기괴한 느낌마저 주었다.

백동기는 흑좌불과 위처목을 대동하고 삼십협(三十峽)이라는 곳에 머물고 있었다.

관정봉에서 옥단풍과 지존이 맞싸운다면 누구든 살아남는 자는 이곳으로 올 것이다.

그 외의 방향은 흑점의 행자들이 천라지망을 펼치고 있다.

저만치 떨어져서 사마추와 굉초초, 그리고 혁소미가 완혈이 제압당한 채 서 있었다.

"이곳은 험준한 곳이군."

백동기의 말에 위처목이 대답했다.

"삼십협은 태행산에서 가장 험준한 곳으로 유명하옵니다. 서른 개의 협곡이 이리저리 얽혀서 이 안에서 한 번 길을 잃으면 결코 빠져나올 수가 없지요."

"위처목 그대는 누가 될 거 같은가?"

"예?"

"누가 이 길로 올 것 같은가 말이다."

"아……!"

위처목이 입을 다물었다. 백동기는 지금 매우 초조해하고 있었다. 그는 어쩌면 그 누구보다도 지존과 옥단풍의 대결의 결과를 가장 궁금해하는 사람일 것이다.

"누가 되었든 최후의 승리는 교주께 돌아갈 것입니다."

백동기가 웃지 않고 충혈된 눈으로 위처목을 노려보았다.

위처목이 고개를 숙였다.

문득 백동기가 사마추를 불렀다.

"아직도 마음이 변하지 않았느냐?"

사마추가 싸늘한 시선으로 백동기를 바라볼 뿐 대답하지 않았다.

백동기가 위처목을 다시 보며 말을 이었다.

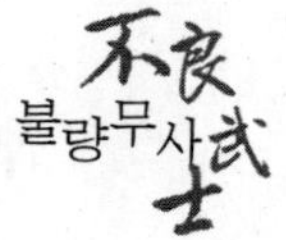

"보았느냐? 한때는 나의 정인이었던 저 여자는 옥단풍에게 가서는 다른 사람이 되어버렸다. 저 못생긴 꾕초초를 옥단풍은 부인으로 선택했음에도 사마추 저 여자는 여전히 나를 거부하고 있단 말이다."

위처목은 아무 말도 하지 못했다.

백동기의 눈이 붉게 충혈되었다.

"그 자식은 이미 그 점에서 본좌를 능가했다. 아닌가?"

"……."

위처목은 아무 말도 할 수 없었을 뿐 아니라 가슴이 조마조마해 견딜 수가 없었다. 백동기가 언제 어떻게 변할지 예측할 수 없었기 때문이다.

문득 백동기가 얼굴 가득 미소를 지어 보였다.

"네 말이 맞다, 위처목. 결국 최후의 승자는 본좌가 될 것이다. 후후후후."

위처목이 그제야 남몰래 한숨을 내쉬었다.

"너는 삼십협의 골짜기에 무엇이 준비되어 있는지 알고 있느냐?"

위처목이 머뭇거렸다. 백동기는 수하들을 동원해 삼십협에 무언가를 준비했지만 그 내용에 대해서는 한마디도 하지 않았기 때문이다.

"삼십협의 골짜기엔… 음양구지독이 설치되어 있다. 음양구지독 말이다."

사마추가 그 말을 듣고 깜짝 놀라 외쳤다.

"비겁한 사람!"

그러나 백동기는 사마추 쪽은 쳐다보지도 않았다.

"장덕산 교주를 나락으로 떨어뜨린 그 물건이고, 이젠 지존이든 옥단풍이든 다시 나락으로 떨어뜨릴 축복받은 물건이 되겠지. 크흐흐흐흐."

"음양구지독은 해약이 없는 무형지독이 아니옵니까?"

배동기가 사마추를 힐끔 돌아보고는 웃었다.

"해약이야 있지. 사마추 저 여자만이 유일하게 음양구지독의 해약을 만들 수 있어. 크하하하! 재미있지 않은가? 만약 저 협곡으로 옥단풍이 온다면… 크흐흐흐흐… 생각만 해도 재미있는 일이 벌어질 테지."

"악적 당신은 언제고 천벌을 받게 될 거예요."

사마추가 원망이 가득한 음성으로 외쳤지만 백동기는 눈썹 하나 까딱하지 않았다.

"사마추는 눈앞에서 정인이 죽어가는 모습을 멀쩡하게 서서 보게 될 것이다. 자신만이 알고 있는 해약은 써보지도 못하고 말이다. 크크크크."

위처목이 질린 얼굴이 되었다.

협곡에 음양구지독을 풀어놓았을지는 상상도 하지 못했다.

음양구지독은 그야말로 지독한 독이다. 만독불침지체가 아니라면 그 누구도 그 지독한 독성에서 피할 수 없었다.

백동기가 사마추를 똑바로 노려보았다.

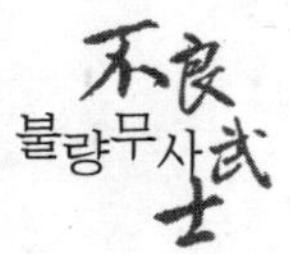

"사마추, 너에게 최후의 기회를 줄 생각이다. 만약 옥단풍이 중독되어 네 앞에서 죽어간다면 너는 내 앞에서 나를 위해 옷을 벗어라. 그러면 너에게 옥단풍을 위해 해약을 만들 기회를 주마."

사마추는 기가 막히기도 하고 백동기의 악독한 말에 치가 떨려 아무 말도 하지 못했다. 다만 시퍼렇게 불똥이 튀는 눈길로 백동기를 노려볼 뿐이었다.

굉초초가 울상이 되어 사마추를 올려다보았다.

"언니, 그 음양구지독, 도저히 피할 길이 없는 것인가요?"

사마추는 아픈 심정으로 굉초초를 보았지만 역시 대답할 말이 없었다. 음양구지독 역시 자신의 손으로 만들어 백동기에게 주었던 것이니 무슨 말을 할 수 있을까.

혁소미가 맹랑한 표정으로 백동기를 노려보았다.

"당신이 마교의 교주라고? 풰! 네놈이 교주라면 우리 홍기는 영원히 마교를 탈퇴할 테다, 이 추잡한 놈아."

위처목이 얼굴을 찌푸리며 살기 띤 얼굴로 혁소미를 노려보았다.

"이 계집이 죽고 싶어서 안달이 났구나. 감히 어느 안전에서."

막 손을 들어 올리려는 위처목을 백동기가 손을 들어 가로막았다. 백동기는 여전히 여유로운 미소를 짓고 있었다.

"맹랑한 계집이로군. 가만, 저 계집도 옥단풍의 계집이 되었나?"

혁소미가 얼굴이 발갛게 달아서 고래고래 고함을 내질렀다.

"이 추잡한 새끼야! 찢어진 주둥이라고 뱉으면 다 말인 줄 아느냐, 이 잡종 놈아!"

혁소미가 입을 열자 그야말로 상상을 초월하는 지독한 욕설이 터져 나왔다. 그것이 혁소미다운 모습이기도 했지만 그동안 옥단풍과 동행하며 그런 모습을 감추고 있다가 다시 터져 나온 것이다.

백동기는 오히려 너털웃음을 터뜨렸다.

"껄껄껄… 재미있는 계집이군. 그렇다면 조건이 바뀌어야겠는걸. 너도 옷을 벗도록 해라. 아니면 옥단풍은 영원히 살아날 기회가 없을 것이다."

백동기의 말에 혁소미가 질린 얼굴이 되었다.

사마추가 그런 백동기를 시선만으로 죽일 수 있다면 그렇게 하고 싶어 미칠 지경인 얼굴로 노려보았다.

"추잡한 놈."

백동기가 커다랗게 너털웃음을 터뜨렸다.

혁무린과 진랑은 치열한 악전고투를 거듭하며 아주 조금씩 나아가고 있었다.

은밀하게 숨어서 공격해 오는 행자들은 그냥 맞서 싸우는 것에 비해 배는 힘들었다.

수많은 행자들을 처치했지만 혁무린도 진랑도 몸의 여기저기에 작은 상처를 입었다. 그들의 전신은 적과 자신의 피로 흥

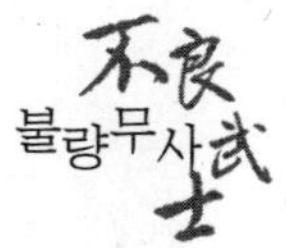

건하게 젖어 있었다.

"진 형, 우리 지금 맞는 방향으로 가고 있는 거요?"

혁무린이 잠시 숨을 돌린 틈을 타 물었다.

두 사람은 커다란 바위에 등을 기대고 앉아 잠시 쉬고 있었다. 흑점의 행자들 역시 잠시 소강상태를 보이고 있었다.

"방향이 바뀌었는데 올바른 방향인지는 나도 가늠할 수가 없소."

"방향이 바뀌었소?"

"흑점의 행자들이 방향을 유도하고 있는 거 같은데……."

진랑이 말끝을 흐리자 혁무린이 어두운 얼굴이 되었다.

"우리에게 승산은 있는 거요? 난 이 싸움이 끝내 우리의 패배로 귀결 지어질 것만 같소."

혁무린의 말에 진랑이 혁무린을 응시했다.

"우리 몇 명이서… 마교와 지존, 그리고 흑림과 심지어는 사도 무림까지 망라한 강대한 적과 싸운다는 것은 어쩌면 혁 형 말대로 승산 없는 싸움일 것이오."

"……."

"그러나 옥 공자가 있는 한 나는 다르다고 보오."

혁무린이 그 말에는 수긍이 간다는 듯 고개를 끄덕였다.

"옥 공자가 있는 한 우린 끝내 이겨낼 거요. 난 그렇게 믿고 있소."

그때 주위의 숲이 어수선하게 소리를 내며 움직였다.

진랑과 혁무린이 아연 긴장하며 몸을 일으켰다.

빠르게 주위를 둘러본 진랑이 씁쓸하게 웃었다.

"포위되었군."

그때 사방의 숲 속에서 셀 수 없이 많은 행자들이 모습을 드러냈다.

진랑의 말대로 그 어느 쪽을 둘러보아도 쉽게 빠져나갈 수 있는 틈은 보이지 않았다.

문득 정면의 행자들이 좌우로 길을 트자 숲 저편에서 한 사람이 걸어나왔다.

진랑이 그를 발견하고는 미간을 깊숙이 찌푸렸다.

"저자까지……?"

혁무린이 궁금한 듯 진랑을 보았다.

"누구요?"

"위처목. 흑점의 방주요."

나타난 자는 바로 위처목이었다.

위처목은 두 사람은 아예 안중에도 없는 표정으로 거만하게 두 사람을 훑어보았다.

"네놈들을 당장 쳐 죽이지 않고 살려두시는 이유를 모르겠구나. 헐."

혁무린이 턱을 치켜들며 위처목을 쏘아보았다.

"무슨 개소리를 지껄이고 있는 거야?"

위처목이 살기가 번득이는 눈으로 혁무린을 쏘아보았다.

"네놈이 혁천린의 손자냐? 건방진 놈. 네놈 할아비도 본좌에게 그렇게 함부로 지껄이지 못했거늘……."

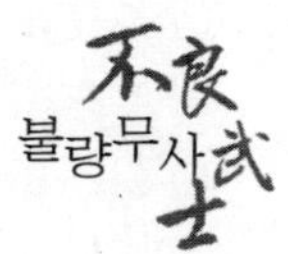

“내 앞에서 더러운 입에 선조부의 함자를 들먹이지 마라.”

혁무린도 지지 않고 위처목을 쏘아보았다.

진랑이 은밀히 검을 잡은 손에 공력을 일으키며 뚫어지게 위처목을 주시했다. 위처목은 언제 발작할지 모른다. 또한 출수한다면 진랑과 혁무린이 힘을 합해 대항한다 해도 결코 쉽게 상대할 수 없는 무서운 자임을 잘 알고 있었다.

위처목이 살기 어린 시선으로 혁무린을 다시 한 번 쏘아보고는 화를 애써 눌러 참는 표정이 되었다.

“얌전히 따라오너라. 교주께서 네놈들을 보자 하시니 경거망동은 삼가도록.”

“미친놈. 무슨 개 풀 뜯어 먹는 소리냐?”

혁무린의 비아냥이 채 끝나기도 전에 눈앞이 번쩍하며 뺨에서 불이 번쩍 튀었다.

언제 몸을 날렸는지 혁무린의 앞에 위처목이 뒷짐을 지고 서서 잡아먹을 듯 노려보고 있었다. 혁무린의 왼쪽 뺨은 벌건 손자국과 함께 벌써 부풀어 오르고 있었다.

진랑은 가슴이 덜컹 내려앉을 만큼 놀랐다.

그 역시 온 신경을 기울여 위처목의 움직임을 주시했지만 그가 어떻게 혁무린의 앞으로 날아와 뺨을 때렸는지 미처 보지 못한 것이다.

당사자인 혁무린의 놀라움은 더욱 컸다. 그는 제아무리 공력이 뛰어난 절대고수라 해도 그처럼 부지불식간에 자신의 뺨을 때릴 수 있는 인물은 없으리라 철석같이 믿고 있었다.

그런데 지금 눈앞에서 그 말도 안 되는 일이 벌어지고 만 것이다.

위처목이 냉엄하게 입을 열었다.

"얌전히 따라오너라. 네놈의 동생을 온전하게 보고 싶다면 말이다."

그 말에 혁무린의 눈이 찢어질 듯 부릅떠졌다.

"소, 소미가? 소미가 당신들에게 붙잡혀 있단 말이오?"

혁무린의 기세는 완전히 누그러져 있었다.

진랑이 아연 굳어진 얼굴로 끼어들었다.

"지금 그 말을 우리보고 믿으란 말이오, 위 방주?"

위처목이 힐끔 진랑을 노려보았다.

"진랑, 네놈은 청방십팔존자가 대단한 존재들인 줄 아는 모양인데 네놈들 따위를 데리고 그런 장난이나 할 만큼 한가하지 않다."

진랑도 그 말에는 수긍했다. 만일 위처목이 마음만 먹는다면 자신과 혁무린쯤은 손쉽게 제압할 수 있는 인물이라는 걸 잘 알고 있었다.

위처목이 냉랭하게 돌아서며 먼저 걸음을 옮겼다.

"정 못 믿겠다면 어디 네놈들 마음대로 해보아라. 개죽음이 무엇인지 보여줄 테니."

혁무린이 이러지도 저러지도 못하는 얼굴로 진랑을 바라보았다.

진랑이 고개를 무겁게 끄덕였다.

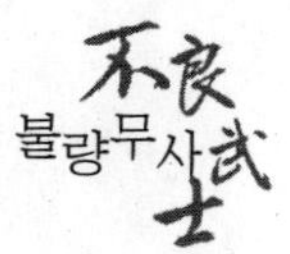

"위 방주의 말이 맞소. 그는 우리를 그렇게 속여서까지 끌고 갈 이유가 없는 사람이오. 만약 우릴 처치하기로 마음먹는다 면, 그것은 위 방주에겐 손바닥 뒤집는 것보다 더 쉬운 일이 될 거요."

"하지만 소미는 옥 공자를 따라갔는데……."

"나도 그것이 궁금하오. 옥 공자를 따라갔던 혁 낭자가 어떻 게 저자들 손아귀에 있는지……."

위처목이 저만치서 두 사람을 돌아보았다.

"정말 이 자리에서 죽고 싶은 게냐?"

진랑이 서둘러 대답했다.

"가겠소."

위처목의 뒤를 따르는 두 사람의 마음은 한없이 무거웠다.

만약 옥단풍이 이미 당한 후라면, 그래서 혁소미가 저들의 손아귀에 떨어진 것이라면 그들에겐 아무런 희망도 없을 것이 기 때문이었다.

관정봉을 중심으로 방원 백 리에 이르는 방대한 지역이 흑 점의 행자들로 완전히 장악되어 있다는 사실은 매우 충격적이 었다.

흑점의 행자들은 물론 당연히 은밀하게 움직이며 암행하고 있으니 눈에 보이는 전력은 흑좌불이 이끄는 사도 무림의 무 사들일 테지만, 진랑과 혁무린은 위처목의 뒤를 따라 그 세력 권을 지나면서 내심 놀라움을 감추지 못하고 있었다.

처음엔 놀랐다가 차츰 기가 질려갔고, 막바지에 이르러서는 열패감에 사로잡힐 수밖에 없었다.

이런 자들과 고작 열 명도 안 되는 인원이 맞서 싸운다는 것은 아예 어불성설처럼 느껴졌던 것이다.

백동기가 천의 얼굴을 가진 자라 해도 크게 다르지 않았다.

진랑과 혁무린은 백동기의 앞에 끌려 나가서는 이미 전의를 완전히 상실한 상태가 되고 말았다.

백동기는 두 사람의 앞에서 아무 말도 하지 않았다.

다만 감히 마주치기 어려운 시선으로 한동안 두 사람을 노려보았을 뿐이다.

진랑은 한때 청방십팔존자의 일인으로 백동기를 모셨던 사람이다. 그는 마교의 성지였던 옥산옥가를 유린한 죄책감을 끝내 이기지 못하고 백동기를 배신했던 터이다.

이윽고 백동기의 입이 열렸다.

"옥산옥가에 생존자가 있었다는 사실은 매우 놀라운 일이었다, 진랑."

백동기의 음성은 차분했다.

"네가 옥산옥가에 죄책감을 느꼈다면 나를 한 번 배신한 것으로 그것은 상쇄되었다. 옥단풍을 도와 여기까지 왔으니 너는 더 이상 과거의 잘못을 짐으로 지고 있을 필요가 없다."

진랑은 가슴이 격탕됨을 느꼈다.

백동기는 지금 만인을 이끄는 영도자의 모습을 보여주고 있었다.

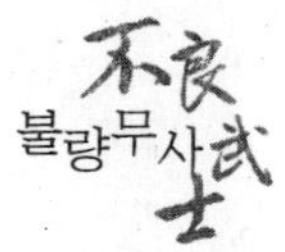

"천하는 선하고 악한 자의 구분을 필요로 하지 않는다. 다만 승자와 패자의 구분을 요구할 뿐이지."

진랑의 고개가 떨구어졌다.

지난날들이 주마등처럼 뇌리를 스쳤다.

무엇을 추구하며 살아왔던가.

옥단풍에게 한 목숨을 바치기로 맹세했을 때 그것이 과연 온전히 과거에 옥산옥가에 끼쳤던 죄에 대한 보상 차원만이었을까?

"옥단풍이 승리한다면 본좌는 기꺼이 그것을 인정하고 받아들일 수 있다. 하지만 보다시피 옥단풍은 결코 승리하지 못한다."

진랑의 볼을 타고 한줄기 눈물이 흘러내렸다.

전혀 슬프지도, 감정이 격해지지도 않는 상황에서 흘리는 장부의 눈물은 매우 기괴한 분위기를 연출하고 있었다.

백동기가 그런 진랑을 한동안 응시하다가 다시 말을 이었다.

"내게 돌아오너라. 너는 할 만큼 했다."

그 말은 진랑이 그간 겪어온 온갖 고행을 한꺼번에 보상해 줄 것만 같은 달콤하기 짝이 없는 말이었다.

"결국 옥가는 그렇게 사라지는 것이 운명이었던 게야."

진랑이 고개를 들었다.

백동기의 눈은 웃고 있었다.

"나는……."

진랑이 입을 열었다. 그의 볼엔 여전히 한줄기 눈물이 흘러내리고 있었다.

"옥산옥가에 빚을 다 갚지 못했소. 아마 그것은 내가 죽어 진토가 될지언정 끝내 이루어지지 않을 듯싶소."

진랑의 말에 백동기의 안색이 급변했다.

안색은 창백해지고 두 눈에선 잔혹한 살기가 피어올랐다.

진랑은 그러나 평온한 얼굴을 하고 있었다.

"내가 지금 출수하여 당신에게 털끝만큼의 상처조차 입히기 불가능한 상황임을 잘 알지만… 내 선택은 이것밖에 없소."

말이 채 끝나기도 전에 번쩍하고 진랑의 신형이 튀어 올랐다.

그는 애초에 위처목을 따라오면서 결심하고 있었던 것이다. 이 수많은 병력과 싸우며 나아가는 것은 승산이 없는 싸움임을 잘 알기에 마지막으로 주어진 기회를 활용하리라.

진랑의 양손에서 선홍빛 붉은 흑마장법의 기운이 온 사방으로 퍼져 나갔다.

"이, 이런……."

백동기의 옆에 있던 위처목이 다급하게 백동기의 앞을 가로막고 나섰다.

허공을 순식간에 줄이며 날아든 진랑은 오로지 백동기만을 노리고 있었다.

콰콰콰!

강력한 흑마장법의 두 줄기 진력이 백동기의 백회혈과 중단

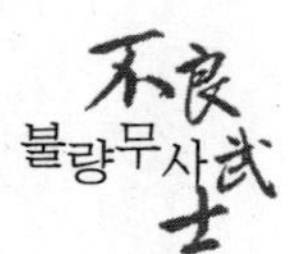

전을 노리고 날아들었다.

이와 같은 상황은 그야말로 매우 돌발적으로 벌어져 그 누구도 손을 쓸 틈이 없었지만 이미 충분히 예견된 일이기도 했다.

흑좌불에게는 말이다.

흑좌불의 한 손이 허공에서 가볍게 뒤집어졌다.

그는 이미 만반의 준비를 갖추고 있었으며, 그것은 백동기나 위처목도 마찬가지였다.

번쩍.

한줄기 강력한 암경이 흑좌불의 장심을 떠나 순식간에 허공의 진랑을 휩쓸었다.

진랑은 애초에 자신의 몸은 돌보지 않고 오로지 백동기에게 어떤 타격이라도 가하겠다는 일념뿐이었으므로, 위처목의 방해와 흑좌불의 공격은 도외시한 채 오로지 백동기를 향한 공격에 박차를 가하고 있었다.

콰쾅!

불행하게도 진랑의 공격이 백동기에게 이르기도 전에 흑좌불의 암경이 진랑의 몸을 산산조각 내고 말았다.

단 일격의 암경에 사람의 몸이 산산조각 나는 것은 보기에도 끔찍한 모습이었으나 흑좌불의 암경은 상상을 초월할 만큼 강력했다.

사방으로 찢긴 살점과 선혈이 소나기처럼 흩어졌다.

한때는 청방십팔존자 중 상위의 인물로 장차 무림의 손가락에 꼽히는 고수로 성장할 재목이었으며, 이제 끝내는 흩어진 골편으로 사라져 버린 인물, 진랑의 최후였다.

백동기는 그 모든 것을 예견이나 하고 있었다는 듯 조금치도 당황하지 않았다.

다만 쓸쓸한 표정을 감추지 않고 있었다.

"내가 좀 부족했나? 옥단풍 그자에 비해 무엇이 떨어지기에 죽음을 불사한단 말인가?"

옥단풍의 이름을 입에 올리자 백동기의 눈은 적개심으로 붉게 충혈되었다.

사마추도 혁소미도, 그리고 이제 진랑까지도 그 어떤 위협으로도 옥단풍에게서 등을 돌리게 하지 못하고 있는 것이다.

백동기가 어깨에 떨어진 진랑의 부서진 뼛조각 하나를 손아귀에 움켜쥐며 허공을 노려보았다.

"옥단풍……!"

우두두둑!

뼛조각이 손아귀 안에서 끔찍한 소리를 내며 부서졌다.

한편에서 그 모습을 보던 혁무린은 말을 잃고 있었다.

이미 여기까지 끌려오면서 백동기 측의 어마어마한 세력을 눈으로 목도한 바 있다. 말로야 쉬운 일이지만 그런 세력을 직접 겪으며 투지를 계속 유지하기란 결코 쉽지 않은 일이다.

그런데 백동기의 회유에도 진랑은 스스로 죽음을 택했다.

백동기의 말과 행동, 표정을 보고 있던 혁무린은 자신이 진랑이었다면 벌써 눈물을 흘리며 그 아래 무릎을 꿇었을 것

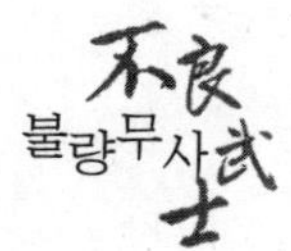

이다.

옥단풍에게 무엇이 있었을까?

혁무린은 스스로를 돌아보았다. 나는 옥단풍을 위해 진랑처럼 목숨을 버릴 수 있을까?

머릿속이 멍해져 왔다. 그의 머릿속에 선명히 떠오르는 것은 오로지 혁소미의 얼굴이었다.

백동기가 혁무린을 돌아보았다.

혁무린을 보는 시선은 진랑을 보는 시선과는 사뭇 달랐다.

"너도 저놈처럼 죽고 싶으냐?"

혁무린이 아무 말도 하지 못하고 백동기만 바라보았다.

"홍기에서 혁가의 잔재를 모조리 씻어내리라."

백동기는 분노하고 있었다.

혁무린이 황급히 입을 열었다.

"아, 아니오, 교주."

백동기가 차갑게 혁무린을 응시하며 다음 말을 기다렸다.

혁무린이 바닥에 이마를 내리찧었다.

"속하는 교주에게 충성을 바칠 것이오. 부디 용서해 주시기 바라오."

그러나 백동기는 여전히 만족하지 않은 얼굴이었다.

혁무린이 머리를 들었다.

"소미는… 속하의 누이 소미를 보게 해주시오."

백동기의 얼굴이 일그러졌다. 그는 끝내 혁무린으로부터도 마음으로부터 우러나오는 충성심을 얻지 못하고 있다는 자괴

감을 느끼고 있는 것이다.

"빌어먹을."

백동기가 한 손을 들어 일장을 후려쳤다. 그야말로 분노가 극에 달해 내뻗은 일장은 천지사방을 들어 엎고도 남을 거센 위력을 내포하고 있었다.

콰아앙!

혁무린이 그대로 일장을 얻어맞고는 진랑처럼 산산이 부서졌다.

아니, 흑좌불의 암경에 비할 바가 안 되는 거센 타격에 혁무린의 몸은 그저 사방으로 흩뿌려진 혈수가 되어 사라졌다.

장내가 일시에 숙연해졌다. 그 누구도 입을 열어 말하지 못했다.

백동기가 침을 뱉었다.

"기분 더럽군."

백동기가 돌아서자 위처목과 흑좌불이 황급히 그 뒤를 따랐다.

삼십협에 차츰 밤이 찾아들고 있었다.

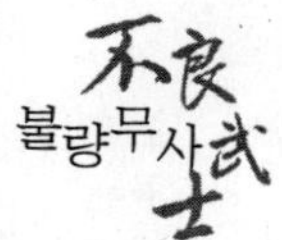

不良武士

第八章

지존은 어둠에 휩싸인 숲을 보고 있었다.

관정봉의 정상에서 바라보는 숲은 수많은 얼굴을 가지고 있다. 찬란한 햇살에 비쳐진 숲은 생명의 원천을 그대로 간직한 대자연의 숭고한 모습을 보여주었지만 어둠에 가려진 숲은 괴물처럼 보였다.

"과노도 갔단 말인가……."

지존은 과노의 기척 또한 찾을 수가 없자 길게 한숨을 내쉬었다.

외로웠다.

오랫동안 정상의 자리에 앉아본 사람은 누구나 안다. 그 자리를 지키는 것이 얼마나 힘겨운 일인지.

그러나 지금 그 정상의 자리가 자신의 제자에 의해 흔들리고 있는 것이다.

이젠 주위에 아무도 남아 있지 않았다.

정작 지존에게서 주위의 인물들을 빼앗아간 자는 제자가 아니라 옥단풍이라는 애송이였다.

지존은 옥가의 전설적인 인물이었던 옥기린을 떠올렸다.

옥기린은 출중한 인물이었다.

지존은 빈농에서 태어나 우여곡절 끝에 이 자리에 올랐지만 옥기린은 태생부터 고귀했다.

오랜 세월 마교의 뛰어난 가문으로 쌓여온 빛나는 전통을 바탕으로 태어난 귀인이었고, 또 그에 걸맞는 성장 과정을 거친, 그야말로 무림의 귀족이었다.

비록 무예의 성취에 있어서 지존이 옥기린을 끝내 능가했지만 그 바탕만은 무엇으로도 극복할 수가 없었다.

"그 손자가 살아 있었다니… 허허… 하늘은 참으로 얄궂은 장난을 좋아하시는군."

옥기린을 처치한 장본인은 백동기였다.

그러나 백동기는 자신의 손에는 정작 피를 묻히지 않았다. 교활한 놈이다.

지존은 과거 잡설자의 동굴에서 친구들을 배신하고 홀로 탈출해 왔던 날들을 떠올렸다.

적어도 스스로는 친구들에게 그 죄를 씻었다 생각했다.

단 한 번도 그들을 찾아 끝내 후환을 없애려는 시도는 하지

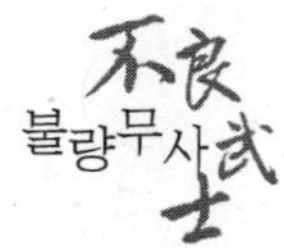

않았기 때문이다.

그런데 살아남은 옥기린의 손자가 바로 그 친구 중 하나의 제자라는 사실은 일종의 운명의 수레바퀴처럼 느껴지는 것이다.

문득,

지존이 고개를 돌렸다.

어둠 속에 보이는 것은 아무것도 없었지만 지존의 시선은 날카롭게 한곳을 응시하고 있었다.

"끝내 여기까지 왔구나."

누구에게 말하는 것일까?

지존은 조금치의 흔들림도 없는 평온을 유지하고 있었다.

"잔독, 복수하러 왔다."

어둠 속에서 싸늘한 음성이 흘러나왔다.

복수하러 왔다. 참으로 단순하고 간단한 한마디지만 오히려 가슴에 와 닿는 말이었다.

지존이 쓴웃음을 지어냈다.

"용케도 뚫고 왔구나. 언제고 이런 날이 오리라 생각했지만 예상보다 빠르군."

"할 말은 산처럼 쌓여 있지만… 말하지 않겠다."

"그렇군. 말이 무슨 소용이 있으리."

잔독이 암천을 우러렀다. 달도 없는 하늘은 별빛조차 보이지 않았다.

"건너오너라. 네가 묻히든 내가 묻히든 관정봉 정상에 묻히는 것이 보기도 좋을 것이다.”

지존은 마치 오랜 세월 사귀어온 친구에게 말하듯 평온하게 말하고 있었다.

어둠 속에서 잠시 침묵이 이어진 후 소리없이 그림자 하나가 허공을 가르고 날아들었다.

옥단풍이었다.

그의 안색은 창백하기 그지없었다.

두 눈은 샛별처럼 빛나고 있었지만 오랜 감회와 격정에 슬픔을 간직하고 있었다.

“복수… 해야겠지.”

지존이 그런 옥단풍을 보고 엷게 웃었다.

“그러나 그 또한 집념이니라. 길거리에서 우연히 잡초를 발견하고 무심히 뽑아내듯 잡념 없이 칼을 휘둘러야 할 때 집념은 그것을 가리는 방해가 될 뿐이다.”

“개소리.”

옥단풍이 짧게 말을 끊었다.

지존이 쓴웃음을 지었다.

지존은 숙명을 느끼고 있었다. 끝내 저 아이의 칼에 심장이 갈라지는 것이 자신의 최후임을 자각하고 있었지만 뭔가 안타까웠다.

백동기를 대할 때 느끼는 그 끝없는 사악함과 그 사악함으로부터 비롯되는 거센 공격성은 일종의 두려움도 안겨준다.

그러나 지금 눈앞의 이 새파란 젊은이는 눈에 슬픔을 담고

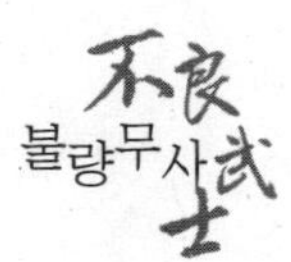

있다.

아아, 공초의 제자라는 이 젊은이는, 유일하게 존경해 마지 않던 인물 옥기린의 손자라는 이 젊은이는 백동기의 그 두려운 사악함을 이겨낼 수 있을까.

이런 얼토당토않은 생각을 자신을 죽이러 온 젊은이 앞에서 하고 있는 지존의 모습은 어쩌면 삶을 초탈한 득념인의 모습일지도 몰랐다.

"광개에게서는 무엇을 배웠느냐?"

지존이 물었다.

옥단풍은 혼란스러웠다.

이제 드디어 모든 원한의 종점이라 할 수 있는 지존의 앞에 이르렀는데 그는 지금 아무런 적개심도 보이지 않는다.

원수의 가슴에 비수를 꽂고 하늘을 우러러 통곡하고 싶은 심정으로 가득한데 정작 원수는 지금 자신을 손님처럼 맞이하고 있는 것이다.

"너를 죽이라 배웠다."

옥단풍이 이를 악물었다. 악다구니하며 싸우자. 내 마음을 흔드는 거짓 정은 보이지 말아라.

개싸움처럼 진흙탕에서 뒹굴잔 말이다.

옥단풍은 그렇게 소리치고 싶었다.

"네 심장을 씹고 갈가리 찢어 구천에 흩뿌리고서야 나는 흉악하게 먼저 가신 부모님과 식솔들에게 아직 살아 있는 죗값을 치를 수 있을 것이다. 원수, 개소리는 치우고 싸우자."

옥단풍은 심사와는 다르게 천한 말들이 입에서 튀어나왔지만 멈추고 싶지 않았다.

지존이 쓸쓸하게 웃었다.

"물은 분노해도 겉으로 소용돌이치지 않는다."

옥단풍이 문득 뒤통수를 찬물로 후려치는 충격을 받았다.

잊고 있었는데…….

지금 정작 자신을 죽여야 할 입장에 있는 지존의 입에서 그 말이 튀어나온 것이다.

아아, 나는 지금 평온을 잃고 있다.

"네놈은 개울물이 되고 싶으냐?"

지존의 두 눈이 활활 타오르고 있었다.

"개소리는 치우란 말이다!"

옥단풍이 벼락같이 외치며 번쩍 몸을 날렸다.

용형호형이 펼쳐지고 있었지만 그 모습은 이미 많은 수순을 생략하고 오로지 적을 죽이기 위해 살초만을 연마하던 십여 년 전의 그 모습이 되어 있었다.

"이놈아, 네놈이 후삼식을 제대로 연마해 내지 못하는 이유가 바로 그 살심에 있느니라."

사부 공초의 안타까워하던 음성이 뇌리를 스쳤지만 그 음성은 바다에 던져진 조약돌처럼 이내 사라졌다.

옥단풍의 주먹이 허리 어림에서 돌아 나오며 지존의 면상을

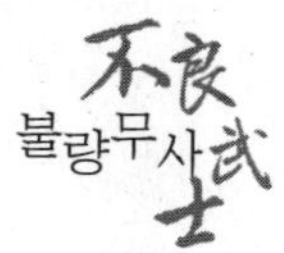

후려쳐 갔다.

지존은 여전히 안타까움을 담은 시선으로 애초의 자세를 유지한 채 그 모습을 보고 있었다.

옥단풍의 주먹이 지존의 면상을 후려치려는 순간 마치 회오리 같은 강력한 경풍이 좌에서 우로 휩쓸어가며 옥단풍의 주먹을 휘감아 내동댕이쳤다.

동시에 강력한 경풍이 옥단풍의 가슴을 후려쳤다.

지존이 움직이는 모습은 암천 아래 그 누구도 분간할 수 없을 만큼 빠르고 간결했다.

쾅!

옥단풍의 몸이 저만치 나가떨어졌다.

강력한 타격에 옥단풍이 숨을 고르다가 한 줌의 선혈을 뱉어내었다.

지존이 이제까지와는 달리 싸늘한 얼굴이 되어 옥단풍을 노려보았다.

"애송이 놈, 결국 네 무덤을 판 것은 네놈이다."

일순 강력한 일장이 옥단풍을 향해 날아들었다.

그 일장엔 이제까지의 지존에게서 느껴지던 일말의 우호감 따위는 찾아보려야 찾아볼 수 없는 살기 어린 것이었다.

콰아앙!

옥단풍이 용형호형의 투로를 따라 몸을 움직여 피하려 했지만 강력한 타격은 옥단풍의 허벅지를 후려치고 말았다.

옥단풍의 몸이 다시 저만치 튕겨졌다.

옥단풍은 입으로 다시 한 움큼의 선혈을 쏟아내고는 의아한 생각에 사로잡혔다.

분명 금강불괴의 경지를 터득했다 여겼는데 단 두 번의 공격에 피를 쏟고 있는 것이다.

그 어떤 타격에도 꿈쩍하지 않았던 자신의 몸이 지금은 애초에 무공을 수련하지 않은 자나 다름없이 연약한 살덩어리로 변한 것이다.

순간 허공을 좁히며 살기 어린 시선을 던지며 지존이 날아들었다.

"감히 너 같은 애송이가 본좌에게 도전한단 말이냐? 크하하하하!"

강력한 회오리가 날아들었다.

초식도 변화도 없다. 다만 도저히 피할 수 없는 각도로 강력하게 날아든다. 이것이 무공이란 복잡하고도 변화무쌍한 수많은 기술 중 으뜸이다.

가장 짧은 거리에서 가장 무방비한 상태를 만들어놓고 가장 강력하게 공격하는 것.

말로는 쉬우나 그것이 어찌 쉽게 이루어지겠는가?

옥단풍은 절망을 느꼈다.

마치 높다란 산 정상을 향해 열심히 기어오르다가 정상을 바로 눈앞에 두고 한순간 실족하는 기분이 그러할까?

콰아앙!

이런저런 생각할 겨를도 없이 지존의 일장이 옥단풍을 후려

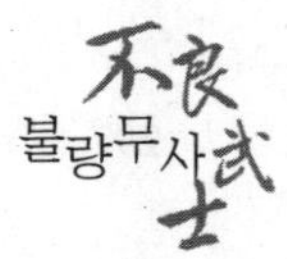

쳤다.

옥단풍의 몸이 강력한 충격을 받으며 또다시 저만치 굴러갔
다.

옥단풍의 앞섶은 이제 뱉어낸 선혈로 홍건하게 고여 있었
다.

지친 듯 비칠거리며 일어서는 옥단풍을 지존이 뒷짐을 지고
서서 쏘아보았다.

"쓰레기 같은 놈."

그 말은 커다란 쇠망치가 되어 마치 머리를 종처럼 강타하
듯 날아들었다.

옥단풍은 그제야 자신의 잘못을 깨달았다.

과노를 처치할 때까지 유지하던 물처럼 고요한 평정이 이미
시작부터 산산이 부서졌던 것이다.

금강불괴는…….

무공이 아니다. 마음의 경지일 뿐이다.

한순간에 공초의 가르침과 광개의 가르침이 머릿속에서 환
하게 정리되고 있었다.

이제까지 금강불괴는 수련에 의해 키워진 내공으로 이루어
지는 것이라 여겼던 것이다. 그런데 금강불괴는 그저 심득일
뿐이었다. 진실로 영원히 부서지지 않는 금강불괴란 없다.

단지 부서지지 않을 마음의 평정이 얻어진다면 몸도 따라
부서지지 않을 뿐이고, 그것이 진정한 금강불괴였던 것이다.

옥단풍의 안색이 옥처럼 빛났다.

지존이 그 모습을 보고 눈을 반짝였다.

옥단풍이 비칠거리던 신형을 바로잡더니 곧바로 지존을 향해 걸어왔다. 단 한 올의 흐트러짐도 없는 걸음은 마치 상처 입은 먹잇감을 향해 다가오는 사자의 걸음처럼 도저히 피하거나 막을 수 없는 것이었다.

지존의 눈에 경탄의 빛이 아주 짧게 스치고 지나갔다.

지존의 한 걸음 앞에 멈춰 선 옥단풍이 물처럼 고요하게 입을 열었다.

"이것이오?"

지존이 옥단풍의 두 눈을 들여다보며 웃었다.

"그래, 그것이다."

그러나 그 아주 극도로 짧은 순간 두 사람의 마음을 뒤흔드는 작은 생각이 있었다.

손을 쓸까, 말까?

인간의 원초적인 본능은 욕심이다.

그 짧은 순간 먼저 손을 써서 승리자의 자리에 서 있고 싶은 욕심.

그 욕심이 두 사람을 동시에 흔들었다. 천하에 가장 평온한 상태를 유지하는 두 절대기인의 마음을.

그 짧은 흔들림은 서로 시선을 고정하고 있는 두 사람에게 동시에 감지되었다.

"쯧!"

"헛!"

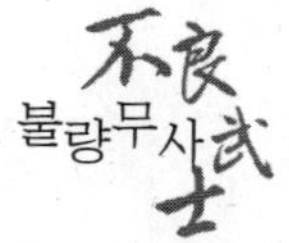

두 마디의 짧은 헛바람이 일고, 두 사람이 동시에 손을 내밀었다. 서로의 심장을 노리는 비수처럼 손끝이 세워져서.

푸욱!

옥단풍의 손끝이 지존의 가슴에 깊숙이 꽂혔다.

그러나 지존의 손끝은 옥단풍의 볼에 가 닿아 있었다.

옥단풍의 안색이 창백하게 변했다. 인간의 욕심에 마지막까지 흔들린 것은 자신이었을 뿐임을 깨달은 것이다.

지존이 가슴에 깊숙이 박힌 옥단풍의 손을 내려다보며 희미하게 웃었다.

"어떠냐……. 네놈의… 쿨럭……!"

말을 잇지 못하고 한 움큼의 선혈을 뱉어내었다.

옥단풍은 지금 거세게 전신을 휩쓸고 있는 전율 같은 충격을 느끼고 있었다.

"쿨럭! 욕심을 채우고 나니… 후련하냐? 헐헐… 쿨럭……!"

옥단풍이 손을 뽑으려 하자 지존이 떨리는 손으로 옥단풍의 팔을 잡았다. 이미 자신의 가슴속에 팔꿈치까지 박혀 있는 팔을 힘차게 잡는 지존의 손길에선 점차 힘이 빠져나가고 있었다.

"들어라. 나는 이미 오래전에 욕심을 버린 사람이다……. 쿨럭!"

혼신의 힘을 다해 지존이 말을 잇고 있었다.

"욕심을 버리니… 한 가지 욕심은 버려지지 않음을 알았다. 모든 것으로부터 자유로울 수 있는 길은… 바로 이것뿐이니라… 쿨럭……!"

옥단풍은 눈을 찢어질 듯 부릅뜨고 원수의 얼굴을 보고 있었다. 이자가 원수다. 그런데 왜…….

"네 조부에게 잘못한 것조차 깨끗이 씻으려는 욕심만은 버려지지 않더구나……. 쿨럭……!"

"그, 그래서 이렇게……?"

"헐, 노부는 이제 진정으로 자유로워지느니라. 끝내 죽음만이 그것을 이룰 수 있는 유일한 길이라니……."

옥단풍은 가슴이 부글부글 끓었지만 아무 말도 뱉어내지 못했다.

머릿속을 가득 소용돌이치며 맴도는 생각은 아무것도 정리되지 않았다.

"알겠느냐? 금강불괴의 마지막 경지는 바로 자유니라……."

지존은 금방 죽어가는 사람이라고 믿기지 않을 만큼 평온하게 말을 하고는 갑자기 말을 멈추었다.

"이, 이보시오!"

옥단풍이 팔을 흔들었지만 지존은 반응하지 않았다.

심장을 움켜쥐고 있는 옥단풍의 손에 빠르게 경직이 느껴졌다. 죽은 것이다.

"이런… 이… 이런……!"

옥단풍은 지존의 가슴에 손을 꽂은 채 격정적으로 외쳤다. 뭔가 가슴 가득 응어리진 것들이 사방으로 흩어지며 소리가

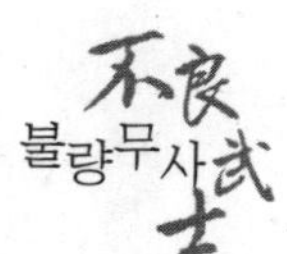

되어 마구 튀어나왔다. 그러나 그 소리는 아무런 뜻도 의미도 없는 괴성일 뿐이었다.

관정봉의 암천을 뚫고 장부의 괴성이 높고도 길게 울려 퍼졌다.

不良武士

第九章

관정봉에서 터져 나온 옥단풍의 장소성은 삼십협에서도 똑똑히 들렸다.

위처목이 퍼뜩 고개를 들어 관정봉 쪽을 응시하다가 이내 백동기를 바라보았다.

백동기의 얼굴은 착 가라앉아 있었다.

"놀랍군. 놈이 이겼어. 지존을 꺾었다니……."

"비명일지도 모르겠사옵니다."

"아니야. 너는 모르겠느냐, 저 장소성에 담긴 뜻을? 그는 또 한 단계 올라선 거 같다."

"설마……."

위처목은 위축되는 기분을 느끼며 말꼬리를 흐렸다.

백동기가 흑좌불을 돌아보았다.

"준비하시오. 어차피 사냥개는 이제 그 효용 가치가 다했으니 잡아야지."

흑좌불이 공손히 머리를 조아렸다.

"그자는 반드시 삼십협으로 오게 될 것이옵니다. 삼십협은 이제 대라신선이라 해도 한번 들어서면 결코 살아서 나갈 수 없는 지옥이 되었으니 심려치 마시옵소서."

백동기가 흡족하게 웃었다.

"아니… 나는 그 사냥개를 얼마나 재미있게 잡느냐가 관심일 뿐이다. 한바탕 유희를 즐겨야지. 사마추도 혁소미도, 그리고 그 못생긴 굉초초도 훌륭한 조연이 될 게야. 하하하하!"

백동기의 웃음소리가 관정봉의 장소성처럼 암천을 뚫고 멀리 울려 퍼졌다.

그것은 어쩌면 옥단풍을 부르는 지옥의 외침일지도 몰랐다.

삼십협은 미로와도 같다.

한 번 길을 잘못 들면 그래서 영원히 삼십 개의 협곡 속에 갇히고 마는 것이다.

관정봉을 둘러싸고 수많은 사도 무림의 무사들과 흑점의 행자들이 배치되어 있는 것은 어쩌면 관정봉을 내려오는 자가 지존이든 옥단풍이든 아무런 의미가 없는 배치일 수 있었다.

그러나 백동기는 그가 반드시 삼십협으로 향하리라고 확신하고 있었다.

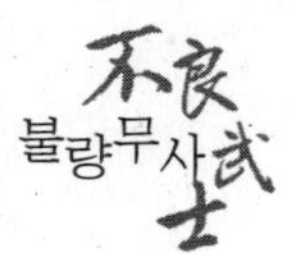

그것은 절대 강자의 자리에 있는 자만이 가지는 일종의 사고 체계다.

두려운 것이 없는 자는 뻔히 보이는 함정을 오히려 피하지 않고 찾아드는 법이다.

옥단풍이 그러했다.

삼십협의 끝에서 채양을 치고 진을 이루고 있는 백동기와 위처목, 그리고 흑좌불 등은 모두 그것을 잘 알고 있었다.

한편엔 사마추와 굉초초, 그리고 혁소미가 백동기의 뜻에 따라 나란히 붙잡혀 있었다.

옥단풍이 나타나면 이제 한바탕 백동기의 유희가 시작될 것이다. 그것은 아직도 백동기를 괴롭히고 있는 일종의 열등감이었다.

새벽이 밝아올 무렵, 행자 하나가 급히 뛰어왔다.

"삼십협에 들어섰다는 보고이옵니다."

위처목이 보고를 받으며 물었다.

"옥단풍은 어떤 상태더냐?"

"그것이……."

백동기가 답답하다는 듯 행자를 노려보았다.

답답하기는 한편에 앉아 기다리고 있는 사마추나 굉초초, 혁소미도 마찬가지였다.

그들도 궁금증을 가득 담고 행자의 입을 바라보았다.

"보고할 것이 없사옵니다."

"뭐야?"

"사실은 옥단풍과 마주친 행자들은 모두 죽었기 때문에… 상태가 어떠한지는 알 길이 없사옵니다."

백동기가 벌떡 몸을 일으켰다.

그의 시선은 멀리 삼십협의 복잡한 협곡의 미로를 응시하고 있었다.

"그래, 와라, 옥단풍. 네놈의 무덤으로 걸어 들어가는 마지막을 그렇게라도 장식하고 싶겠지. 크흐흐흐흐."

보고는 수시로 들어왔다.

옥단풍이 삼십협의 제삼협을 통과했다. 옥단풍이 삼십협의 제칠협을 통과했다.

이런 보고들은 계속 들어왔지만 그 누구도 옥단풍이 어떻게 협곡을 통과하고 있는지, 또 부상을 입은 상태인지 아닌지 보고하지 못했다.

백동기는 초조함을 감추지 못했다.

흑좌불이 조용히 입을 열었다.

"교주께선 심려치 마시옵소서. 이제 제십오협을 통과했다면 놈은 이미 삼 할 정도 중독되어 있을 것이옵니다."

"누가 심려한단 말이냐?"

백동기가 붉게 충혈된 시선으로 흑좌불을 노려보았다.

흑좌불이 고개를 떨구었다.

그것을 옆에서 지켜보고 있는 사마추는 가슴이 떨려왔다. 자신이 만든 극독에 그토록 사랑하는 정인이 중독되고 있는 것이다.

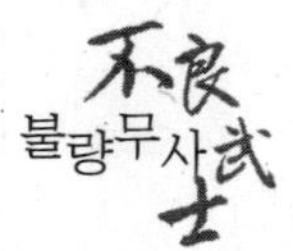

사마추가 고개를 떨구며 손가락으로 힘차게 자신의 허벅지를 움켜쥐었다. 눈물이 방울져 그 위를 적셨다.

옥단풍은 자욱한 독장으로 가득한 제이십삼협을 지나고 있었다.

그는 마치 존재하지 않는 사람처럼 보였다.

표정도 없고 눈빛도 없다. 자유가 무엇인지 지존은 몸으로 말해주며 죽었다.

옥단풍은 이제 복수에 대한 집념은 사라졌다. 사무치는 원한도 끝없이 괴롭히던 핏빛 기억도 더 이상 옥단풍에게 아무런 영향도 미치지 못했다.

다만,

죽음을 준 자들은 죽음으로 갚아야 한다.

이 생각은 그저 아무런 감정 없이 그의 행동을 지배하는 지표가 되었다.

앞을 가로막는 행자들은 그래서 죽어갔다. 옥단풍에게는 죽음도 삶도 크게 다르지 않았다.

다만 돈을 빌렸으면 갚는 것이 정상이듯 죽음을 만들었으면 죽음으로 갚아야 정상일 뿐이었다.

공기 속에서 이물질이 느껴졌다.

무형지독은 아무런 중독 증상이 느껴지지 않는 것이 특징이다.

그러나 지금 옥단풍은 이미 탈인의 경지에 있는 사람이다.

그는 이물질이 무엇인지 잘 알고 있었다.

사마추가 떠올랐지만 아무런 감정도 느껴지지 않았다.

이 이물질이 무형지독이라면 피하고 싶지 않았다. 피하는 것조차 삶에 대한 집념이 되어 옥단풍을 괴롭힐 것이다.

옥단풍은 마치 유성이 흐르듯 그렇게 협곡을 지나가고 있었다.

사랑이란 무엇인가?

사마추는 옥단풍의 등장을 기다리는 내내 그 생각에 사로잡혔다.

옥단풍이 나타난 이후 어떤 일이 벌어지리라는 것은 이미 백동기가 밝힌 바 있다.

옥단풍을 위해 과연 자신이 백동기의 앞에서 옷을 벗어야 하는가?

문득 옆에서 꿩초초가 사마추를 바라보았다.

"언니, 난 언니를 조금도 원망하지 않아요."

착한 여인이다. 빌어먹게도.

"미안해. 모든 것이 내 죄이니 이를 어찌 다 갚을꼬."

사마추의 볼을 타고 다시 눈물이 흘러내렸다.

혁소미가 불쑥 끼어들었다.

"나도 벗어야 해?"

그 표정은 진지했다. 혁소미는 사랑이니 감정이니 따위는 전혀 관심 없는 얼굴이었지만 묻는 말은 그렇지 않았다.

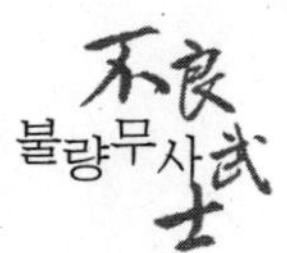

그저 단순하다. 옥단풍을 위해서라면 옷을 벗어야 할지 말
아야 할지 그것을 묻고 있는 것이다.

그리고 그렇게 묻는 이면에는 이미 혁소미는 옷을 벗을 만
반의 준비가 되어 있다는 뜻을 내포하고 있었다.

사마추는 그런 혁소미를 보며 자신이 부끄러워졌다.

"동생, 그래야 하면 그래야겠지. 나도 벗을 거야. 옥 공자를
위해서라면 무엇이든 할 거야."

괭초초가 눈물을 흘렸다.

"고마워요."

사마추가 안쓰러운 시선으로 괭초초를 보았다. 이런 미욱한
여자 같으니……. 너는 질투할 줄도 모르니?

괭초초는 그저 배시시 웃고 있었다.

눈물이 얼룩진 얼굴로 배시시 웃는 괭초초의 모습을 보고
누가 추하다 할 것인가?

그때 행자 하나가 급하게 달려왔다.

"제이십구협을 막 지났다 하옵니다."

이십구협이면 코앞이다. 드디어 옥단풍이 온다.

세 여인은 갑자기 가슴이 격탕하며 일제히 계곡의 입구 쪽
을 바라보았다.

백동기는 이 순간 오히려 더욱 차분하게 가라앉아 있었다.
단지 위처목과 흑좌불이 먼저 몸을 일으켜 앞으로 나섰다.

백동기는 위처목과 흑좌불을 일견하고는 그대로 내버려 두
었다.

콰아아!

저만치서 폭풍이 몰아치는 굉음이 울려 퍼지며 네댓 명의 행자가 허공으로 튀어 올랐다.

그들은 마치 돌이나 나뭇가지처럼 그렇게 내팽개쳐졌는데 아마 더 이상 움직이지 못할 것이다.

이윽고 자욱한 안개를 헤치며 한 사람의 그림자가 물처럼 흘러 다가오고 있었다.

위처목이 흑좌불을 돌아보며 입술을 깨물었다.

"내가 먼저 상대하겠소."

"그러시구려. 부디 공을 세우시길."

흑좌불이 부처처럼 웃으며 한 걸음 양보했다.

위처목이 단단히 자세를 잡고 다가드는 옥단풍의 앞을 가로막았다.

그러나 옥단풍은 앞에 위처목이 가로막고 있는지조차 모르는 사람처럼 그저 물처럼 흘러 전진하고 있을 뿐이었다.

"여기서부터는 기어서 가거라."

위처목이 제법 멋들어진 한마디와 함께 자신의 절기를 혼신을 다해 펼쳤다.

콰아아!

위처목의 강력한 강기가 어지러운 경로를 타고 옥단풍을 후려쳐 갔다. 현란하기 그지없는 변화였고, 강력한 내공이 뒷받침된 강기는 천근 바위라도 산산조각 낼 듯 날아갔다.

그러나 옥단풍은 조금도 자세를 바꾸지 않았다. 심지어는

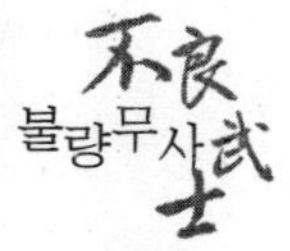

그의 시선이 위처목을 바라보지도 않았다.

콰콰쾅!

위처목의 강기가 옥단풍을 후려쳤다.

그러나 정작 나가떨어진 건 위처목이었다.

아아, 누가 있어 이 모습을 보고 설명한들 곧이곧대로 믿겠는가?

흑점 방주 위처목의 혼신을 다한 공력이 그저 호신강기 같은 반탄력에 휩쓸려 자신이 나가떨어지고 말았다는 사실을…….

위처목이 가슴이 피범벅이 되어 어이없는 얼굴로 몸을 일으켰다.

"이, 이런……."

흑좌불이 그 모습을 보고는 번쩍 몸을 날려 예의 강력한 강기를 쏘아냈다.

무림 사대기인 중 한 명이고 사도 무림의 전설적인 영도자 흑좌불의 강기는 그야말로 하늘을 뒤집고 땅을 갈라놓을 강력한 것이었지만 이번에도 역시 옥단풍은 흑좌불은 쳐다보지도 않았다.

콰아앙!

흑좌불 역시 피범벅이 되어 나가떨어졌다.

옥단풍은 위처목이나 흑좌불 따위는 안중에도 없다는 듯 곧장 백동기 앞으로 날아들었다.

백동기가 몸을 일으켰다.

두 사람이 마주하고 서자 주위의 공기마저 얼어붙은 듯 고요했다.

세 여인은 그저 숨을 죽이고 옥단풍을 주시할 뿐이었다.

무형지독에 중독되었는데 어찌 된 것인가?

그 생각은 백동기도 마찬가지였을 것이다.

"결국 이렇게 마주 서는군."

백동기가 차분하게 입을 열었다. 그러나 그는 내심 방금 옥단풍이 위처목과 흑좌불을 상대하는 모습을 떠올리며 경악하고 있었다.

상상 이상이다.

지존이 당한 것도 결코 이상한 일이 아니었다.

"나를 기다렸느냐?"

옥단풍이 심연에서 흘러나오는 듯 평온한 음성으로 말했다.

그는 시선을 돌려 세 여인을 둘러보았지만 눈빛 어디에도 감정의 흔들림이 드러나지 않았다.

"아니. 흐흐흐… 너를 기다렸다기보다… 너의 중독을 기다렸지. 이제야 드러나는구나. 하하하하하!"

백동기가 통쾌하다는 듯 웃었다.

그러고 보니 옥단풍의 얼굴과 손, 목 등에 푸른 반점이 나타나기 시작하고 있었다.

사마추가 버럭 고함을 내질렀다.

"무형지독이에요! 아아……!"

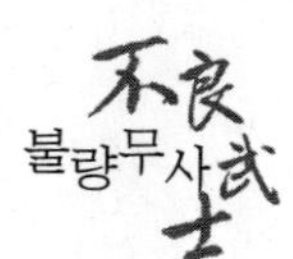

옥단풍이 사마추를 돌아보며 희미하게 웃었다.

"알고 있소."

사마추는 깜짝 놀랐다. 옥단풍은 알고 있으면서도 결코 그 것을 회피하지 않았던 것이다.

백동기가 호쾌하게 웃었다.

"자, 그럼 우리 한바탕 유희를 시작해 볼까?"

옥단풍이 물처럼 고요한 시선으로 백동기를 바라보았다.

"유희?"

사마추가 벌떡 일어났다.

"벗겠어요. 대신 해약을 먼저 전달하고……."

"무슨 헛소리."

백동기가 말을 잘랐다.

옥단풍은 무슨 말인지 찬찬히 지켜보고 있었다.

혁소미가 따라 일어났다.

"나도 벗어. 그러니 해약은 줘야 할 거잖아."

백동기가 얼굴을 일그러뜨렸다.

원래의 계획은 이런 게 아니다. 이 여인들이 아무리 옥단풍을 구하려 한다 해도 이런 수모를 감당하리라고는 생각지 않았던 것이다.

"벗겠느냐? 진정?"

혁소미가 먼저 상의를 벗어젖혔다.

"못 벗을 게 뭐야. 씨이."

그러나 정작 손길은 가늘게 떨리고 더뎠다.

소녀의 수치심은 어쩔 수가 없는 것이다.

순식간에 혁소미가 나신이 되었다.

마치 옥으로 빚은 듯한 아름다운 나신이 수줍은 듯 가늘게 떨고 있었다.

옥단풍은 눈을 조금 크게 뜨고 그 모습을 바라보았다.

기쁨과 슬픔, 욕망과 안타까움 따위는 이미 잊었지만 혁소미의 마음이 가슴에 와 닿는 것은 또 다른 감정이었다.

사마추가 옷을 벗었다.

그녀는 입술을 질끈 깨물고 있었지만 조금도 망설이지 않았다.

눈부신 나신이 드러나자 사마추는 백동기를 노려보며 외쳤다.

"이제 네 뜻대로 다 했으니 해약을 건네줄 수 있게 해다오."

백동기의 안색이 일그러질 대로 일그러졌다.

옥단풍이 사마추와 혁소미를 바라보며 따뜻하게 웃었다.

그리고는 자신의 몸을 내려다보았다. 푸른 반점이 여기저기 그 넓이를 넓혀가고 있었다.

옥단풍이 미소를 잃지 않은 얼굴로 백동기를 바라보았다.

"추잡한 놈이로구나."

"크흐흐흐… 그건 염왕 앞에 가서 말해주렴. 아주 추잡한 놈에게 죽었노라고."

"너는 어차피 죽어야 할 몸이지만… 네 사부가 불쌍하구나.

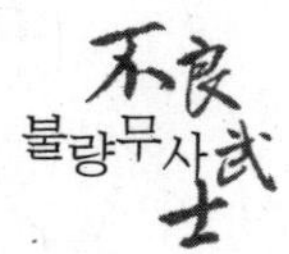

너 같은 놈을 키웠으니."

옥단풍의 말은 진심이었다.

백동기가 눈에 살기를 띠었다.

"네놈이 중독된 상태에서도 그런 말을 할 수 있으니 기개는 높이 사주마. 물론 그 대가로 가장 고통스럽게 죽어가는 것은 당연하겠지만 말이다."

문득 옥단풍이 잔잔하게 웃었다.

"중독? 너는 금강불괴를 깨달으려면 아직 멀었다. 차라리 보다 겸손하게 네 사부에게 더 배웠다면 좋았을 것을……."

옥단풍이 고요한 시선으로 한차례 숨을 들이키자 놀랍게도 그의 전신에 드러났던 푸른 반점들이 서서히 줄어들기 시작했다.

"엇?"

"어멋!"

백동기도 사마추도 크게 놀랐다. 무형지독은 삼매진화로도 태울 수 없는 것이다. 그런데 지금 해약도 없이 무형지독이 옥단풍의 몸에서 사라지고 있는 것이다.

이윽고 옥단풍의 몸이 말끔하게 변했다.

백동기는 이제 벌레라도 씹은 얼굴이 되어 있었다.

옥단풍이 물처럼 고요한 얼굴이 되어 천천히 백동기를 향해 걸어왔다.

"너를 죽일 가치나 있는지 모르겠다만… 옥가의 혈겁에 대한 빚은 갚아야겠지? 그것이 자연의 섭리다."

옥단풍이 다가오자 백동기는 당황했다. 그러나 백동기의 당황은 오래가지 않았다.

그는 이제 중독된 옥단풍을 상대하는 이점이 사라졌지만 그렇다고 결코 옥단풍을 두려워하거나 자신이 패할 거라고 생각하지 않을 만큼의 절대자였다.

"미친놈."

백동기의 몸이 번뜩하더니 시야에서 사라졌다.

"아수라대나이?"

사마추가 깜짝 놀라 외쳤다.

아수라대나이는 마교의 비전이다.

오직 교주만이 익힐 수 있는 절대 무공이지만 그동안 마교의 교주들 역시 그것을 연성해 내는 데 실패한 절대 무공이었다.

그저 전설처럼 마교의 구중비고에 전해지는 아수라대나이를 지금 백동기가 펼치고 있는 것이다.

일순 사라졌던 백동기의 몸이 옥단풍의 뒤쪽에서 나타났다.

콰아아!

칼날 같은 강기가 옥단풍의 뒤통수를 노리고 날아들었고, 동시에 백동기의 몸은 다시 사라졌다.

옥단풍은 급히 용형호형을 펼쳐 몸을 움직였다.

칼날 같은 강기가 옥단풍의 귓전을 스치고 지나갔다.

순간 백동기의 몸이 다시 서쪽 하늘에 현신하며 세 차례를 연속으로 강기를 뿜어냈다.

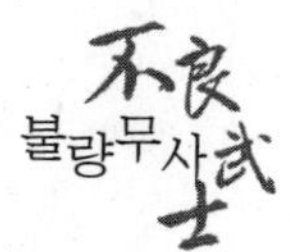

"크하하하하! 금강불괴? 어디 네놈이 금강불괴라면 본좌의 강기를 맨몸으로 받아보아라!"

옥단풍이 그 말을 듣고는 그대로 동작을 멈추었다.

아수라대나이의 기괴무쌍한 변화에 처음엔 일시 당황했지만 이제 다시 평정을 되찾은 것이다.

변화는 무공이 아니다.

변화는 무공이 아니라 현혹이다.

사부 공초의 말이 귓전을 맴돌았다.

옥단풍이 동작을 멈추고 허공을 보자 백동기의 움직임의 궤적이 눈에 들어오기 시작했다.

마음의 평정은 이제 자유롭게 얻어지고 물러나고 할 수 있는 손짓과도 같은 단단한 일이 되어 있었다.

"너는 평생을 가도 그것을 느끼지 못하리니……."

옥단풍이 웃으며 불쑥 손을 내밀었다.

콰콰콰!

아수라대나이의 강력한 강기가 옥단풍을 후려쳤지만 옥단풍은 그저 산들바람을 맞은 들꽃처럼 몇 차례 흔들렸을 뿐이다.

문득 나타났다 사라졌다 하던 백동기의 신형이 옥단풍의 정면에 현신했다.

그는 눈이 찢어질 듯 부릅떠져 있었으며, 지금의 본모습을 도저히 믿을 수 없다는 얼굴이었다.

"어… 어떻게……?"

불쑥 내밀어졌던 옥단풍의 손이 천천히 주먹을 그러쥐며 이동했다.

아아!

세상의 어느 공격 초식이 이보다 느릴까.

천하의 어느 공격 초식이 이보다 엉성할까.

그러나 백동기는 그것을 피할 엄두도, 그렇다고 막을 엄두도 내지 못하고 멍하니 보고만 있었다.

"내겐 보이느니라. 바로 너의 그 어쩔 수 없는 동작의 사이가."

그 말에 백동기가 화살 맞은 참새처럼 놀랐다.

"그, 그렇구나……."

백동기의 미혹에 싸인 뇌리도 그 순간 환하게 깨달음이 찾아온 것이다.

그러나 그 깨달음은 이미 늦어도 한참 늦은 후였다.

콰아앙!

옥단풍의 느린 주먹이 백동기의 면상 한복판을 후려쳤다.

우지끈!

백동기의 머리통이 잘 익은 수박이 쪼개지듯 쪼개지며 사방으로 뇌수를 흩뜨렸다.

기우뚱하고 백동기의 머리 잃은 끔찍한 몸이 뒤로 고목처럼 넘어갔다.

그가 마지막 순간에 찾아든 깨달음으로 환하게 웃고 있었는지, 아니면 한없이 안타까워했었는지는 알 수가 없었다.

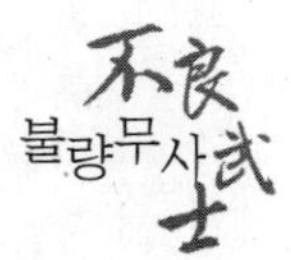

어쩌면 형체 잃은 그 얼굴조차.

웃고 있었을지도 몰랐다.

옥단풍은 일시 허탈함을 느꼈다.

이제야 가슴에 쌓이고 쌓였던 원수를 모두 갚았지만 마음은 조금도 후련하지 않았다.

사마추와 혁소미, 그리고 굉초초가 달려왔다.

"옥 가가……!"

"오빠……!"

세 여인은 눈물이 범벅이 된 얼굴로 옥단풍에게 매달렸다.

"어어, 옷들 안 입을 거여?"

옥단풍의 말에 그제야 사마추와 혁소미가 화들짝 놀라며 되돌아 숲 속으로 뛰었다.

"못됐어. 씨이, 미리 말해야지."

혁소미의 투덜거리는 소리가 숲 속에서 들려왔다.

그 덕분에 옥단풍을 홀로 차지하게 된 굉초초가 옥단풍의 가슴에 안겼다.

옥단풍이 그런 굉초초를 품에 깊숙이 껴안았다.

"고생했소."

"흐흑……."

굉초초는 말을 잇지 못하고 격하게 울음을 터뜨렸다. 그동안의 마음고생을 어찌 말로 다 형용할 수 있겠는가.

옥단풍은 그런 굉초초의 어깨를 부드럽게 쓰다듬었다.

"갑시다."

굉초초가 고개를 들었다.

"어디로요?"

"옥산. 당신의 시댁이 있던 고장으로 말이오."

굉초초가 얼굴을 붉혔다.

옷을 입으려 숲 속으로 뛰어든 사마추와 혁소미가 아무런 기척을 보이지 않았다.

굉초초가 웃으며 그쪽을 바라보았다.

"빨리 안 나오면 놔두고 갈 거예요?"

그러나 여전히 숲 속에선 아무런 기척이 없었다.

"놔두고 우리끼리 갑시다."

옥단풍의 말에 굉초초가 진심이냐는 듯 눈을 동그랗게 뜨고 옥단풍을 쳐다보았다.

숲 속에서 두 사람이 일순 긴장하는 빛이 밖에까지 느껴졌다.

옥단풍이 두 사람이 들으라는 듯 큰 소리로 말했다.

"대신 옥산에 다 소문냅시다. 두 여자가 오늘 남자 앞에서 다 벗고 뛰어다녔다고 말이오."

그 말에 부스럭거리며 숲 속에서 두 여자가 튀어나왔다.

"그러기만 해봐요?"

"죽여 버릴 거야."

옥단풍이 후다닥 저만치 도망갔다.

"하하하하하하!"

"호호호호호호!"

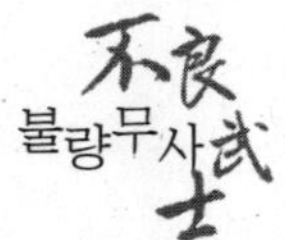

열심히들 뛰었지만 그 누구도 경공술을 펼치지는 않았다.
태행산의 숲은…
다시 천 년의 숨을 쉬며 대자연으로 돌아가고 있었다.

『불량무사』終

적포용왕

김운영 新무협 판타지 소설

『신마대전』『흑사자』의 작가 김운영
그가 낚아 올리는 무협의 절정!
낚시 신동 백룡아! 장강에서 천존과 맞짱 뜨다!

적포천존(赤布天尊)

고금제일강(古今第一强)
인칭타자연재해(人稱他自然災害)
40세 이후로 상대가 누구든 몇 명이든
한 번도 패하지 않고 모두 이긴 적포천존
70세 중반에 반로환동하여 무림인들을
절망에 빠뜨린 그가 말년에
제자를 만들어 말년에 호강할 계획을 세운다!

천하에 두려울 것이 없는 '자연재해' 와
그의 제자들이 무림에 나타났다!

惡魔

악마

신동휘 新무협 판타지 소설

죽음[死]을 죽음[死]으로 받아들이지 못하는
방황하는 망혼(亡魂)들아.
네 존재 의미에 있어 가장 귀한 것들을
맞이할 준비를 해라!

세상[世]으로부터 격리된 지독한 원념(怨念)들과
세상[世]으로부터 낙오된 늦어버린 한탄(恨嘆)들을!
나는 아직 살아 있다.
아직 나는 살아 있는 것이다.

네 속에 자리한 그 작은 티끌까지도 너는 나를 위해 바치거라!

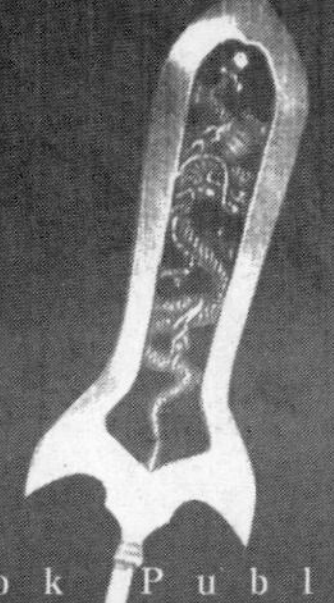

Book Publishing CHUNGEORAM

Golden Key

박이수 소설

황금열쇠

「달의 아이」, 「붉은 소금성」의 작가 박이수.
그가 또 하나의 기대작 「황금열쇠」로 나타났다.

우연한 만남이란 단어는 그들에겐 존재하지 않았다.
얽혀 있는 사람들… 그리고 피할 수 없는 운명의 굴레!

뒤틀려 버린 운명의 주인공 세이엔 가이스카 리베 폰 라시에…
한순간 인생이 뒤바뀐 불운의 주인공 듀이 델쾨
그리고… 유일하게 그녀를 기억하는 단 한 사람 이샤무던!

이제 운명의 주사위는 던져졌다.
엇갈린 운명 속에 모든 사건은 하나로 연결된다!
황금열쇠를 차지하기 위한 그들의 위험한 모험이 지금 시작된다.

유행이 아닌 자유추구 -
WWW. chungeoram.com

Book Publishing CHUNGEORAM

『무정지로』,『십삼월무』,『화산진도』의
작가 참마도, 그가 돌아왔다!!

새롭게 시작되는 그의 네 번째 강호 이야기!!

"힘이 있는 자가 없는 자를 돕는 것입니다.
또한 힘이 없다면 돕기 위해 노력이라도 하는 것입니다.
그것이 진정한 협 아니겠습니까?"
"호오……."
송완은 다시 봤다는 듯 곽우를 바라보았고 담고위는
무슨 케케묵은 보물단지 보는 듯한 얼굴을 만들었다.
송완은 살짝 킥킥거리며 웃다가 이내 곽우에게 말했다.
"틀렸다. 협이란 무공이 높은 자의 중얼거림일 뿐이야.
무공이 낮은 자는 그저 그 협을 바라만 보고 있어야 하는 것이지.
그래서 세상은 협사가 널렸고 그 협사의 주변엔 구더기들이 들끓고 있는 거야."

강호라는 세상 속에서 지금 한 사람이 그 눈을 뜨려 한다.
한 자루의 부러진 검과 함께 곽우라는 이름을 가지고……